复旦大学口述历史研究中心编 **曹景行主编**

QINLI

上海改革开放 30 年
SHANGHAIGAIGEKAIFANGSANSHINIAN

上海辞书出版社

目　录

序　……………………………………………………… 1

周瑞金

嘉定县"试水"联产承包　………………………………… 1

口述者：李学广

　　1978年初，时任嘉定县委书记兼县革委会主任的李学广顶着重重压力，开始探索农村联产承包责任制的改革，打破了笼罩在沪郊农村的"以粮为纲"、"平均主义"的沉闷空气，并创出了从联产承包到农工商一条龙的发展模式。

"伤痕文学"的到来　………………………………………… 21

口述者：卢新华

　　1978年8月11日，刚从十年"文革"灾难中新生的《文汇报》，破天荒地以一个整版的篇幅，全文刊登了复旦大学中文系学生卢新华的短篇小说《伤痕》。这篇小说如同平地炸响的春雷，引发了思想界、文学界，乃至全国民众对十年"文革"的集体反思。

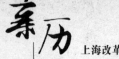
《于无声处》响惊雷 ·························· 49

口述者：宗福先

　　1978 年夏秋之交，以 1976 年北京"天安门事件"为背景的话剧《于无声处》，在上海工人文化官简陋的小剧场悄然开演。这出由业余作者、业余演员编演的话剧被认为吹响了为"天安门事件"彻底平反的号角。全国两千多个剧团先后排演此剧，成就了中国话剧史上的空前盛况。

宝钢上马 ····································· 75

口述者：黎明

　　1978 年 12 月，宝钢正式动工建设。这家如今已跻身世界 500 强的中国钢铁业领袖，当年却因资金、选址等争议面临下马的困境。宝钢的成败关系到中国工业的改革之路。在中央力排众议决定宝钢上马后不久，"老钢铁"黎明在众人期待和疑虑的目光中，受命主持宝钢建设生产工作。

从农村回归城市 ······························ 95

口述者：叶辛

　　1968 年，全国掀起了知识青年上山下乡高潮，上海 111 万热血青年从城市涌向农村。从 70 年代末至 80 年代，伴随新时代的到来，大部分知青回归城市。这一轮回，改变了多少人的命运，也留下了多少刻骨铭心的记忆。插队十年的著名作家叶辛对那段历程也有着自己的深刻感悟。

《新民晚报》复刊：飞燕重回百姓家 ························· 111

口述者：张林岚

　　"文革"中，曾深受上海市民喜爱的《新民晚报》被迫停刊。十年劫难过后，在赵超构、束纫秋等报人的艰辛努力下，《新民晚报》于1982年元旦复刊。老报人张林岚先生见证并参与了这段"飞燕重回百姓家"的曲折历程。

上海争得高考自主权 ························· 135

口述者：吕型伟

　　"文革"结束以后，高考得以恢复，一个尊重知识、人才的时代亦由此开始；但当时过于强调统一的高考制度，严重束缚了基础教育的健康发展。在这百废待兴的历史关头，老教育工作者吕型伟"冒天下之大不韪"，对"全国一张卷"的高考制度提出挑战。1985年，上海在全国率先获得高考自主权。

难忘1988：遏制上海甲肝大流行 ························· 149

口述者：谢丽娟

　　1988年初春，一场突如其来的甲肝大流行，打乱了上海这座大都市的正常生活，"罪魁祸首"竟是美味可口的毛蚶。35万人感染甲肝，31人死亡。分管卫生工作的上海市副市长谢丽娟站在了风口浪尖上。

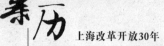

"皇甫平"文章惊天下 ··· 165

口述者：周瑞金

　　中国的改革开放之路并非一帆风顺。1991 年春天，中共上海市委机关报《解放日报》发表了四篇署名"皇甫平"的评论文章。这四篇文章影响之大，被认为引发了继 1978 年"真理标准问题大讨论"之后的第二次思想大解放。时任《解放日报》党委书记兼副总编辑的周瑞金是这组系列文章的主要执笔者。

上海纺织业的"凤凰涅槃" ································· 187

口述者：朱匡宇

　　20 世纪 90 年代初，上海工业曾经的"老大哥"——纺织业陷入了极大的困境，惟有进行彻底的改革和转型，才能重获生机。主持和参与了上海纺织业改革全过程的朱匡宇，见证了这段交织着悲壮和感动的"凤凰涅槃"。

后记 ··· 203

序

周瑞金

中国改革开放走过 30 年历程了。

怎样看待这 30 年来的改革开放,今年以来国内外专家学者发表了不少文章,仁者见仁,智者见智,从不同视角发表了各种不同的评论。取得共识比较多的是:

一、经济发展取得突出成就。国内生产总值 GDP 以年平均 9.8% 速度递增,持续 30 年不衰,2007 年是 1978 年的 67 倍。中国经济对世界经济增长的贡献率超过 10%。中国经济总量成为世界第四大经济体、第三大贸易体。进出口贸易总额,2007 年是 1978 年的 105.3 倍。2007 年外汇储备达 1.53 万亿美元,居世界第一。劳动生产率,2003 年高于 1978 年的 33 倍,据国家统计局计算,1978 年一年的劳动生产所得只相当于 2003 年的 11 天。这说明我国经济增长并非全得益于人口红利。

二、解决了 13 亿人的温饱问题。农村贫困人口从 1978 年的 2.5 亿减少到 2007 年的 1479 万人。农村劳动力转移,到大城市当农民工的就有 1.2 亿人,推动了城市化,而没有出现贫民窟,创造了扶贫减贫的"中国模式"。联合国向世界推广了中国的扶贫减贫经验。恩格尔系数,城镇居民从 57.5% 降到 35.8%;农村居民从 67.7% 降到 43%,进入小康阶段和宽裕水平。尤其是,我国每年净增人口 1500 万左右,30 年增长了 5 亿人,还能平稳地达到小康水平,真是非常不容易!

三、30 年中实现了三大社会、体制转型。从封闭半封闭社会向开放社会转变,从农业社会向工业社会转变,从高度集中的计划经济体制向充满活力的社会主义市场经济体制转变,走上了现代化、市场化、城市化、全球化的发展轨道,国家与人民面貌焕然一新。由此经济体制、政治体制、文化体制和社会体制相应发生深刻的变化。从世界历史来看,1492 年哥伦布发现美洲新大陆,跨国海洋贸易使欧洲国家从封闭社会向开放社会转型,从神权社会走向人权社会,其间引起多少次战争、革命,充满血腥与掠夺。19世纪到20世纪的工业革命中,英国的圈地运动,出现"羊吃人"现象,曼彻斯特纺织童工的悲惨状况类似于"黑砖窑"。美国从农业社会到工业社会转型,也引起了社会巨大动荡,20世纪初美国的"扒粪运动"震惊世界。至于俄罗斯和东欧国家从计划经济向市场经济转型,激烈震荡了八九年,通货膨胀率达到百分之一千以上。而反观我国,30年之内同时进行三大社会、体制转型,3000万工人下岗,5000万农民失去土地,1.2亿农民工在城市与农村间流动,如此这般,却能保持全国政治与社会的基本稳定,没有引起全国性的大动荡,这也是奇迹,值得自豪。

市场化改革带来很大变化,取得了巨大成就,但也累积了许多问题。比如说,区域差别、城乡差别、贫富差别拉大;社会事业滞后,特别是社会保障制度没有健全;民生问题凸显出来,就业难、上学难、看病贵、住房贵,引起百姓不满;发展方式粗放,高投入、高消耗,带来严重资源浪费,吃老祖宗和下几代人的饭,才换来GDP的增长速度;生态遭破坏,环境被污染;贪污腐败现象难以遏制,官商勾结,权钱交易,社会风气亟待改善。显然,这些问题并不是市场化改革的方向不对头带来的,而是在改革推进中出现的新问题、新矛盾,应当通过深化改革、推动科学发展来逐步解决。

在改革开放30周年之际,新的一轮思想解放在贯彻党的十七大精神的背景下展开。胡锦涛总书记在十七大报告,在今年春节讲话,在十七届二中全会上讲话,都强调继续解放思想,深化改革开放,推进科学发展和社会和谐。

不同历史阶段的解放思想,当然具有不同的特点。第一次思想解放树立起实践标准的权威,第二次树立起生产力标准的权威,而这一次要树立以人为本标准的权威。以人为本是发展经济、改善政治、解决民生的一个指导思想。以人为本,就是以人的权利为核心,保障人的生存权、发展权和追求幸福的权利;以人的发展为宗旨,给人的自由全面发展创造条件;以人的需要为中心,既保障物质需要,又保障精神需要;以人的持续为原则,保护生态环境,关心生命,关爱下一代。

新一轮思想解放的主要任务,是破除传统的发展理念和模式,一方面树立新的发展方式来推动经济发展,一方面改变"全能主义"的政治模式。要以深化政治体制改革为重点,推动经济、政治、文化、社会"四位一体"的体制改革和建设发展。

改革开放30年,成就辉煌;改革开放30年,又是问题多多。前进中,问题随时存在,重要的在于科学的前瞻和认真的回顾总结。可以说,这30年的历史,就是不断解放思想、冲破束缚、改革体制、谋求发展的历史。历史经验表明,坚持思想解放,中国就发展,就进步;反之,就停滞,就落后。

回首上海改革开放30年来,有多少风潮涌动历历在目,有多少开风气之先的人与事激荡心怀。借这个难得的历史机会,复旦大学历史系和上海辞书出版社联手推出了亲历者口述史《亲历——上海改革开放30年》。

这是一部兼具思想性、人文性、史料性和可读性的有特色作品。它选择上海30年改革开放历程中产生过全国重大影响的关键事件、关键人物,以亲历者口述形式,真实、生动、具体地重现历史事件,涉及上海经济、政治、文艺、教育、新闻、公共卫生等多个领域,在改革开放前期关键阶段带有突破性、开创性意义,引起过广泛的争议,具有标志性内涵。

《亲历——上海改革开放30年》注重事件在体制上和思想观念上的冲突和变革,挖掘了有价值的、鲜为人知的历史事件细节,并突出个人经历色彩,讲述者随事件起伏浮沉,个人的悲欢忧喜、所思所想也跃然纸上。因此,这部口述史具有文献价值,为上海改革开放30年留下一批重大事件亲历者的珍贵记忆,丰富人们对这些历史事件的认识。同时,由于描述个人体验的历史感和生动性,突出观念的冲击与创新,让人们从中真实地透视30年来上海思想观念的演进和变化,凸显了作品的思想认识价值,并留下深沉的历史感。

嘉定县"试水"联产承包

口述：李学广

采访：赵兰亮

【口述者档案】 李学广

1926年出生，籍贯江苏盐城。

1950年至1951年先后任盐城县委宣传部、组织部部长，中共盐城地区委员会党校专职副书记。

1954年调赴中共中央华东党校学习一年半。

1955年8月任中共中央上海局办公室组长。

1962年至1966年先后任中共中央华东局农委副处长，华东局接待站调查组组长。

1977年调任嘉定县任县委书记兼县长。

1981年至1988年先后任中共上海市委宣传部秘书长，上海市供销合作社党委书记，国务院上海经济区规划办老区委员会办公室副主任，中国贫困地区经济开发服务中心上海扶贫办公室主任。

【李学广寄语】

　　三十年改革开放历史非常重要，因为中国是在探索了二十九年之后，才走上了中国特色社会主义道路。之所以能够留住并续写新的历史，是因为有像邓小平这样的伟大号手和千千万万有志之士为之奋斗。

　　作为一名战士，能够参与其中，目击全过程，为党、为国家、为人民做出力所能及的奉献，我感到荣幸、振奋和安慰。弹指一挥，三十年过去了，真有"两岸猿声啼不住，轻舟已过万重山"的诗情画意。新的历史，继续展开，时不我待，接力者将要付出新努力。新的机遇和挑战，预示着新的付出和收获。

【事件回放】　　上海是一个以工商业为经济主体的大型国际化都市,以分量和地位而言,农业在其中自然少受关注。然而,谁又会想到三十年前上海的改革之路却恰恰是先从农业起步?1978年初,仍处在"一大二公"、"平均主义"空气笼罩下的嘉定率先实行责任制探索,走上了先副业、后农业,先包产到组、再联产到劳、后包干到户的道路,创出了从联产承包到农工商一条龙的独特发展模式,被认为"迈开了上海郊区改革的第一步"。作为这场改革的策划者与主导者,时任嘉定县委书记兼县长的李学广老人对往事仍历历在目。

早年历练,播下改革的信念

李学广早年参加新四军,投身革命;上海解放后,作为南下干部进入华东局和上海农业系统工作。1955年,他奉派到青浦开展农业合作化试点。对当时上海郊区农村状况的认识与反思,成为后来他在嘉定进行农业改革的起点。

我1926年生于江苏盐城的农村,苦孩子出身,17岁参加新四军,投身革命。新中国建立后,我先后在盐城县委、滨海县委(任县委副书记)工作,后来调到中共中央上海局办公室和中共中央华东局农委工作。对农村的熟悉以及长时间在农业系统工作使我对农村一直怀有深厚的感情。1977年11月,我正式到嘉定担任县委书记兼县长(当时称"革命委员会主任"),1978年初即在饲养业中开始搞责任制试点。这是上海市郊改革的第一步。对我个人来说,嘉定县的家庭联产承包责任制改革是我一生经历中最为重要的事情。

三十年前,搞家庭联产承包责任制是道难题。农民把家庭联产承包责任制称为"包产到户"。从它的名称到内涵都很简单,很好懂,也很好做,但是要跨出第一步,很不容易。责任制改革的难度之大,没有经历过那段历史的人是难以想象的。

今天看来,家庭联产承包责任制是一个利国利民的好政策,但在当年却是一个

[1] 1950年6月,中共七届三中全会通过了在全国范围内开展土地改革的决议。到1953年春,完成土地改革的农业人口已占全国农业人口总数的90%以上,使3亿农民分得约7亿亩土地和大批生产资料,大大推动了农业生产力的发展。以小土地所有制为基础的小农经济成为我国农村经济结构的基本形式。互助合作运动是继土改之后进行的农村生产关系的变革,即变农民小土地私有制为集体所有制的社会革命。由于脱离中国农村与农民的实际情况,引发诸多问题。

[2] 1955年是我国农业合作化运动的关键一年。中共中央农村工作部部长邓子恢主张对合作化速度适当加以控制,毛泽东在《关于农业合作化问题》报告中对邓的主张进行了批评:"在全国农村中,新的社会主义群众运动的高潮就要到来。我们的某些同志却像一个小脚女人,东摇西摆地在那里走路,老是埋怨旁人说:走快了,走快了。""小脚女人"的批评致使农业合作化运动加速,到1956年上半年我国广大农村就基本上实现了原定用十五年左右时间完成的农业合作化。合作化速度过快,不可避免地产生了一系列后遗症。

令人谈虎色变的事。为什么很简单的事会变得如此艰难而可怕呢?这需要追溯到20世纪50年代。当时,全国刚解放,农民情绪高涨。土地改革让农民分到了田,大家都憧憬着发家致富。不久,全国性的互助合作运动又轰轰烈烈地展开了。[1]到1955年上半年,参加半社会主义性质的农业生产合作社的农户,占到了农户总数的14%,嘉定和全国一样,也是这个比例。农业生产合作社的好处是责任清晰,秩序井然。当时中共中央上海局的领导柯庆施派我去搞农村合作化试点。这样我就到了青浦松泽乡。经过两个月的细致工作,每个村成立了一个初级社,农民们都积极拥护。之后,我回来向柯庆施汇报,他表示满意。那年年底,中央要求趁热打铁推进高级化。我奉命继续搞高级社试点。搞初级社还行;到了高级社,没有了责任制,农民的生产积极性也大大降低。我没有搞大社,只搞了个五百户的合作社,但负责具体工作的区委书记已经感觉很吃力。为了建立生产秩序,我搞了一个"三包一奖",即合作社下面是生产队,由生产队包工、包本、包产,超产的奖励。结果,有人认为我这样是在搞倒退,走"资本主义道路",开始上纲上线了。我再次向柯庆施做了汇报。后来在中央会议上他反映了这个问题,就是合作社太大了不行,感觉很吃力。中央对此的看法,柯庆施回来没有传达。不过后来中央发了三个文件,要求加强集体经济的经营管理、经济核算,加强责任制建设。

然而,1955年下半年全国开始批判"小脚女人"[2],而且提到以阶级斗争为纲的高度。上纲上线,形势大变。到1956年,全国实现了合作社的"高级化"。"高级化"的核心,就是取消土地分红,取消土地私有权。随后1957年至1958年,举国搞"大跃进",接着人民公社化,搞"一大二公"。结果,农民干活搞"大呼隆",分配搞平均主义,吃"大锅饭"。农民的观念跟不上这种理想化的设计,对这些做法很反感,生产积极性很低。当时有句话叫"出工如背纤,收工如射箭",很形象地说明了这个问题。我当时也到农村参加劳动,目睹这样的状况心里很难受:这样搞,生产怎么发展呢?老百姓集体磨洋工,这是一种消极对抗的现象。

但是,群众还是很有智慧的。包产到户模式就是在这时崭露头角的。这种经营模式最早始于1956年浙江省永嘉县,马上就受到了批判。安徽省在三年困难时期向中央请示搞包产到户,作为权宜之计以度灾荒。结果当年秋天就取得了农业丰收,农民很高兴,甚至吸引了河南省的许多农民跑到安徽去帮工。但好景不长,很快来了通知,批判包产到户,坚持搞集体化,全省县以上干部都很紧张。批判的人有"尚方宝剑",自以为理直气壮;反对的人一肚子委屈,但也说不出道理来。安徽省被批判以后,大家都不敢再搞包产到户了。一直到粉碎"四人帮"后,安徽凤阳小岗村[3]等地的农民才"偷偷摸摸"地重新搞起来。

承包制攻坚战

到嘉定主持工作后,李学广经过深入的调查研究,确定了先稳定局势,安抚民心,然后从副业下手逐步推进联产承包责任制改革的思路。他把突破口选在了饲养业。

"文革"期间,我受到迫害、坐过牢,后期下放到青浦县朱家角当公社书记。1977年10月下旬,我得到平反,二十天后我受命到嘉定工作。经历"文革"创伤的嘉定县百废待兴。当时"文革"刚结束,留下许多问题。大量群众找到县委要求解决问题。县委接待室一共只有两三个人,根本应付不了。群众不满意,今天没结果,明天再来。有的午饭不吃,揣着一个山芋或面饼守在那里。我觉得这样不行,就在县委常委会上,建议大家安排日程,轮流去接待办公室接待

[3] 1978年以前的小岗村是凤阳县有名的"吃粮靠返销、用钱靠救济、生产靠贷款"的"三靠村"。1978年12月,小岗村18户农民按下了18颗红手印,冒险搞起了"大包干"。承包的第一年,小岗村就收了13.2万斤粮食,远远超过了刮"浮夸风"时的3万斤。而且,由于农民改用良种和开垦荒地,小岗村在搞承包的头几年,粮食产量还不断增加。小岗村这一创举,被认为推动了联产承包责任制在全国农村的推广,揭开了我国农村改革的序幕。

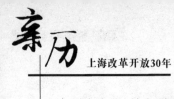

群众来访，并向群众公布领导接待时间安排。轮流接待群众的那些天，接待室屋里屋外挤满了人。我们把问题集中起来分析研究，拟定解决的方案纳入工作安排，逐个解决，步步到位。这样过了一个月，来访的群众就少了。而通过接待群众来访，我还了解了群众的意见和他们迫切关心的问题，也了解了嘉定县的过去和现在的形势，为以后的改革打下了基础。

上任第二件事是搞干部教育。县委党校恢复了，我兼任校长，配齐党校班子，二十天一期，每期八十到一百个人，让县里的各级领导干部轮流进党校学习。同时各个公社、镇组织干部培训班，跟县委党校交叉起来做。教育的重点是彻底否定"文化大革命"，从阶级斗争转到经济建设上来。另一个重点则是提倡新事新办，反对封建迷信。当时，嘉定农村封建迷信流行，而且越来越"吃香"，一些现象让人哭笑不得。算命的以前五毛算一个，后来涨成八毛；请"张天师"捉鬼，以前捉一个一块，后来涨到三块。有一个农村妇女自称"门闩娘娘"，拿一个门闩，见干部就打。有的农民在田里夯土，抢占大田盖房子。这些都反映了老百姓对前途不清，缺乏信心。经过"文革"十年，农村竟落得如此景象，让人看了难受又着急。之后，通过搞干部教育带动群众教育，农村风气好转，抢占大田的现象也得到了制止。

只要让农民过上好日子，觉得有奔头，他们才能安居乐业。在调查研究的基础上，我开始动起了改革的脑筋。我后来把在嘉定的改革归纳为：五个步骤，两个穿插，四年三改革。所谓三改革，分别是家庭联产承包责任制、"三熟"改"两熟"、试办农工商一条龙。其中，家庭联产承包责任制改革启动最早，也是最关键的。其他两个改革则穿插在其中的。承包责任制的改革前后大致分五个步骤，每一步都有不同的工作重点。而整个改革的突破点，我按照"摸着石头过河"的思路，选择了饲养业。

1978年春，我在马陆公社（现在的马陆镇）蹲点，酝酿进行改革的尝试。马陆公社下面的北营大队有个养猪场。这个养猪场和全县其他养猪场一样，连年亏损，饲养员的工资都发不出，还需要农业补贴。当时，养猪场31个人，主要是养猪，共有肉猪230头、母猪58头，还有一些奶牛、蛋鸡。上年收入24900元，支出30500元，亏本将近5600元。大队干部和饲养员都唉声叹气，一筹莫展。我决定在这个养猪场搞承包改革试点，公社党委也表示同意，我向县委汇报后，这件事情就定下来了。试点确定下来以后，公社干部、大队干部和饲养员开会讨论这个事情，开始大家都很拥护，说好。问到谁愿意出来承包，大家则面面相觑。一阵议论后，有一位年纪稍长的饲养员,名叫何小第,站出来说:"我来承包。"旁边两个年轻些的接着说:"我们两个做助手。"

就这样,嘉定县的农村改革迈出了第一步。当时,我也不知道,这场改革的结局会如何。但是,我对基层干部和农民很有信心。

何小第和生产大队签订承包合同后,就带着两个助手把铺盖搬到养猪场去了,吃在养猪场,睡在养猪场。他们承包后,把养猪场的人员做了整顿,调出5个到种植业,又新增一个项目:种食用菌。何小第的老婆在家种地,见他既不回家种地,也不回家吃饭,儿子也不管,只管养猪,很担心,难免有一些怨言。何小第人比较老实,话不多,他只说:"你等着看好了。"

当时的承包方式叫"五定一奖":定人,定饲料,定成本,定毛猪(即母猪的产仔率),定报酬,超产奖励。到了1978年冬天,养猪场结账。母猪下小猪的产仔率,每头平均20头,比上一年提高了29.4%;出售苗猪130头,比上一年增加了27.3%;肉猪平均180斤,比上一年平均增重65斤;整个猪场的收入比上一年增加28%。上一年养猪亏本,光饲料就亏欠4万斤,现在不仅把4万斤饲料全部补上,养猪场人员的工资都自己发,还向大队上缴了公积金,这就做到"分配有余"了。按照承包合同规定,三位承包的饲养员一共奖励120元钱。何小第得80元,两名助手各得20元。

这件事太新鲜了!根本用不着谁发布,这件事就在嘉定全县传开了。很快又有了新闻,承包人何小第表态,不敢拿奖金。他说:"一个中等劳动力一年顶多做260天,一天只有三毛钱,一共是78块钱,我的奖金就超过一个劳动力。我已经拿了工资,另外再拿奖金,这不是两极分化了吗?"何小第的老婆也讲:"你拿了,别人不批你吗?"又有人说,何小第的奖金定高了,他不应该拿这80块,现在要纠正。这样,全公社甚至全县都议论开了,成了特大新闻。"平均主义"搞了这么多年,现在冒出这么一个"出头鸟",大家觉得十分新鲜。这时有人担心这件事闹大不得了,建议我做一个报告,定个性。我说,我不但不做报告,并且要在全县放开讨论,题目就是:这80块奖金,何小第到底该得不该得?

经我这一"鼓动",街头巷尾、田间地头都议论开了,很快引起了新闻媒体的关注。《解放日报》《文汇报》,甚至《人民日报》都做了报道,讨论嘉定实行承包制以后奖金该不该拿的问题。《解放日报》加了个按语,说这个事情讨论得好。《人民日报》

的按语比《解放日报》还要积极,说讨论是一种马列主义的方法,是思想解放的方法。如此一来,这个问题就不仅是一家养猪场经营模式改革的问题,还上升为思想解放的大问题。

虽然媒体的报道对奖金是否该拿并没有明确表态,但经过这么一场大讨论,何小第胆子大了,奖金也敢拿了,因为绝大多数人都拥护他拿,讲不该拿的声音越来越小。后来大家不但讨论这 80 块钱该不该拿,还讨论全县两千多个养猪场都搞承包的问题。根本无须县委去推广、动员、布置,群众就自发找上门来要求承包。县里就此开了一次会,向各饲养场介绍北营大队养猪场的经验,然后同意把全县的养猪场全部承包出去。第二年,全县养猪场由上年亏损161 万元一跃变成盈利 710 万元,打了一个大翻身仗。

李学广(右)与当年主持北营大队养猪场改革的张彪

李学广（右四）陪同市财贸办负责人参观嘉定农工商商场。

说实话，在北营大队搞承包试点的时候，我也有不小的压力，不是来自政治方面，主要是担心承包后养猪场能否扭亏为盈。如果不能，改革就失败了，后面工作就更难做了。当时具体负责此事的是马陆公社的副主任张彪（后来到崇明任副县长），他工作很有经验，群众威信也高，当时也有很大压力。在养猪场承包试点成功后，嘉定县的空气就完全不一样了，由万马齐喑变成人人争先。

1978年的这场大讨论，在嘉定县的改革进程中意义很大。它使人们的思想得到一次大解放，为后续改革的推进创造了有利的舆论环境。

与养猪场承包改革几乎同时启动的是种植业的"承包到组"改革，这也是先搞试点。时间在1978年春夏之交，我选择嘉西公社皇庆大队第三生产队为试点单位。这是一个比较大的生产队，有五十多户人家。我按十户一个组的方式，分了五个长年固定组。全队一共270亩地，按每个小组把地固定下来，实行"包产到组，超产奖励"责任制。年终结算时，组组超产，家家得奖。1979年春，改革继续推进，实行"三包一奖"，除包产外，还包工、包本。这个队基础较好，不但种地，而且有副业，养鸡、养牛、养猪，都是集体养的。组里不仅承包了种田，也承包了养猪、养鸡等副业。到了当年秋天，皇庆三队每个组都获得超产奖励，平均超产达11%，家家户户都高兴。

皇庆三队成功以后，我召开了一次生产小队、生产大队、公社、县四级干部大会，介绍北营养猪场和皇庆三队的承包经验。这样生产队长都活跃起来了。

两次试点的成功，不仅壮了农民的胆，也壮了我的胆。我对承包责任制没有顾虑了，坚信肯定能成功。

皇庆三队的经验介绍以后，嘉定县搞"承包到组"的生产队到1980年春发展到103个，但只占全县生产队的4.4%，还是少数。为什么呢？因为与饲养业不一样，种植业是农民的主业，很敏感。很多农民还是怕被说成单干，怕被"戴帽子"。

但是改革的脚步，已经停不下来。一旦思想解放，群众的智慧就推着改革深入发展。1980年，"联产到劳"的承包责任制在嘉定悄然出现。

"联产到劳"这个称呼是农民的发明，即承包到劳动力，实际上就是包产到户了，因为承包到劳动力是按户来操作的，夫妻两个你包五亩，我包四亩，但最终还是合起来一起种地。只是当时还不敢叫包产到户这个名字。我们从5个公社分别选了一个生产队，进行联产到劳承包制的试点。试点的农户一听介绍，积极性都很高，说干就干。这样，从养猪场承包试点到"承包到组"再到"联产到劳"，三个承包改革步骤仅用了两年多时间就相继实施。

"联产到劳"实质上就是"包产到户"，这样做到底是否可行？很多人，包括生产队长还是有顾虑的，全县干部开会的时候就发生了争论，有的说能搞，有的说不能搞。我提议大家不要坐在这里讨论，应该下去听听实际的反映。于是，那年夏天，嘉定县县级机关、各委办局和各个公社、镇的负责人，全部组织起来，分成5个组，分别到进行试点的5个生产队去调研，去问老百姓。当时我们把那个夏天称为"不平凡的夏天"。调研前后搞了一个月。回来后我们再开会讨论，大家的口气就不一样了。认识基本得到了统一：联产到劳只会搞好不会搞坏。这样一来，搞联产到劳的生产队由5个一下子发展到785个。不过，仍有不少生产队没有动静，还在观望，但他们也不是反对，只是在动脑筋想有没有更好的办法。

1981年秋播时，嘉西公社经过县里同意，在胜利大队杨家生产队试行"双包干到户"制度，取消搞了多年的工分制，粮食总产量、总收入（总产值）都包干到户，这样利益最直接，责任最明确，方法最简便，最大限度调动了农民的积极性。结果，杨家生产队"双包干"第一年，粮食增产4万斤，比上年增加35%；农副业净收入增加14000元，比上年增长28.6%。这个消息传出以后，大家都认为问题可以彻底解决了，没有太大反对和疑虑，马上在全县推开这一制度。县里负责介绍经验，下面推广基本上不用县里催促。到1982年底，全县实行"双包干"、取消工分制的生产队占到总数的90%以上。

至此，嘉定县的家庭联产承包责任制改革，经过三年多一点时间的试点和推广全部完成。

四年三改革

在试点、推行联产承包责任制改革的同时，李学广还同步进行了两个相配套的改革，一个是试办"农工商贸一条龙"，另一个是"三熟"改"两熟"[4]。他的改革引发了争议，也引起了中央的关注。

我在进行联产承包责任制试点时，就在想，搞完责任制以后，农业该怎么发展。难道分散劳动种田就万事大吉了？当然不行。责任制的目的应该是解放劳动力，发展生产力。

在中国农村，农工商这三部分原来是割裂的。农民老是种原料、卖原料。从马克思主义的经济学说来讲，农民种的粮食、养的家畜，劳动凝结其中，还没有释放出来。联产承包只让农民吃饱饭，这是不够的，是短视的，农民不能真正翻身。如果农副产品加工、销售中的利润能回流一部分到农业上去，让凝固于农副产品中的劳动释放出来，农民才有希望真正过上好日子。

[4] 20世纪50年代末，毛泽东认识到"农业关系国计民生极大。不抓粮食，总有一天要天下大乱"，所以农业要"以粮为纲，全面发展"。而在具体执行中，由于指导思想上"左"的错误，变成了只要粮食，砍掉"全面"。为保粮食年年增产，在很大范围内将耕作方式由"两熟"改"三熟"。"两熟"、"三熟"都是复种方式。各地的复种方式，因纬度、地区、海拔、生产条件而异。"两熟"改"三熟"改变了原来的用地、养地相结合的麦—稻—绿肥轮作制，变为麦—稻（单季稻）—稻（后季稻）纯粮三熟制。这样做虽然可以在很短时间内实现粮食大幅度增产，但却违反了自然规律和经济规律，造成严重后果。

农工商割裂的问题与制度有关。当时,国家只允许农民卖原料,不能涉足后续的加工和流通,否则就会被扣上一顶帽子,叫做"不务正业"。上海市当时对农副产品的加工"统"得很厉害。例如养鸡,市里统一办了几个宰鸡场,嘉定也有,农户养的鸡只能卖给这几个规定的宰鸡厂,价格4毛钱一只。宰鸡场加工再出售,值8毛钱。农民辛苦养鸡3个月的价值仅相当于工人劳动30分钟的加工费。农民损失多少?这个账谁给农民算?没有人。我觉得这个问题非改不可,农工商贸一条龙的想法,就是从这个思考出发得来的。

其实,当时这种理论美国有,苏联、南斯拉夫等国也有,我开始搞的时候就有人讲是"舶来品"。的确,1978年8月我到罗马尼亚考察,就看到这种经营模式,发现很好,觉着如果这样做农民就可以翻身了。回来后,我进一步考虑"农工商一条龙"的问题,认定农民绝对不能单靠原料生产,只种粮食永世不得翻身。当时麦价才一毛四一斤,农民根本没法致富。而承包责任制的顺利推行,使农村劳动力得到解放,农民有时间从事成规模的农副产品生产,从而为"农工商一条龙"创造了物质条件。

嘉定在历史上有许多有名的土特产品。比如黄草,嘉定的黄草编织有三百多年历史,行销东南亚,像黄草拖鞋、黄草垫子、黄草包等,都广受人们欢迎。黄草不是大田作物,是自留地里种的。在"以粮为纲"的时代,农民不准种黄草,地荒了也不准种,因为种了就把劳力分散了。只能种大田,收粮食。当时流行一句话:"粮食过纲,书记好当。"粮食产量高,就能到全国去争评"大寨县",这个书记就可能被提拔。

嘉定竹刻也很漂亮,从清朝以来就闻名于世。还有嘉定大蒜,在江南一带也是名牌,是出口免检产品。那时嘉定白蒜也被砍掉,种粮食。嘉定蚕豆也很有名,豆上的眉毛是白的。城隍庙的五香豆就以嘉定蚕豆为主。后来"以粮为纲",嘉定蚕豆没有了,城隍庙的蚕豆也只好用其他品种代替了。玉米虽然产量不低,但没有稻子高,所以也被砍掉,改种稻子。棉花也砍。那个年代,农民根本没有时间养长毛兔、水貂、螃蟹、虾、鱼等。能挣钱的副产品产量都下降了。

责任制实行后,农村劳动力得到解放,这些土特产品的生产也逐渐繁荣起来。1978年开始,嘉定率先返还农民自留地,然后逐步恢复大蒜、黄草等经济作物种植面积。这些直接为我搞"一条龙"创造了条件。

1978 年 9 月，嘉定被选为全国第一批农工商联合企业试点单位。那么从哪种产品开始搞"一条龙"？我首先选择了商品率比较高的产品，如大蒜和食用菌。1979 年，嘉定城东公社试办了蘑菇的生产、收购、加工、销售的一条"小龙"。一经组织，成效马上就出来了。1980 年第一季就增收 28 万多元，也就是返还给农民这么多钱。过去农民卖了蘑菇就结束了，以后赚的钱他就管不到了，也不关心后面的流转过程。现在，生产蘑菇的农民也开始关心加工和出口的经营，并更加注意自己生产蘑菇的质量，因为出口的部分收益要返回给他们。马陆公社同时搞了以香菇为主的一条"大龙"，他们不仅队队、户户种香菇，还专门新造了一座三层楼的香菇大楼，以大楼为中心，办起了菌种场、切片厂、烘干车间，还成立了科研小组进行技术攻关和指导，开展系列化生产经营，完成产业化的雏型，吸引了中外客商。参观者、洽谈者门庭若市。"一条龙"的成功，引起了全县各个生产蘑菇、香菇单位的兴趣，纷纷要求联合起来，这样纵向联合"水到渠成"。于是，1980 年 5 月，成立了全县性的大蒜食用菌联合公司。参加的有 1400 多个生产大蒜的生产队，1600 多个食用菌的生产单位和菌种场，还有 4 家社队办的大蒜、食用菌加工厂。联合公司成立了董事会，制定了章程，规定工商利润的 50% 返回原料生产单位。到当年 9 月下旬，这家公司返回生产单位利润就达 12.35 万元。

在此之前，有一个"插曲"，可见改革绝非一帆风顺。当时嘉定想搞一个养鸡业"农工商一条龙"，向上请示，却得

李学广（左二）陪同上海市有关部门负责人观看日本大阪市赠送的耕耘机。

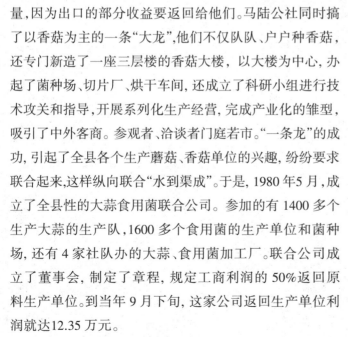

不到回应。县里就自己买了宰鸡加工设备,安装起来试产,成功了。但是问题来了,因为嘉定地区就有一个市里规定的宰鸡厂,它不同意嘉定搞"一条龙"。它实际上代表了市里计划部门的立场。这样,"一条龙"与体制发生了冲突。有人就说了,嘉定搞"农工商一条龙"究竟合法不合法?我就这个问题向市里写了份报告,分管财贸的副市长马上把这个问题反映给了市长汪道涵。很快,汪市长开了一个市长办公会,请有关部门参加,也通知我参加,让我把嘉定办农工商的情况讲一讲。我发言以后,汪市长就问我有什么问题,可以大胆提。我就提了一个市县两级财政的问题,这正是核心问题。我如此一提,问题就摊开了。

1980年1月3日,国务院副总理王任重来嘉定考察,我在马陆接待了他。他详细了解了嘉定的联产承包责任制改革和农工商一体化。王任重看了以后很开心,对我说:"你现在富啦!"我说还没到时候。看完走了后,他把上海市各有关部委负责人找到他住的兴国宾馆,要我也去,当着各部门的领导说:"嘉定现在搞农工商的试点,这是国务院批的,请你们市里面放心。他提出来的问题你们要帮助解决。他不让你管你就不管好了,调查研究也好嘛。"这话讲得很彻底了。

李学广(前右)陪外宾在嘉定参观。

当时,全国城市改革还没启动,嘉定的改革叫"体外循环"。因此嘉定把问题提出来后,市里一时没有反应。王任重副总理特意来推动一下,我非常感激。他走后,市里发了红头文件,同意嘉定办农工商联合企业。1980 年 9 月 28 日,嘉定农工商联合企业就正式挂牌,"农工商一条龙"合法了。农工商有一条政策,即"农业共享工业利润,工业分担农业风险"。农民收入的结构是:来自农业占 32.2%,来自工副业占 60.6%,来自共享 7.1%。劳动密集型的企业,例如绣品厂、编织厂、建筑队、一条龙的加工运输等,在三年中消化农村剩余劳动力 43000 人。

农工商联合企业挂牌后不久,1980 年 10 月,嘉定接待了来自国家农科院、农业研究所组织的各省、市、自治区 103 个单位,举行了将近 200 人参加的研讨会,主题就是研讨农工商一条龙问题。会议开了 8 天。我也发了言,后来上海的《学术月刊》全文登载了。内容主要讲农工商为何要办,它的理论根据、经济根据何在,以及现实的情况怎样。农工商牵涉的整个国家体制太大了。在城市改革还没有启动,计划体制、财政体制还原封不动的情况下,嘉定的改革无疑要冲击到原来的体制。

"三熟"改"两熟"这个问题与承包责任制改革、"农工商一条龙"交织在一起。江南号称鱼米之乡,种地、养地须相结合。当年"两熟"改"三熟"时,争论得很厉害,最终还是"三熟制"得胜了。为什么?因为有"以粮为纲"的背景,没有人敢反对。"三熟制"虽然比"两熟制"产量高,但有很大问题。一是违反自然规律,江南自古就有农谚"两熟有余,三熟不足",也就是说种单季稻肯定丰产,因为阳光足够;种双季稻的话,其中的后季稻到了九月份就光照不足,不易灌浆,容易产生秕谷,叫翘头稻。这使得产量不高,农民的劳动量却一点都没减少。另外,搞"三熟制",只种地,不养地,导致土壤变质,地力退化,生态失衡。我在马陆做过一个地力调查,用仪器测量,发现土壤下面三寸已经板结僵硬,犁底层和熟化的土壤已经很浅了。全公社 8% 的土地已经不能立苗。再这样下去,几年后,恐怕要出现大面积抛荒。二是违反价值规律,农民种双季稻,每增产一斤大米,要亏五毛五分一,这亏的部分国家不补贴,农民自然吃不消。三是农民太辛苦。当时,种后季稻,主要靠妇女、孩子,有"三八六一"部队之称。后季稻非常难种,妇女手指裂开,一边插秧一边流泪,体质下降,子宫下坠非常普遍。就为了粮食过纲,这样搞下去能有什么前途?

另外,就粮食品种而言,前季稻是籼稻,江南的农民喜欢吃粳稻,不吃籼稻。城里人也喜欢吃粳米。农民出售余粮首先是卖籼稻,由国家分配到城市,因此城里人只好

1980年春,李学广在马陆公社田间考察,丰收在望,充满喜悦之情。

大部分吃籼米,粳米只当作一种补助食品,凭票配给。

我当时就想,这种做法是不能长久的。这是个严重的问题,而且也不单是农民问题。因此,我下决心把"三熟制"改掉。其实,农民也迫切要求改"三熟制",但是不敢讲,怕被批判、被打成"现行反革命"。当然,"三熟"改"两熟"也不是一下子改的,因为有人反对,做"以粮为纲"的文章。我刚到嘉定的时候,街上的标语都是"奋斗三年,争创大寨县"。因此,我担心操之过急会有麻烦,搞得不好是要减产的,所以采取了小步慢跑的策略:从1978年到1983年,花了五年功夫逐步减下来。1982年,我调离嘉定,这个工作仍继续进行。到1985年,双季稻的面积仅占嘉定种稻总面积的1.4%,可以说基本改过来了。

"三熟"改"两熟"、"农工商一条龙"改革以后,嘉定的第一、第二、第三产业比重发生了根本性变化。原来是农业最大,占55%;工业其次,占40%;副业最小,占5%。到嘉定县改革后的第四年,这个"宝塔"倒过来了,工业最大,占68%;农业最小,占15%;当中是副业,占17%。

过五关,改革终成功

改革,就是要为天下先,就是在与旧观念、旧思想的碰撞中,冲出一条新路。艰辛,甚至凶险无时不在。李学广把他在嘉定的改革称为"闯五关"。度过这五关,靠的不仅是李学广的政治智慧和执著,更是党中央的英明和广大群众干部的支持。

现在想来,我在嘉定四年,再加上离开嘉定以后的一年,一共闯了五关。任何一关没走好,嘉定的改革就会夭折。

第一关是拨乱反正。初到嘉定时,根本谈不上改革,面对的摊子险象环生,百废待兴。"文化大革命"中,嘉定是个重灾区。我去的时候,县里的"反革命集团"有21个,最大的"反革命"都是原来县里的负责人,你这一派抓我这方面的头子,我这一派抓你这方面的头子,把县里的领导人分开抓起来,都成了"反革命"。再加上冤假错案,冤死、打死的总数达到三位数。当时,还在讲"两个凡是",在这种背景下,要落实党的政策很不容易。然而不落实党的政策,老百姓就翘首望天心不安。我在搞承包制等改革之前,进行了半年的调查研究,组织起专门的班子来搞拨乱反正。为了迅速安定人心,我一碗水端平,于1978年11月13日开了平反大会,为县里两大"反革命集团"的头头平反,同时批派性,讲团结,否定"文化大革命"。两个头头平反后出来表态:一是表示理解,二是任何被打成"反革命"的人不许记仇,讲团结。这样,第一关就这么过了。

第二关叫"念紧箍咒"。我刚开始搞承包责任制改革不久,就有人在一次上海郊区县委书记会议上"念紧箍咒",说"上海不为天下先",意思是在改革上不要动脑筋,不要赶前头。这种观点,对我的改革是个不小的障碍。会议当场我并没有发言反驳,回去想了好几天。当时,《实践是检验真理的唯一标准》文章已经发表。我想,检验改革正不正确,不是凭谁一句话,而要凭实践。按照全党服从中央这么一个大原则,改革的时候不能够缩手缩脚。这样,我不反驳也不退缩,继续放手干下去。

第三关是"三不"。1979年,郊区县委的顶头上级部门上海市农委出台了一个"三不"政策。明文规定:不搞分田"单干",不搞包产到户,不分口粮田。这个压力可是不轻。在市农委的"三不"政策出来以前,我曾在嘉定宣布了一个大相径庭的"三不",即"不要大呼隆,不要一窝蜂,实行责任制,不要再评工"。农委的"三不"一传达,我就为难了。按照农委"三不"搞,还是按照我的"三不"来?我最终采取了一个策略:从农民的实际要求出发,我的"三不"继续推,但是农委的"三不"作为上级政策也要宣传。两个"三不"让大家去选。结果大家都反对农委的"三不"。[5]

第四关叫"别折腾了"。1979 年底，看到"三不"政策对嘉定不起作用，主管部门的主要领导到嘉定来了。我要求向他汇报工作，他却说他不是来听汇报的，只是来看看。随后他跟我讲了一句话："'四人帮'已经折腾了十年，现在你不要再折腾了。"听到这句话时，我只笑了笑。但是不能否认，这句话很重，给我压力非常大。如果说市农委的"三不"政策还是间接施压，这次就是面对面的交锋了。我不得不考虑政治风险了，但思前想后，我觉得，如果停下来，只会耽误嘉定的改革进程。我做好了准备，乌纱帽捧在手上。你要，随时拿去；不拿去，我在嘉定一天，那就改革一天。我走了，肯定还会有人要改革。中国离开改革还行吗？这一关我就是这么过的，乌纱帽拎在手上搞改革。

第五关是我不在嘉定的时候，那位叫我"别折腾"的领导杀了个回马枪。1982 年秋，中央开全国农村思想政治工作会议。这时我已经调到市委宣传部当秘书长，因为长期在农村工作，受命代替市委宣传部长去开会。当时中央通知，去之前要带材料，还发了一个提纲要求做调查研究。我选择的题目是关于新时期农民的新特点。那位领导也去开会，他选择了一个有关大队核算的题目，认为上海适宜搞大队核算，还是大锅饭思想。我的材料报到国务院后，在会上印发。会议第二天分大组开会。在华东区一组上，那位领导发言了，说上海地区"三高"，就是机械化程度高、作物单位面积产量高、复种指数高，因此不适宜搞联产承包责任制。

我一听，这下麻烦了，这等于是上海向全国挑战了。他的意思是，别的地方搞责任制可以，但上海不能搞。这个理由上海站得住吗？本来我没准备发言，但是下午我决定发言了。我说，上海确实存在"三高"，嘉定就是上海"三高"的"制

[5] 当时，实行农业联产承包责任制的大潮已势不可当。上海的"三不"禁令已挡不住郊区农民改革的步伐。不单是嘉定县，到 1982 年 12 月中旬统计：上海共有 3 万个生产队进行了各种层次的承包责任制改革。实行包产到组的占 18.8%；实行包产到户和包干到户的占 4.2%；实行联产到劳的占 60%；继续小段包工，评工记分不联产的占 17%。

高点"。"三高"在嘉定全部有,但并不是承包责任制的障碍,而是上海承包责任制的特色。承包责任制搞得很成功的马陆公社现在就是实行机械化。第二天的大会简报,把我的发言全文都登了。

在闭幕会上,万里副总理作总结发言时,提到我那篇关于农民新特点的材料,认为很有启发性。这个调查是我组织力量,在马陆做的,调查承包责任制和农工商一体化以后的农民变化。我提出不能再简单地以阶级的标准分析农民的成分,要以职业来区分农民的阶层,看农民是务工、务农还是务商;不能再分贫农、下中农,因为这样分析不清楚,一个人的成分不能世袭。大会以后,中央党校的刊物《理论动态》把调查报告全文发表,又加上了按语。《光明日报》也全文登载并加了按语。而那位领导的报告没有声音。

1982年底,上海召开农村工作会议,正式推行农村联产承包责任制。我在嘉定的改革至此得到了认可。

【采访手记】

李学广,83岁,新四军老战士,是一位身体健康、精神矍铄的老人,离休后又参加了上海扶贫办的有关工作,跑遍了大半个中国的农村,在我们采访他之前的一周仍在崇明和青浦从事农业调查。他对农村状况的思索,对农民的拳拳之心,在采访的三个多小时里一直感染着我。老人谈到农民的疾苦和改革的阻力,那种激愤不由自主。一个下午,我们仿佛又回到了过去。三十年前的那场改革现在早已定论。的确,只有农民、农村、农业现代化了,中国才能真正富强。

(赵兰亮)

采写助理:齐仁达 刘国庆

"伤痕文学"的到来

口述：卢新华

采访：曹奕

【口述者档案】 卢新华

1954 年出生于江苏如皋。

1968 年初中毕业于山东长岛中学。

1973 年至 1976 年当兵。

1977 年至 1982 年就读于复旦大学中文系。

1982 年至 1985 年任上海《文汇报》记者。

1986 年赴美留学。

1988 年于加州大学洛杉矶分校东亚语言文化系硕士毕业。

【卢新华寄语】

一转眼,改变我人生命运的《伤痕》发表三十周年了,中国也在改革开放的道路上探索前行了三十年。

至今,仍有人不断问我:"三十年过去了,我们是否治好了这道'伤痕'?"

我的回答是:这三十年,中国在各个领域都取得了举世瞩目的进步,但我们也不能不看到,每个历史时期都有其特定的历史环境和条件下所产生的"伤痕",从这个意义上,"伤痕"可以是一个永恒的话题。譬如,我在《紫禁女》一书中也曾用隐喻谈到,我们千百年来的文化传统曾教给我们"存天理,去人欲"这样的信条,以至于最终窒息和锁闭了我们民族赖以生存的生殖通道,成为一个"烙印",一个"石女"。曾几何时,我们仅用二十年左右的时间却又将这信条做到了反面,变成"存人欲,去天理"了,这肯定还要付出惨痛的代价,并可能再次刻下累累的"伤痕"的。"路漫漫其修远兮,吾将上下而求索。"愿改革开放三十周年能成为我们国家和民族再次出发一个新的起点,亦愿我们的国家和民族在对精神和物质的追求上,能最终找到一个适合自身健康发展的平衡点。

我还想要说的是——

发展中的中国,依然要有勇气直面自己文化的"病灶",并痛加切除。

前进中的中国,更应加紧自身文化精神和道德精神的重构与建设,否则改革开放的成果亦可能毁于一旦。

【事件回放】

1978 年 8 月 11 日,刚刚从十年"文革"灾难中新生的《文汇报》,破天荒地以一个整版的篇幅,全文刊登了复旦大学中文系一年级学生卢新华的短篇小说《伤痕》。

小说《伤痕》在《文汇报》的发表在读者中产生了强烈的反响,引发了对"文化大革命"的反思,但也曾遭到了一些人的严厉的批判和否定;这部作品,给予了作者卢新华无限荣耀的光环,也带给了他无形的精神压力。

这部作品奠定了卢新华在中国文学史上的地位。而"文革"后一个时期的中国当代文学,也以他的这部具有发端意义的小说的名字——"伤痕"命名。

那一年,卢新华 24 岁。

那一年末,中国共产党的十一届三中全会召开,"文化大革命"终于受到了彻底否定。中国改革开放的大幕,徐徐拉开……

《伤痕》之前

"《伤痕》是特定历史时期的文学产物,是'众缘成就'的结晶。同时,'伤痕文学'也注定是短命的。"

用"文革"语言说,我是响当当的"红五类"。我父亲当年是军队干部,"根正苗红"的我能写出《伤痕》,似乎有些不合情理。

这需要从年少时谈起。

从小,我就在思想上和父亲有冲突。父亲是孤儿,苦大仇深。从旧社会到新中国命运的巨变,注定了他正直、正统却又僵化的思想——当然,那时候受极"左"路线影响,许多人的思想都被扭曲了。对于当时我常常与社会主流格格不入的"小资产阶级思想",他总是异常不满和不安。有一次,语文老师拿着我写的作文给他看,并不住地称赞道:"写得真好!"父亲却说:"我不要他作文好,只要思想好就行了。"

在父亲的批评声中长大的我虽然也很努力地试图与"阶级敌人",与自己头脑中的"小资产阶级思想"作斗争,但也时常觉得很困惑和迷茫。

后来,我参了军,工作和训练之余开始学着写诗,同时也读了不少马恩列斯的书,如《自然辩证法》、《反杜林论》、《哥达纲领批判》、《国家与革命》等。书读得越多,越发现自己理解的马列主义,跟时下许多人的理解、解释有不小距离。当然,那时20来岁的我,还只有一些朦胧的思想雏形。

说起来,我并没有《伤痕》主人公王晓华的经历。但我相信,现实中的"王晓华们"很难有勇气写这样的东西。因为《伤痕》发表时,十一届三中全会尚未召开,"文革"未被否定,"黑五类"的子女仍似惊弓之鸟,不可能去主动惹火烧身。

另一方面,我在现实中,确实也看到或听到过大量发生在"王晓华们"身上的故事。可以说,"伤痕"是"文革"留在我心灵中的最深刻的印记。

我插过队,参过军,当过工人,青春期在"文革"中度过。这段经历,曾让我感受到昂扬的革命理想和残酷的生活现实之间所发生的巨大矛盾和冲突。

我念初中时,"文革"刚开始,班里比谁最"革命",常常就是比谁的出身好。那时,一切都唯"成分"论。要想参军、上大学,没有一个"好出身",一切难于上青天。

我在老家插队时,也经常听人议论一个挑粪的青年。这个青年名叫卢宝根,长得斯斯文文的,曾是县中有名的高才生。只因为出身富农,便被剥夺了考大学的权利。为此,我怀疑和不满"成分论",也忧虑它会扼杀许多有才华的青年的出路。

然而,命运很快也捉弄起"红五类"来,很多人的父母一夜之间成了"走资派"、"叛徒"、"特务",被游街、批斗、戴高帽。于是,他们也从天堂掉进地狱。

我父亲虽是军队干部,但家庭成分是"中农",当年在学校里填红卫兵申请表的"成分"栏时,我也忍不住要遮遮掩掩,生怕不够光彩。而即便我父亲那样"革命"的人,后来也遇到了麻烦。所以,经历过那个时代的人,无论"红五类"还是"黑五类",心头多少都刻下过伤痕。

至于我如何创作出《伤痕》,并因此走上文学路,还得从恢复高考这一年说起。

那时,我刚退伍不久,在工厂里当工人。参军时,我已开始写诗,探索了一段时间后,诗作就被当地《曲阜文艺》选用了,当地还有一份《工农兵诗画专刊》也常刊登我的诗,这对我是很大的鼓舞。

我走上文学道路的第一步虽然是写诗，但那时我最大的兴趣还是哲学。"四人帮"粉碎后，我曾产生过一个念头，想写一本书，名字也起好了，叫《四人帮批判》，希望能从思想路线、理论体系上厘清"四人帮"的极"左"路线和主张"使人得到全面发展"的马克思主义之间的差异和区别。

我甚至已着手做准备了，但碰到了最大的障碍——根本无法查找档案资料。"宏大"的理论创作计划就此无奈地放弃了。我想，如果当时有条件，我一定会花费十年、二十年去努力的，因为这值得做。当然，真这样，自己的人生轨迹也一定得重写了。

含泪写《伤痕》

"流着泪写完的瞬间，我就感到作品一定很有感染力，是能够打动许多人的。因为我深信罗曼·罗兰的话：'只有出自内心的才能进入内心。'我甚至觉得，这一刻即便自己死了，只要留下这部作品，也值得。"

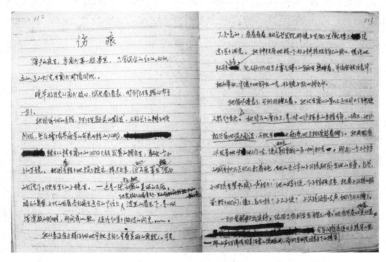

《伤痕》初稿

1978年2月，我作为恢复高考后首批录取的大学生，进入了复旦大学中文系。当时，同学们个个意气风发，"指点江山，激扬文字"，许多人还提议成立业余兴趣小组，分诗歌组、小说组、散文组、评论组等，并得到了热烈响应。

尽管我们属于文学评论专业，但不少同学喜欢创作。我原写过诗，理所当然地被分到诗歌组。可我觉得比起诗歌的阳春白雪、曲高和寡，小说的影响和读者群更大。

同时,诗歌不适宜表达思想,自己对时代的思索,必须通过必要的人物形象才能得以表达。

此外,小说的好处还在于能包容其他文学形式,内涵更加丰富。尤为重要的是,进大学后,我如饥似渴地读了不少中外批判现实主义作家的作品,也跃跃欲试地想对现实加以批判,深感小说更对我的胃口。

于是,我坚决"跳槽"到了小说组。

后来班级决定要办一期墙报,每人根据自己所在的兴趣小组必须交一篇相应的作品。这也就是说,我得写一篇小说了。我之前几乎还从没写过小说,甚至连小说和散文有些什么区别也很懵懂。好在自己小说读得不算少,加上进校后所上的写作课、文学概论课、作品分析课的帮助,也还信心满满。

我对"文革"时期的"高、大、全","假、大、空"的文风曾深恶痛绝。那时的文风,正应了鲁迅的话:"中国人向来因为不敢正视人生,只好瞒和骗,由此也生出瞒和骗的文艺来,由这文艺,更令中国人更深地陷入瞒和骗的大泽中,甚而至于已经自己不觉得。"因此,在动笔之前,我一遍遍告诫自己:首先要写自己的真情实感,写自己的眼睛看到的世界,写自己的心灵体验过的经验。

那写什么呢?

作为经历过"文革"的许多人,当时都在思考,我们的社会究竟出了什么问题?而我当时也反复地想:我们国家这艘航船是不是在一些根本的方面偏离了航向?当时的报刊宣传较多的是"四人帮"对国民经济的破坏,但我越来越感到,这仅仅是一个表象,问题的本质在于十年浩劫搞乱了人们的思想,颠倒了一个时代的审美,伤害和摧残了许多正直和善良的人。记得是一个星期四的上午,作品分析课上,老师讲到许寿裳先生评鲁迅先生《祝福》的一段话:"人世间的惨事不惨在狼吃阿毛,而惨在封建礼教吃祥林嫂……"这话像一道闪电给了我极大的触动和启发,一个类似的命题也在我心中轰然炸响——"'文革'的'惨事'不惨在极"左"思潮将国民经济弄到了崩溃的边缘,而惨在它在每个人的精神和心灵上都种下了无法磨灭的伤痕。"于是,下课后回宿舍的路上,我几乎魂不守舍,反复思考着要写一篇反映"文革"给每个中国人的思想、心灵、精神包括肉体都种下伤痕的小说。

最初的故事框架大致是写一个青年,他或她在亲人被"四人帮"打成叛徒后信以为真,痛苦地选择"决裂"出走。在与亲人断绝联系的九年里,青年在革命、狂热和继之而来的消沉、挣扎、孤独、彷徨中煎熬。恋人又由于自己的家庭问题而不能上大学,被迫中止往来。然而,历史开了一个玩笑:粉碎"四人帮"后,青年才知道亲人遭遇的是冤案。在经历内心的忏悔和挣扎后,青年赶回家去,不料已获平反的亲人却刚刚离开了人世……

最初的构思曾想写一对父子,但考虑到女性的感情更细腻,画面会更感人,所以最后还是决定写一对母女。小说主人公"王晓华",则完全是个虚构的人物,并无现实生活的原型。不过,她的模样,我倒是根据真实的人物"描摹"的,那就是我当时的恋人、如今的妻子。那时,我从大学的文学概论课上,已经初步接触到"典型概括"的理论,所以,我希望我所创造的这个角色,既能集中概括和体现那个不堪回首的时代中许多青年的共性,又能具备自己鲜明的个性。既可以让读者为她苦难的遭遇一洒同情之泪,同时又能从她身上看到自己精神的影子。

有了构思,我心头涌动着难以抑制的创作冲动。当晚,我爬上宿舍的上铺,抱了床被子放在腿上,倚着墙"唰唰"地动起了笔。起初起的题目是"心伤",意即"心头的伤痕",后来感觉不太理想,次日晚上写第二稿时,就改成了"伤痕"。

在学校的宿舍里连写两稿,都因为时间太短,刚写了个头就要熄灯了。所以,星期六我来到了未婚妻的家里,晚饭后上了她家的小阁楼,趴在一台缝纫机上,面对着一

卢新华一家,摄于2005年美国洛杉矶。

27

个黑色的笔记本重起炉灶,一气写到次日凌晨两时许。

扔下笔时,我才发现自己已哭成了泪人,两眼模糊得连面前的稿子也看不清了。所有的故事、人物、情节和细节就那么真真切切、自然而然地像汩汩溪流般朝我淌过来,那感觉就是在记录,而不是创作。到后来,我也被自己笔下的悲剧深深地震撼和打动了。

那些天,复旦的教室、寝室和饭堂里,到处可以听到有关这篇小说的争论。有时一顿午饭可以吃上个把小时,饭凉了,菜冷了,大家仍在争论不休。

《伤痕》是用我真诚的泪水化成的作品。完稿后,我读了一遍又一遍,丝毫不怀疑它的感染力和震撼力。

正因为有这样的自信,我请一位教写作课的老师提意见,并期望她能帮助我向杂志社推荐投稿。谁知老师读罢却语重心长地对我说:"作品挺好,也很感人。可我要告诉你,这样的作品是绝对发不出来的。我在编辑部帮过忙,看过很多稿件,也很清楚他们需要什么样的稿子。至于为什么不能发,三言两语讲不清楚,你还是再多读读马恩列斯关于文艺的论著吧,也许会有答案的。"

我于是听了老师的话,真的找来许多相关的书,一本本认真地啃读,可越读越觉得《伤痕》的创作并没有违背这些经典论述,相反,我还从恩格斯的相关论述中受到鼓舞,认为我正是根据"典型概括"的理论写出了"典型环境中的典型人物"。于是,我又向几个比较懂理论的同学求教,请他们提意见。

出乎我的意料,他们的反应也不热烈,甚至不以为然。有的说作品政治上把握得不够准确,有的认为小说从人物到故事,都不够典型,没有正确反映时代的本质和主流等。

这一切让我由自信渐渐转为灰心。直到后来,《伤痕》在《文汇报》发表后引起轰动,我才猛然意识到,它最初之所以不被班里个别同学看好,其实正是因为他们不由自主地戴上了来自教科书的"理论有色眼镜"。只要与书本理论不符的作品,下意识地就会加以否定。

后来我读了托尔斯泰的《艺术论》,更是深受启发。其实,我们每个人原本都有着正常的审美能力,但经过所谓的课堂教育后,正常的审美眼光倒常常会一点点丧失,而代之以反常的所谓"经典的思维",只知道根据既有理论的框框去机械地套作品。

所以,这也正是理论常常在实践中所遇到的悲哀吧。用过时的文学理论,尤其是"文革"时期的伪文艺理论去衡量一部真实反映现实生活的作品,这无异于削足适履。倒是那些对文艺理论知之甚少的人,因为没有"有色镜",反而能保持正常的审美力。这样,当《伤痕》后来首先在复旦校园的墙报上公之于世并引起强烈反响后,我读到光明日报刊登的《实践是检验真理的唯一标准》时,心情真是格外地激动。

当然,这只是后话。实际上当时的我已被"打击"得心情分外沉重,郁闷地将手稿锁进书桌了事。

后来,小说组组长倪镳同学找我要墙报稿,我本打算重写一篇,并且很快起了个头,但无论如何写不下去。心里一松劲,就将已打入"冷宫"的《伤痕》从抽屉里翻出来,重新誊抄了一份交上去。心想:"既然不能发表,出墙报用总可以吧。"

去年年底,我在上海重逢同样旅居海外多年的倪镳,谈及此事,他告诉我:"其实初读《伤痕》,我就很喜欢,但在'政治上',也感到把握不准,就请了宿舍里其他几个同学一起看。有的说很好,也有的提醒'政治上可能有问题',一时把我也讲糊涂了。但我还是觉得作品不错,即便有争议,也可以再讨论。所以,我最终还是决定把《伤痕》放在墙报的头条……"

1981年与大学同学摄于上海家中;从左向右依次为吴秀坤,现为《钟山》编辑部主任;卢新华;周斌,现为复旦大学中文系教授;唐代凌,现旅居美国。

回头看,《伤痕》得以问世,倪镳是第一关。如果他一念之间"枪毙"了事,今天所有有关《伤痕》的故事,可能都无从讲起了。

再说小说交出后,我也未放在心上。两三天后的一个上午,好像是周末,我起床比较晚,忽然听得宿舍门口人声嘈杂,打开门探头望过去,班级的墙报已经贴出来,正对着底层的楼梯口,十七张稿纸的《伤痕》贴在最醒目的位置,很多人都在围着看。

围看这篇小说的同学,开始以女生居多,有中文系的,也有外系的,也许他们没有带着挑剔的"理论眼光"来阅读,而只是凭着正常人的朴素直觉来欣赏,所以作品很自然地打动了他们,不少同学边看边落泪。

以后一连好几天,墙报栏前总是里三层外三层地挤满了人,唏嘘声响成一片。还有的同学边看边抄,泪水不断地洒落在笔记本上。

再往后好几个月,直至《伤痕》在报上发表,墙报栏前的读者始终络绎不绝,读者也逐渐扩展到了全校。那时,众人对着墙报伤心流泪的场景,成了复旦校园的一大奇观。

但争议并没有停止,即便小说在《文汇报》上发表以后。

一次,中文系的黑板报上登了一幅漫画,批评有人压制对《伤痕》的反对意见,马上就有外系的同学写小字报覆盖,提出"不许对这篇小说横加指责"。当天很快又有同学写编者按反唇相讥,还配发了讽刺漫画……

鉴于这种情况,复旦大学中文系在校党委支持下,组织了一场有关《伤痕》的大型学术讨论会。我记得讨论会在老文科教学楼一间可容纳几百人的大教室举行,气氛十分热烈,共出现了三派意见:"赞美派"、"补天派"和"反对派"。

尽管"反对派"人数不多,但意见很具代表性,主要批评有五点:一、王晓华受极"左"思潮影响,作者却对她寄予满腔同情,对其极"左"行为不予批判,足见作者受资产阶级"人性论"的影响之深。二、《伤痕》不真实,未反映"典型环境"中的"典型人物"。小说主人公是曾两次"炮打张春桥"的上海红卫兵,却对张春桥把她母亲定为叛徒的问题,在长达九年的时间内深信不疑,让人觉得不可信。三、王晓华的形象不可爱、自私、麻木、消极,不能反映"文革"中红卫兵运动的主流,应选取敢于同"四人帮"斗争的英雄人物做主人公。四、作者过分渲染抽象的母女情。在爱情关系的描写上,也有爱情至上主义的味道。五、《伤痕》政治上问题很大,有否定"文革"之嫌,"不要光看现在'闹得欢',需要两年后再说"。

这场校园内的争论,还引起了复旦校领导的关注。时任校党委书记的夏征农,是位与鲁迅同时代的左翼作家,当时就旗帜鲜明地支持了这篇小说。

艰难的发表历程

虽然在当时思想解放运动初露端倪的大气候下,《伤痕》最终一定能问世,但如果没有无数有胆有识者的倾力推出,《伤痕》的发表一定会困难重重……

《伤痕》上了校园墙报后不久,《文汇报》资深记者钟锡知先生托人找我要稿子。

将信息传给钟先生的,是中文系老师孙小琪和她的知青好友俞自由。她们在安徽插过队,钟先生去当地采访过,和她们成了朋友。孙老师将有关《伤痕》的情况告诉了在安徽天长当副县长的俞自由,俞又转述给了钟先生。

但要去手稿后的一个多月里,《文汇报》并没有任何信息反馈给我,真好似"泥牛入海无消息"。到了 1978 年的 5 月 11 日,《光明日报》发表了《实践是检验真理的唯一标准》这篇文章。这对我是很大的鼓舞,几位要好的同学也怂恿我说:"别等《文汇报》了,还是投给《人民文学》吧。"

经不住鼓动,我把稿子重誊了一份,同学们则帮我写了推荐信——《〈伤痕〉在复旦校园引起轰动》,然后一一签了名,附在稿子后,由我投寄给《人民文学》。

我们满心以为在当时新的舆论背景下,《伤痕》的发表应该很有希望。但一个多月后,《人民文学》就寄来了退稿信。

正当我心寒至极时,《文汇报》忽然捎信要我去一趟。在外滩圆明园路 149 号 6 楼文汇报文艺部,我第一次见到了钟锡知先生,他人不高,有些瘦,很白,很精干,头发有点后扬,眼睛明亮有神。

钟先生告诉我,《文汇报》编辑部经过长时间讨论并向社会广泛征求意见后,现已准备发表可能会备受争议的《伤痕》,为了少给反对者留下可供批评和攻击的口实,同时也为了作品艺术上进一步完善,希望能对作品做一些修改。这些修改意见大致有十六条。我印象最深的有以下几点:

小说开头第一句说除夕的夜里,车窗外"墨一般漆黑"。因担心有人会说"'四人帮'都粉碎了,天下怎么还会一片漆黑呢?肯定有影射之嫌!"于是改成"车窗外什么也看不见,只有远的近的,红的白的,五彩缤纷的灯火在窗外时隐时现",同时加一句:"这已经是一九七八年的春天了。"我原写"车上,一对回沪探亲的青年男女,一路上极兴奋地侃侃而谈",后来则由编辑部改成"一路上,他俩极兴奋地谈着学习和工作,谈着抓纲治国一年来的形势";小说中一直给王晓华以爱护和关心的"大伯大娘",因为觉得阶级阵线不够明确,则被改成了"贫下中农";小说最后,原来的情节是:黄浦江边,王晓华读着母亲临终前的话,内心的悔恨、愤怒如滔滔江水交织在一起。编辑部的意见认为:这样的结尾难免让人感觉"太压抑",似乎有动摇人们对党、对国家信心的"隐患"。为给作品留下点"亮色"以鼓舞人心,最终由我执笔修改成:"忽然,远处传来巨轮上汽笛的大声怒吼。晓华便觉得浑身的热血一下子都在往上沸涌。于是,她猛地一把拉了小苏的胳膊,下了台阶,朝着灯火通明的南京路大步走去……"

对于新的结尾,我还能接受,我最耿耿于怀的是第二条修改意见,特别假,一点也不符合生活。

当然,为了能早日发表,我还是很认真地配合报社对作品逐一作了修改。那时正值盛夏,记得拿到大样后,我是利用晚自修的时间,从教室里拖张课桌,在复旦大学大门正对草坪的一侧马路边,借着路灯伏案修改。为了防蚊虫叮咬,我还穿上雨靴,再把裤管塞进靴子里,一边改一边挥手擦汗。就这样,还是不断有汗水滴到大样上。

后来,回顾《伤痕》问世的曲折时,国内有媒体对当时的十六项改动作了评论,认为这表明《伤痕》的发表依旧没完全抹去那个时代的影子,依旧带着时代的"伤痕"。我个人认为,这些改动使小说在某些地方变得生涩了,甚至于其中的几处改动,让我如骨鲠在喉般地难受。但实事求是地讲,尽管这些修改意见折射出那个时代的思想局限,但也能看出《文汇报》的记者、编辑对于《伤痕》的发表,是极其谨慎、细致和负责的。他们和作者一样冒着巨大的政治风险。

据时任《文汇报》党委书记、总编辑的马达先生回忆,《伤痕》送到报社文艺部时,多数人感到小说很好,可以发表,对深入揭批"四人帮"有推动作用。但也有人认为,小说内容好,但有的情节较粗糙、牵强。还有编辑提出,文汇报社的"清查运动"尚未结束,还处在"运动时期",版面还未定型,发表这样一篇近万字的小说是否合适等等。最后,来自报社高层多数领导的支持意见,还是压过了反对意见。

当然,这并不意味着《伤痕》能立即见报了。据钟锡知先生以后在《平地一声春雷》一文中追忆,为求慎重,报社打出小样,在上海文艺界反复、广泛地征求意见,随后又借开会之机去北京征求意见。就在去京的列车上，上海文联主席钟望阳先生向钟锡知先生提出："如果《文汇报》不方便发表，就给我们用在复刊后的《上海文学》第一期吧。"

此外，马达还回忆，发表前为慎重起见，他特意写信给当时的市委宣传部副部长洪泽，表达他个人对《伤痕》的肯定意见，认为它不仅揭露了"四人帮"的罪行，而且深刻反映了"四人帮"在"文革"中给广大干部和青年一代造成的严重创伤。发表这样一篇已在复旦校园引起强烈反响并深受欢迎的作品，对于揭批"四人帮"，肃清其流毒的斗争有重大的现实意义。

信发出后的次日晚，马达就接到洪泽的电话："这篇文章我看了，很好，我完全同意你的看法。"

由是，1978 年 8 月 11 日，小说《伤痕》在《文汇报》上，以一个整版的篇幅发表了。

毋庸置疑，无论是马达，还是钟锡知，在希冀得到上级领导支持之前，内心其实早就有了主见，无非是下最后决心时，尚需要一份外力，需要来自亲人、朋友、领导的支持和鼓励。这一点，即使是支持马达先生下最后决心发表《伤痕》的洪泽先生，也不例外。

说到洪泽支持《文汇

1978 年 8 月 11 日刊登于《文汇报》的《伤痕》

报》发表《伤痕》,背后还有一段故事,马达先生也未必知晓。我是从著名电影演员赵丹的儿子赵进那里得知的。

《伤痕》发表后,赵丹想拍电影,摄制组都成立了,他亲自任导演,黄宗英和我等任编剧。虽然因为种种原因最后没有拍成,我却因此跟他们一家成了朋友。有一次,赵进忽然问我:"你知道《伤痕》究竟是怎么发出来的吗?它可是我的一个同学'发'的呢!"

我问:"此话怎讲?"

他于是告诉我,他那位同学其实就是洪泽的女儿。要不是她"一语定乾坤",也许《伤痕》还不会这么快面世。

原来,读罢马达送去的《伤痕》大样后,洪泽也觉得好,内心支持发表,但他还希望听一听来自其他"普通读者"的意见。那日傍晚,见女儿回家,洪先生便递去《伤痕》,要求她阅读后立即提出意见,并半开玩笑地说,要是她认可,自己马上签发;反之,就"立即枪毙"。据赵进转述,洪泽的女儿读完小说后,热泪盈眶,抱住父亲的头说:"发,一定要发!"洪泽故意说:"那可能要再被打倒,进牛棚的。"但女儿执拗地坚持:"不管不管,也要发!"说罢,抓起洪泽的手,"现场监督"父亲签字。

由赵进转述的这段插曲,并没得到洪泽女儿的亲口证实,但我相信它的真实性。当然,我也明白,如果洪泽的女儿看完《伤痕》后是另外一种反应,洪泽也未必会改变自己的态度,但或许会再细细思量、反复斟酌,如此,等待《伤痕》的,可能又会是另外一种命运。

可以说,这不是臆断。

2004年底,我在天津与冯骥才先生小聚,谈话中他曾不无遗憾地告诉我,当时他也创作了一篇类似于《伤痕》的小说,投在《人民文学》,编辑部虽然很喜欢,但有些"吃不准",一直反复讨论。等到《文汇报》发表了《伤痕》并引起全国性反响后,他的作品因为"与《伤痕》故事有些雷同,不便再刊用了"。

所以,我后来经常说,《伤痕》得以问世,有千百种因缘的帮助,也可以说是"众缘成就"的结果。从另一个意义上讲,《伤痕》也是全中国人用自己的血和泪写成的,而我,不过有幸做了一名记录者。

一石激起千层浪

《伤痕》在《文汇报》全文刊载后,真可谓"一石激起千层浪"。当天的《文汇报》被争相购买,紧急加印到了破天荒的 150 万份。卢新华和同学刘开平骑着自行车跑遍了复旦附近的邮局,结果处处"洛阳纸贵",根本买不到报纸。

《伤痕》发表后,报社和我收到了总共近三千封读者来信。绝大多数读者说,小说主人公的命运引起他们强烈的共鸣,对作品、作者和报社表示支持。

还有许多读者说自己有着与王晓华共同或相似的遭遇。最离奇的是一位西安的读者说:"我和《伤痕》中的主人公有许多相似之处——同名、同姓、同岁、同年下乡、同样的母亲问题以及解决情况,甚至在个人问题和组织问题上也有相似的遭遇……以致使我不免猜疑,难道现在东海之滨的你会知道西北古城的我么?或是你知道有关我的这件事吧?"

一个虚构的故事能和现实生活"撞车",让许许多多不同文化层次的读者信以为真,这对我无疑是莫大的鼓舞。

后来,我到北京领取"一九七八年全国优秀短篇小说奖",抽空去看在北京的表兄,进门正见表嫂边洗衣服边收听中央人民广播电台改编的广播剧《伤痕》,一边听一边眼泪簌簌地往下掉。我于是告诉她这是我编的故事,完全是虚构的,可她还是止不住地哭。

我也曾给母亲读过《伤痕》,尽管事先也说过"故事是编的",但她听完后还是泪流满面。所以,现在每当有人说《伤痕》青涩,我都不敢苟同,因为当年无论写《伤痕》的人,还是读《伤痕》的人的感受,都是酣畅淋漓,"信以为真"的。

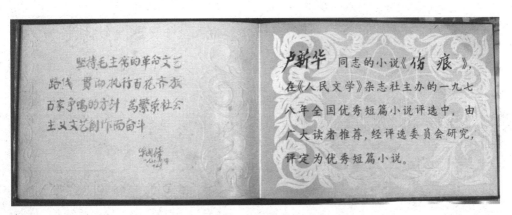

《伤痕》获 1978 年全国优秀短篇小说的得奖证书

1978年日本《读卖新闻》关于卢新华及其小说《伤痕》的相关报道

[1] 伤痕文学以刘心武刊于《人民文学》1977年第11期的小说《班主任》为发端,以卢新华发表于1978年8月11日《文汇报》的短篇小说《伤痕》而得名。早期的"伤痕文学"作品主要表现十年浩劫带给人精神上的扭曲和伤痕。后期的"伤痕文学"作品普遍表现出对于人性的关怀,对于人性深刻的探索和讨论。

《伤痕》的发表也改变了国内读者对"文革"中走过歧路的《文汇报》的印象。据时任《文汇报》副总编辑的史中兴回忆,《伤痕》发表后,他有一次随马达赴京开会,下榻北京饭店。开电梯的女工知道他们来自《文汇报》后说:"如果你们几个月前来的话,我是不会给你们开电梯的。""现在为什么又开了呢?"他们问。"因为你们发表了《伤痕》呀。"

一篇《伤痕》竟然改变了一位普通国人对《文汇报》在"文革"中作为"四人帮"喉舌的恶劣观感。当然,此后的《文汇报》在马达一班人的领导下,刊登了许多宣传拨乱反正、呼吁思想解放的好文章,为彻底否定"文革"、推进中国的改革开放,做了舆论的先锋,重新赢得了应有的声誉。

这是后话。

《伤痕》的发表,使卢新华一夜成名;"伤痕"一词,也很快成为反思"文革"的文学作品的代名词,而更大范围、更尖锐的争议也随之而来。

《伤痕》发表后,被全国二十多家省市电台广播;新华社、中新社等诸多国内媒体纷纷播发新闻。美联社等海外媒体也异常敏感,迅速发出报道说:"上海的《文汇报》刊载小说《伤痕》,说明中国出现了揭露'文革'罪恶的'伤痕文学'。"还有些报刊则将我"封"为所谓"伤痕文学鼻祖"。

还是因为《文汇报》的发表,《伤痕》不仅在复旦大学内部,更在全国范围引起了热烈的大讨论。讨论从1978年夏,一直持续到次年秋。在此期间,一批被冠之以"伤痕文学"[1]

的作品相继问世。

　　大讨论引发的激烈争议确实空前,而分歧集中在如何看待《伤痕》等作品的意识形态含义,如何估量它们的社会功用上。

　　持肯定意见者说,"文革"摧残了无数人,给国家和民族造成深重的伤痕!只有真正揭批"四人帮"和十年浩劫,才能彻底医治好巨大的创伤。他们认为,以《伤痕》为代表的"伤痕文学",没有"高大全"式的人物,没有"假大空"的口号,第一次将人的情感回归到真实,第一次无所顾忌地揭开"文革"给人们造成的精神伤疤,宣泄了人们十年来积郁心头的大痛大恨。还有论者盛赞作品"表达民心、传达民意、伸张民权"。

　　而否定的观点认为,《伤痕》及"伤痕文学"对"伤痕"的暴露过多,"情调低沉,以致影响实现四个现代化的斗志"。他们提出,《伤痕》及"伤痕文学"是"向后看的",是"用阴暗的心理看待人民的伟大事业"。

　　更有甚者,1979年春,在一波反对"资产阶级自由化"的浪潮中,北方一位评论家发表了一篇题为《"歌德"与"缺德"》的文章,对当时方兴未艾的"伤痕文学"、"反思文学"[2]、"暴露文学"表示极大不满,甚至"义愤填膺"。

　　这位评论家提出,社会主义文学、无产阶级文学应该以歌颂党的英明领导,歌颂社会主义制度的优越性,歌颂各条战线上涌现出的先进人物和英雄人物为主,要有时代的"高昂音"。这便是所谓"歌德"的内涵。反之,那些暴露社会主义制度和党的领导的阴暗面的作品——首推"伤痕文学"——便是应当贬斥和反对的"缺德派"作品。

　　这位评论家认为,文艺要"坚持文学艺术的党性原则",就应该"歌德",只能"歌德"。他进而警告,"伤痕文学"之所以"缺德",是因为它们最终会动摇人们对党和社会主

[2] 反思文学是伤痕文学的发展和深化。在反思文学兴起的初期,"反右"扩大化、"大跃进"、"文革"等构成了反思文学的主要题材。这一时期的代表作有茹志鹃的《剪辑错了的故事》、张一弓的《犯人李铜钟》等。从王蒙的《蝴蝶》开始,反思文学开阔了新时期文学的视野,具有了更丰厚的容量与更深刻的蕴涵。

义制度的信心,因而有"亡党、亡国"的危险。那些"怀着阶级的偏见对社会主义制度恶毒攻击的人","只应到历史垃圾堆上的修正主义大师们的腐尸中充当虫蛆"。还有人认为"伤痕文学"作品是"解冻文学"。"解冻文学"在当时不是个好称号。苏联作家爱仑堡曾发表过一部叫《解冻》的长篇小说,被认为是配合赫鲁晓夫搞"反斯大林"的修正主义政治路线的始作俑者。

当时还有一位身份相当重要的人士语出惊人,指责有的"伤痕文学"作品不但"缺德",更是"政治手淫"。

这些事今天听来也许夸张,但当时我真的很怕那些"文艺理论"对《伤痕》可能的伤害。我虽然对自己作品的真实与感人满怀信心,但我内心对于《伤痕》的"越位"和"出格",甚而"离经叛道"也是心知肚明的。

正因为对小说的评价存在极大的争议,《伤痕》几度改拍电影的尝试都夭折了。最早是上海电影制片厂,赵丹任导演,后来未获批准。接着是北影厂也列入了摄制计划,编辑张翠兰还特地来上海帮我请了一个月的创作假,并根据读者来信的线索去各地采访。尽管我们很投入地几易其稿,终于还是没拍成。后来长春电影制片厂也要拍,最终还是不了了之。

当时,那些来自评论界的严厉的否定意见,虽非主流,但给我的无形压力还是很大的。一方面,自己因《伤痕》突然"名扬四海";另一方面,没想到被批作"缺德文人"、"自由化分子"。好在,时代毕竟不同了,思想解放的大潮无可阻挡,文艺政策的宽容度也越来越大,危言耸听的政治大帽子,终究不过是春天里的"一股冷风",不能形成将人冻僵的"寒流",所以我的生活总体还算平静。

1984年底,中国作协第四次代表大会对"伤痕文学"做出了公允的评价——"被称为'伤痕文学'的一系列带有浓重悲壮色彩的中短篇小说,扣动了亿万人民的心弦,在新时期文学中起了披荆斩棘、敢为天下先的作用。"

"伤痕文学"虽短暂,但它的历史作用无法被抹杀,也不会被历史遗忘。

尽管我拒绝接受"极左遗风"式的批判,但我也意识到,用真正文学批评的眼光审视《伤痕》,也确有许多不足,在文学技巧上是稚嫩的。《伤痕》巨大的影响力和震撼力,来自天时、地利与人和。要是没有天时、地利、人和的诸缘皆备,我这个时代一页的记录者,便无法写出《伤痕》,更不可能得到时代的认可,从而在文学史上留存一点印迹。

《伤痕》之后的传奇

"人生就像进电影院里看电影,你不能一进去以后就想拣最好的位置坐,你手上有张票,你得看看你的票是几排几座。"

《伤痕》给我的命运带来的转折,让我始料不及。

就在《伤痕》发表的当年,还是大学一年级学生的我,成为"文革"后首批加入了中国作协的作家。随后,我又被推举为上海市青联常委、第四次全国"文代会"代表。

那个时期,我频繁出席活动、参加会议,受到过邓小平、华国锋、胡耀邦等党和国家领导人的接见。回到学校,我还经常一周两次接待络绎来访的中外记者。

当掌声、鲜花、荣誉一齐涌来时,我很开心,但也一直在心里提醒自己不要忘乎所以,不要让掌声冲昏了头脑。

我想,全国当时肯定有不少人曾和我一样思索过,一样写过类似《伤痕》的作品。区别仅仅在于,命运偏偏选中我,让我来"出这个风头"。从这个意义上,我只不过是在幸运之神的眷顾下,中了一张"彩票"。

这份清醒一直保持到 1982 年大学毕业。因为是党员、退伍军人,又有市青联常委、中国作协会员等诸多"头衔",我就业选择的前景应该很好。当然,最诱人的去向还是人民日报社要我去做团委书记。

当时学校管分配的张老师一共找我谈过三次话,前两次我已经表明了自己不愿意去的态度。最后一次他动员我说:"卢新华,你知道人民日报团委书记是个什么概念吗?如果外放,就是个地委书记了。"

地委书记呀,这对我诱惑力确实是很大的。要知道,我从部队退伍时才只不过是个侦察班长啊!但思前想后,我很清楚自己是个很情绪化的人,喜怒哀乐常常都挂在脸上,这哪能从政和当官呢?所以,最后我去文汇报社当起了记者。

当然,选择拒绝宦途,在我内心里还有一个更重要的原因,那就是我冥冥之中总感到,自己的生命可能更属于文学,更适合做一个自由自在的有着独立人格和人文精神的文化人。而且,我也不希望自己总是听命于某个领导,而失却自己独立的思想。

遗憾的是,到报社后我发现自己也无法适应新闻工作,甚至越来越觉得与这个职业格格不入——每日都有命题作文,赶不完的稿子,今天写明天扔,没有时间沉思，没有时间静下心来写自己想写的东西。

于是，我向报社请了创作假，由上海市作协发薪，当了一年的专业作家，写出了我的第一部长篇小说《森林之梦》。这之前，我也曾出版了中篇小说《魔》，并在《人民文学》等杂志发表过十几个短篇小说，较有影响的是《典型》《表叔》等。只是这些作品都不曾引起什么特别的反响，用媒体的话说，"可能都被《伤痕》的光芒掩盖了"。

那时已是80年代中期，社会经济开始繁荣，出现了赚钱的个体户、万元户。我也很想能挣些钱，让自己首先在经济上获得独立，不必再为"五斗米"折腰，去写那些连自己看了都要脸红的"遵命"文字。另外，从加强自己的"生活积累"着想，我以为自己工、农、兵、学都干过了，"五行"中就缺一个"商"，我也想经历一下、尝试一回。于是，就动了"下海"经商的念头。

下定决心后，我向报社辞了职，南下深圳办公司。后来，包括中新社等多家媒体都把"中国文人下海第一人"的帽子戴到了我的头上。其实，我心里清楚，我绝对不是第一个。至少在我之前的还有黄宗英等。"下海"后，我和朋友们一起创办了"新亚洲实业有限公司"，但成立后不久，因为公司内部发生人事纷争，而我也不愿意伤害到朋友之间的关系，故主动辞去了自己的董事长兼总经理职务。

在大学毕业前，我就曾有过出国留学的想法，但当时听说有内部文件，在全国得过奖的人不给办理护照，我就暂时打消了这个念头。现在，这个计划又重新提上我的"议事日程"。

为什么想出国留学？主要也是基于这样几个想法：一、中国的文化传统向来主张要"读万卷书，行万里路"，而留学正是这样一个可以将两者结合起来全面充实提高自己的机会。二、无论在做记者还是经商的日子里，我从来也没有放弃过对我所处的时代和社会的思索，然常有"不识庐山真面目，只缘身在此山中"的慨叹，故很想能通过留学换一个视角重新审视和观察中国。三、我也希望通过留学，能在一个文化差异很大，对自由也有着许多不同理解的国度里，除了收获思想的果实之外，还可以达成我所需要的一定程度的经济独立，可以不再仰赖任何人的鼻息，自由自在地写作。

当时，我的第一部长篇小说《森林之梦》在浙江文艺出版社付梓出版，于是，在责任编辑王逸芳的帮助下，出版社特例为我预支了500元稿费。我便拿着这笔钱又另外凑了400元交了学费，然后进入上海外国语大学出国培训班补习英文，并在次年考了托福，于1986年9月19日进入美国加州大学洛杉矶分校就读。值得一提的是,读出国培训班的那半年多的时间,是我人生中最艰难的一段日子。因为辞去工作,我失去了几乎所有的生活来源,只能靠学习之余,用笔名每周为《文汇报》的"文艺百家"版写上一千余字的评论文字,赚取每月一百二十余元的稿费聊以糊口和养家。

这样,不安分的我,成为"西漂族"的一员,"漂"到了美国。

"我在美国的生活并没有国内媒体描述的那般悲情。更重要的是,踩三轮车的第一天,我甚至很为自己自豪——在国内我享有过众星捧月的荣耀,但身在海外,我做得到在巅峰时刻抛开过去,一切归零,由最普通的事干起。"

有人说,我人生真正的传奇,是从闯荡美利坚开始的。

我那时获得了学校的全部学费减免,但生活费还得靠自己挣。

钱真是不够花。我从国内带来的500多美元,在加州大学洛杉矶分校东亚语言文化系注册就花去300多,剩下的根本不敢用,唯恐生活中有急需。我当时想钱快想疯了。后来,根据学校招贴广告栏上发布的信息,我在学校附近找了份踩三轮车的活儿。

学校附近有个小城叫西木村,人称"小巴黎",有近十家电影院,到了周末常常游人如织,我的工作便是载客观光。和我一起踩三轮的共有十几人,多数都是我们学校的白人大学生或研究生,他们觉得这活儿既锻炼身体又挣钱,干起来都很开心。我是第一个接这活儿的东方人。

第一晚,我苦等了几个小时都没客人,正沮丧,来了第一笔生意,是一对夫妇,我们学校的两个校友,他们想去校园怀旧。那一路都是上坡,踩到目的地,我累得汗流浃背。后来女的给了我25美元车资,男的又另加给我20美元小费,让我感动到如今——"美国人民也是伟大的人民"。

我每逢周末和晚上打工,运气好时一个周末能赚300美金,一个月就有近2000元。渐渐地,我爱上了这一行,既赚钱又不耽误学习,同时还可以充分了解美国人、美国社会,捎带着还可以练习英语口语。

更重要的是,既然三轮车夫都能做,我觉得自己身上再也没有什么放不下的包袱了。

就是凭着踩三轮赚来的生活费,两年后我攻下了文学硕士学位。其间,我还把妻子和孩子也接到了美国。

毕业后,我到洛杉矶一家图书公司做英文部经理,后来又辞职自己开办公司,再后来又兼做金融、期货和股票,未料所有的投资除了在中国买了一处房产增值外,其余的都打了"水漂"。于是,我又重新着手寻找一份能帮助我"短平快"地渡过难关的工作。

这样,1992年秋,我来到洛杉矶一家大型赌场做发牌员。

在美国赌场当发牌员必须先读专门的发牌学校,取得结业证书才有资格应聘。我在入学前顺利地通过了一项考试,获得奖学金,并顺利结业。

很快,我成了赌场里的资深发牌员。多年后回国,我为老同学们表演,一位同学事后夸张地对媒体说:"卢新华发牌手势之优美,已到了艺术的境界。"

但正如我的一位老师所言:以国人传统眼光看,同胞赴美后,无论是踩三轮,还是当发牌员,都不是什么光彩的职业。尤其是卢新华,这个一度为亿万国人知晓和肯定的作家,居然"很不名誉"地进了赌场,专司给洋赌徒发牌,这哪里还是中国读者钟爱的作家形象?

其实,这样的唏嘘和叹息正反映出中美两种文化和教育的差异。在普通美国人的心目中,只有光彩或不光彩的人或事,而没有光彩或不光彩的职业。我当时完全可以凭美国名校的硕士文凭轻松地在美国大学找个教中文的职务,或者进入一家中文报社做个记者或者编辑什么的,但收入要低得多。在赌场干一年,等于在大学做两年,余下一年做自己想做的事,何乐不为?至于"自己想做的事"主要还是文学——除了文学,我还不曾遇到可以在内心视为"事业"的东西。而且,中国人有句俗话说"赌桌上选女婿",那是因为赌性是人性中最突出的一种性质,赌品亦是人品,所以在我看来,发牌员工作最大的好处是可以一边工作一边观察人性,思考人生。

赌场就像联合国,什么人都有。我在赌桌上可以说阅牌无数,同时也阅人无数。不同国家和民族的人都在赌桌上表现出不同的个性。像阿拉伯人多脾气暴躁;犹太人特吝啬,从不给小费;韩国人出手大方,但一输钱常常沉不住气;日本人比较文雅;中国人爱面子,永远随大流……这都是我从赌桌上得到的极其深刻的感性印象。

做赌场发牌员的另一个好处是,每工作一两个小时后,便有半个小时的休息。这个时间,我通常会充分利用起来读书。在这种喧嚣异常的环境里,我潜心阅读过许多中英文小说,还有佛经、《道德经》等各式杂书。有一次,我正坐在赌场入口处的沙发上专心致志地研读《金刚般若婆罗蜜经》,忽听身旁爆出一阵大笑,一个人摇着头对身边的一伙人直嚷嚷:"你们看看,你们看看,这个闹哄哄的赌场里,还有个人在读佛经,滑稽吧!"

靠着赌场挣得的小费和工资,1994年我回国办了家服装公司,并请在工商局工作的二弟出来管理。结果因为经营不善,几年后关门了事。

我有时想,发财可能确实与我无缘,但也许是我内心里的"发财"之念原本就不强烈。我常想:作家是"苦恼的夜莺",真有一天脑满肠肥地躺在财富堆里"醉死梦生",还怎么写作呢?此外,从"慈悲"做人的角度,我也很担心自己有一天会渐渐沾染上"坑蒙拐骗"的奸商恶习。故几次"下海",不是被"呛"就是被"淹",我也能坦然受之。我现在的生活态度便是"钱够花就行"。回顾过去的二十年,我的经济生活不成功也不失败,至少"养家糊口"的任务业已完成了。

复 出 文 坛

"多年前我就想过,如果有上帝,他对我存在的价值和意义也许有两方面的考虑:一是捉弄我一下,以便为后人在解释诸如'一鸣惊人'、'江郎才尽'、'昙花一现'等成语时再添佐证;二是鞭策我——小子,你在文学上还行,初出茅庐便有这样的成绩,不过任重道远,还要更加刻苦和努力!我内心自然倾向于相信第二种考虑。"

在长期"为稻粱谋"的岁月里,我对文学始终不敢忘怀。1998年,我在国内发表并出版了中篇小说《细节》。

借用一位评论者的话讲:《细节》写了一个诙谐、通达、善良、关注生命细节,最终却魂断美国的留学生故事。主人公自称"糊涂教"教主,是个和作者一样,有些"神神叨叨"的人物。"小说别致处,大约在于作者发掘出一个喜剧人物生命中的悲剧色彩,整个作品笼罩着一层淡淡的悲凉之雾。"

应该说,我个人对《细节》是满意的。创作《细节》的文学感觉,比《伤痕》高得多,但它却不可能产生《伤痕》般的轰动效应。

有人问我是否遗憾,当然有一些。但这对中国读者来说,或许不失为幸事,因为他们今天可选择的作品,远比从前丰富多了;他们宣泄情感的渠道,也远比从前畅达得多。他们甚至可以把文学搁在一边,更关注自己的生命细节与生活质量。一部小说或一部报告文学,牵出举国悲欢的反常现象,终于俱往已矣。

不过,《细节》的问世,着实让国内还依稀记得我的读者惊讶。一位师友曾在书摊前蓦然听得惊呼:"哎呀,这是卢新华吗?他还在写书呀!"听到以上转述,我内心还是很感动的。

2004年8月,我在国内又推出一部长篇小说《紫禁女》。

《紫禁女》是我在海外闯荡多年,第一次用文学的方式,表现自己对中国文化的反思。如果说,《伤痕》着眼于反思"文革"浩劫的十年,那么《紫禁女》审视的则是民族漫长久远的历史。因为我深信,"文革"在历史的长河中绝不是一个孤立和单独的存在,它和它之前以及之后的历史都有着无法割断的千丝万缕的因缘关系,所以,我希冀将中华文化和中国历史作为一个整体来考察和反思,以期能找出引致"文革"中巨大"伤痕"的症结所在。从这个意义上,《伤痕》是滴着血的创口,《紫禁女》则是结了痂的烙印。

我的老同学、复旦大学博士生导师陈思和教授对《紫禁女》这样评价:"《紫禁女》虽然在显形故事层面叙述的是一个含有世俗气息的好看故事,熔生命奥秘、男欢女爱、身体告白、异国情调、情色伦理等于一炉,可以当做一部畅销的时尚小说来读,但在隐形结构里,它却沉重地表达了一个打破先天封闭限制,走向自由开放的生命体所遭遇的无与伦比的痛苦历程。"

我在这部小说中以"石女"隐喻半封闭状态下的中国。"石女"的初恋情人象征着儒家,入世、积极;另一个恋人则是道家的代表,以天地和谐为理想,以退隐无为看人生,看似能够达到最高的人生境界,最终还受制于生理上的缺陷;"石女"的"假丈夫"却是基督教文化的象征,既善良,真诚,却也充满了固执和虚伪。我希望通过对女主人公与这三个人物情感纠葛的表述,揭示出中西方多种文化在互相激荡、碰撞中对中华民族的影响。

小说出版后的反响让我相当满意。一方面专家的评论比较正面,另一方面读者的反馈也颇为热烈。有一位网友这样说:"我在长篇小说那几列高高的书架间逡巡。《紫禁女》,卢新华著,长江文艺出版社。卢新华?是那个写《伤痕》的卢新华吗?是那个在拉斯维加斯发牌的卢新华吗?抽出来一看简介,不错,是那个卢新华。书出版于

2004 年 8 月,已被阅读得软塌塌的了。看来这是一本受欢迎的小说。"心里自然是很开心的。《紫禁女》好读,也不好读,但能真正读懂的人不多。因为通篇充斥了隐喻,文化的负载,历史的指代和象征较多。不过,仅就表层的情爱故事而言,应该还是能吸引相当一部分读者的。

复出文坛后,我得到了国内读者的接纳与爱护,更有评论者给予充分肯定,说"卢新华在人生道路上兜了一圈,看似回到原来的起点,其实却是'更上一层楼'了"。

这其实是我多年来努力的方向。三十年来,伴随着中国改革开放的大潮,我从中国到美国,从文坛到商场,从记者到三轮车夫,从作家到赌场发牌员,从《伤痕》到《细节》,再到《紫禁女》,其中的甘苦"如人饮水,冷暖自知",但让我感到欣慰的是,这一切都是我这个生命个体自我选择的,并没有任何外力的强制性干预。我上海家中的写字台上至今还压着一张纸条,那上面有哲人庄子的一段话:"我宁游戏污渎之中自快,无为有国者所羁。"我希望自己的有生之年能始终保持和发扬这样一种独立的人格和自由的文化精神。

如今,我无须再为衣食打拼,做起了自由撰稿人,每年往返于中美之间,有时在上海读书、写作、会友,有时在洛杉矶陪陪家人。新的生活,新的境遇,我希望自己能倍加珍惜,并不断地将自己对生命的体悟通过文字的形式,与这个不断变化着的世界、这个不断变化着的世界里真诚的人们进行交流。同时,我也会时时提醒和警策自己:

我本一过客,
杳然云中雀。
春光留不住,
双翅停不得。
停不得,
从头越,
此岸彼岸且跋涉。
晨钟起,
暮鼓随,
东土道场西天月。

【采访手记】

很显然，卢新华是个特立独行的人。

二十多岁就舍得放弃唾手可得的"锦绣前程"，一脚踏进对自己有伯乐之恩的报社，甘当清贫的爬格子人；不屑"功名"的诱惑，却又听从"利禄"的召唤，匆匆地"下了海"；折腾一把毫无收获，就索性背起行囊彻底隐遁，揣上 500 美元浪迹大洋彼岸；而在光怪陆离的新世界，做期货、炒股票，回回输得血本无归；断了"发财"梦，竟一头扎进大赌场，快乐地赚起国际赌徒们不太吝啬的小费来……

用常人的眼光看，他的特立独行每每出人意料，又那么不可思议。如果用国人传统的标准审视，他成名后的人生轨迹甚至有些"离经叛道"。

但可以断定，身处赤裸裸的金钱世界二十多年，他的心从不曾被侵蚀，因为这颗心，始终被对文学的敬仰与虔诚占据。这也是为什么，在赚够了"养家糊口"的小钱后，他会突如其来地杀回文坛。

访问已过天命的他，确实感受到他的"神神叨叨"。但仔细聆听，你就会明白，他那被文学占据的心底，也存下了对冥冥中"超自然力量"的同样的敬畏与虔诚。作为文人，他悲天悯人的情怀一如既往；作为宗教的同路人，他相信，这个世界不仅需要人道，更离不开天道，"放手如来"才是他追寻的极致境界。

这样的境界追求，毫不隐晦地流淌在他的新作中。他希望用自己的键盘，敲击出新时代里对中国社会与文化的新的警示——

中国要有勇气对自己精神文化传统的"病灶"进行切除；

中国应加紧对文化精神和道德精神进行重构与建设，否则改革开放的成果会毁于一旦。

浩瀚的中国文学史上，注定有一座里程碑，在三十年前就已刻下了他的名字。而他，似乎执著地要在这座里程碑上，不断写下属于自己的续篇。

（曹奕）

【附】《伤痕》简介

"文革"时期，女主人公王晓华的母亲被定为"叛徒"，王晓华痛苦而无奈地和她"断绝关系"。为了改造自己，也为了能够脱离"叛徒"母亲，王晓华初中还没有毕业就上山下乡，在渤海湾畔的一个农村扎下了根。在农村生活和劳动中，她与男青年苏小林建立了亲密关系，但由于王晓华的家庭成分问题，苏小林不能上大学，一对青年被迫中止往来。在漫长的九年里,王晓华一直在孤独、彷徨和痛苦中煎熬,原本朝气蓬勃的年轻女生,变成了一个沉默寡言、表情近乎麻木的年轻知青。粉碎"四人帮"后,被严重摧残而患了重病的母亲,经上级领导部门甄别后彻底平反,她渴望见上女儿一面,可当王晓华赶回家时,母亲已离开了人间。

采写助理:卢晓璐　吴梦吟

《于无声处》响惊雷

口述：宗福先

采访：曹奕

【口述者档案】 宗福先

1947年2月生于四川重庆，籍贯江苏常熟。

1968年进上海热处理厂当工人。

1980年进上海市工人文化宫任创作干部。

1985年进上海市作家协会任专业作家至今。

现任上海市政协常委、市政协提案委员会副主任、中国作家协会全国委员会委员、上海文学发展基金会理事长。

作品有话剧《于无声处》、《血，总是热的》、《谁主沉浮》、《传呼电话》，电影剧本《鸦片战争》、《意外事故》，电视连续剧剧本《沃土》等。

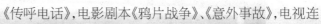

【宗福先寄语】

　　回首 30 年前创作《于无声处》,我觉得自己做了该做的事。我对自己的"历史地位"也有了清醒的认识——

　　第一,我和我的伙伴们在中国历史转折的关键时刻,能做这件利国利民的事,应当自豪。

　　第二,这绝非我个人,或我们创作小集体的功劳,而完全是时代使然。时代需要这样的作品,正好由我们的戏填补了。换言之,这是无数中国人共同创作的。可以说,对于时代,这是必然;对于我们,却是偶然。

　　某种程度上讲,自从《文汇报》报道后,《于无声处》就不再仅仅属于我们,而是属于那个思想解放的时代了。它的成功不能归功于我们个人,而应归功于那个孕育了思想解放的年代。没有那个波澜壮阔的时代,这个戏出不来。

【事件回放】

1978年夏秋之交，以1976年北京"天安门事件"[1]为背景的话剧《于无声处》，在上海工人文化宫简陋的小剧场悄然开演。

在"文革"已结束两年，但"天安门事件"依然被定性为"反革命事件"的当时，这出由上海工人自编、自导、自演的话剧，歌颂了"四五运动"中向"四人帮"公开宣战的英雄，并对这一正义的革命运动作了充分的肯定。

于无声处响起的这声惊雷，炸响了刚摆脱沉重浩劫不久的中国大地，痛快淋漓地表达了当时人民的愿望、人心的向背，奏响了代表时代方向、民众呼唤的历史强音。

就在这出话剧进京首演的当日，中共北京市委为"天安门事件"彻底平反的消息见诸报端。随即，全国两千多个剧团先后排演此剧，成就中国话剧史上的空前盛况。

面对历史给予自己的荣光，《于无声处》的作者宗福先认为——

"功劳，只属于那个时代！"

引　子

《于无声处》问世整整30年了，至今仍有许多观众没有忘记这出话剧。时光流逝，它始终受到盛情的赞扬。

这样的盛誉总让我不敢领受。我清楚地知道，如果说，《于无声处》确有可取之处，那只是因为它道出了世间的真话，倾吐了人们的心声。我深信，艺术一定要有真心、真情、真话，才可能有生命力。

许多人问过我，30年前，我这个身体虚弱，甚至几度命悬一线的青年工人，如何写出了《于无声处》这样"壮怀

[1] 天安门事件：亦称四五运动。1976年1月8日，周恩来逝世，全国人民无限悲痛。但"四人帮"压制人民群众悼念周恩来，激起人民群众的强烈义愤。清明节前后，北京市上百万群众聚集于天安门广场，在人民英雄纪念碑前送花圈、贴传单、作诗词，悼念周恩来，拥护邓小平，声讨"四人帮"。4月5日，天安门前的群众悼念活动被定性为"反革命事件"遭到镇压。1978年12月，中共十一届三中全会决定为"天安门事件"彻底平反。

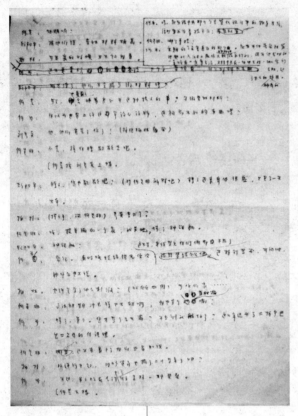

《于无声处》剧本手稿

激烈"的剧本？每当这时，我都会想起曹禺先生看完该剧后对我说的一段话——

"我和你走的路有一点是相同的，写作要从生活出发，对生活要有真情实感。我在旧社会的时间很长，对旧社会的妖魔鬼怪是恨透了的，因此我写了《雷雨》；你生活在社会主义社会，对林彪、'四人帮'是恨透了的，所以你写了《于无声处》。"

有道是"愤怒出诗人"，尽管我深知，较之《雷雨》，《于无声处》无法相比，但我当年创作《于无声处》时，的确也是在抒发心头的愤懑，就像地火涌出一样的激烈。

这还得从我在十年浩劫中的经历，甚至从幼年的疾患说起。

受病魔折磨的少年时代

宗福先60多年的人生中有两样东西拿得比一般人多：一是文艺创作奖状，二是病危通知书。从幼年起，宗福先就一直被疾病严重困扰，以致日后有人把他的生活经历称为"不可复制的人生传奇"。

我5岁就患了严重的哮喘，直到现在也没好。童年起，我就知道自己"与众不同"，我失去了同龄人那样自由玩耍的权利，稍稍一动就透不过气。长年累月去挂急诊，三天两头要打肾上腺素,推注氨茶碱,吃最苦的麻黄素,这些成了我儿时生活的最重要内容。

10岁那年,哮喘再次大发作,医生说:"这孩子不能念书了。"不得已,四年级的我休了一年学。

从此,我断断续续地上学、休学。终于到了初三,那年我16岁,收到了生命中第一张病危通知书——由于久喘不愈导致肺泡破裂,得了气胸,流进胸腔的空气把右肺压缩了90%。医院里,我偷听到了医生告知父母的话:"哮喘持续状态、肺气肿,本来就很麻烦,再废了一个肺就更危险。现在气胸把右肺挤成一条线,两边压力有了差异,只要胸腔中间的纵膈稍微偏移一点儿,命就没了!"

医生一句"这孩子不能念书了"给我的打击最大。那时,我很悲观。我在当时的日记里写下了这样的话:"一个人如果连书都不能念了,还能干什么?"

事实上,对于成为"废人"的恐惧,压在我心头很久,幼年时的一幕如今还时不时出现在我的眼前——医院的走廊上,七八岁的我双手撑在长椅上,汗如雨下,大喘不止。被窒息折磨的我连睁眼的气力也没有,却分明听到身边围观的人议论纷纷:"这小囡太可怜、太作孽了!看起来熬不到大的!长大了也没用,没工作、没劳保、没人要,罪过死了……"

那时我不懂什么人权、隐私,但是一种强烈的羞辱感,让我真想跳起来咬他们一口,可哪有力气啊!这一幕从此在我心上扎了根。直到成年后有段时间发病时,我连女朋友都不让进门,就是不希望她看到我狼狈的样子,害怕自尊心再受到伤害。

好在今天回想,我还是颇为骄傲的,因为当时自己最终没有听天由命。这得感谢我的母亲,一位普普通通的中学语文教师。从我第一次休学起,为让我安心养病,她就大量地从学校借书,每次都抱回一厚摞。母亲什么书都为我借,像《安娜·卡列尼娜》等名著,我很小都读了。虽然有些作品还看不明白,但也囫囵吞枣读了下来。说实话,那时我大量阅读,还不是因为热爱文学,只是喜欢看书,并借此消磨百无聊赖的病床时光罢了。直到后来我才发现,正是许许多多的优秀文学作品日积月累滋养了我,潜移默化地让我也琢磨起怎样描写人,怎样描绘景,如何刻画人的内心。有了思考,书也就越看越好看了。我想,自己后来成了作家,离不开早年病床上广泛阅读打下的基础。

书读多了,常年被关在病房或家里的我渐渐打开了新的天地。精神有了寄托,人也就开朗了。悲观的情绪逐渐淡去,我重新拾起了对生活、对未来的信心。我在日记中写着:"哪怕寸步难行,我也要一分一分往前爬……"

挺过人生第一个生死关后,父母听从大夫"异地治疗哮喘效果更好"的建议,凑上所有的钱,把我送到了北京积水潭医院。我远离双亲独自住院,医生、护士都对我非常好,把我当作小弟弟。我这个"小老病号"能动的时候也尽量帮他们做事,连端屎倒尿的活都干,成了义务护工。住院一年多,我被迫离开了北京。当时国家规定,15岁以上的孩子,医药费全部自负。我长期住院,花光了家里的积蓄。不得已,母亲写来长信,告诉我家里实在供不起了。那时我已懂事,体谅双亲的无奈,主动要求出了院。

多年后,《于无声处》进京演出,我回积水潭医院看他们,大家竟都还记得我。有一位护士大姐见到我,高兴地大嚷:"哟!宗福先你没死啊?那年你回上海我们都以为你活不长了。这还写了戏!"

那一刻我感慨万分,也悟出一个道理,我觉得自己之所以没有沉沦为"废人",可能还真得感谢七八岁时那群围观在我身边毫不忌讳给我以羞辱的人。或许正是他们的羞辱,让我在内心深处始终埋藏着一个情结——这辈子无论如何不能当废人,一定要做一个对别人有用的人!

我回到上海不久,"文革"爆发了,我们全家几乎面临灭顶之灾。原因是我父亲被有关部门怀疑成"特务"。

1949年10月,我们全家在香港,父亲在民生轮船公司当香港区经理。新中国刚建立,他就接受上海党组织指派,在卢作孚先生领导下,组织民生公司所有在港船只悄悄北上,历经艰险投入了新中国怀抱。

可到了"文革",父亲投身光明的行动就变成了"罪恶"。专案组反复审讯逼供:"解放前,别人都往香港跑,你却从香港回来,难道不是国民党派来的特务?"

从此,父亲被隔离审查、监督劳动了整整12年。1978年初夏我创作《于无声处》时,他还在长航轮上扫厕所。

母亲也遭受了学生的无情斗争,被关进了"牛棚"。我至今记得,被放出来的那晚,母亲一面缝被子一面唱"天大地大不如党的恩情大,爹亲娘亲不如毛主席亲",翻来覆去唱了好久。

父亲被打倒后没了工资,即便后期有点生活费,也只够自己糊口,完全顾不上家了;母亲受连累被迫提早退休,工资只有44元;妹妹与我同时中学毕业,为照顾我进工矿,自己到郊区农场,最多养活自己,所以整个家庭极度窘迫。

幸运的是,学校老师对我特别好,1968 年"老三届"分配时,把我这个 21 岁的留级生算作六六届初中毕业生,第一批分进了上海热处理厂。要不是他们的善心,我只能去农村插队,再发病肯定死路一条。

难熬的青工岁月

进工厂,对于当时待业城市青年来说,是求之不得的好出路,但对于疾病缠身、"家庭出身"不好的宗福先,却是一个巨大的挑战。然而,就是这段他一生中最难熬、最苦闷的岁月,使他走上了文学之路。

在上海热处理厂的那些日子,可能是我这辈子最艰难的时候。

进厂得填表,在"健康状况"栏里,我写了"有哮喘"。这倒并不是因为自己特别诚实,而是期望能因此得到些照顾。结果,厂里的人保干部立刻把我的档案退回了学校。

为了我的生存,老师拉下脸来和厂里争,说既然接了材料,这孩子就是厂里的人。要退,除非他试工期不合格!而后,老师对我千叮咛万嘱咐:"这半年,你无论如何得咬住牙,千万熬过去!要是退回来,没了劳保,你这病怎么办?"

可这个"熬"字,谈何容易?那年,厂里招了 50 个学徒,人保干部偏偏把我分到盐浴车间。那是全厂最脏、最累、最苦的重体力车间。这个工种一个月的口粮定量有 44 斤,只比码头上扛大包的工人少 1 斤,可见工作辛苦的程度。尤其难忍的是,车间里每个炉子都有八九百度的高温,仅次于炼钢炉。最可怕的还不止这些,我是连烟味都闻不得的哮喘病人,偏偏还待在这个产生有毒气体的车间。

高温、有毒气体,这对哮喘病人都是致命的,我哪里顶得住?一次次发病去急诊,医生都会开一个月的假。可我根本不敢请病假,总是扔掉假条坚持上班。经常活才干到一半,人就喘上了,只能立即躲到角落里喷气雾剂。不得已,医生只好让我大剂量地吃激素。最多时,我每天吃八粒强的松还要上班!连医生都害怕了,警告我:"这样吃下去,你以后再感染就无药可医了!"

但是我没办法,必须得上班,维持住这一份工作:为了劳保,也为了家里的生计。母亲的退休金扣除房租只剩十块钱,我十七块八毛四分的工资,一分不留都交给她，母亲才能勉强支撑这个家。我自己的全部开销都靠五块钱的中夜班费。为节省车费，我试着步行上下班，但来回两三个小时，实在撑不住，只得走一段，再搭几站车，每天省下一毛钱也好。那半年的学徒期，真是艰难。好在车间里的许多师傅都善待我，经常把重活抢去，让我休息一会。

玩命地拼了两年半，终于熬过了试工期，熬过了学徒期，保住了劳保，可我付出的代价是从此再也离不开激素了，一撤就喘。之后，我用了整整八年的时间，才把激素撤掉。

满师后不久，我的哮喘病大发作，在医院重症室抢救了六天。厂长来看我，这才知道我的病情，回去后立即为我调换了车间。这一回，我病休了八个月才缓过来。

在厂里干活，体力上的艰苦能熬过去，但政治上的压力更折磨人。虽然我已是工人阶级队伍的一员，但因为家庭出身，我在厂里还是受到了很大压力。新学徒都参加厂里的造反队，只有我被拒之门外；大家加入民兵连，我却连报名的资格也没有；造反队开会，只有我和几个"四类分子"不能参加，留在车间干活。现在回想，没参加造反队也挺幸运，但那时候的感觉是不一样的，觉得自己是被歧视的另类，低人一等。

尽管如此，也许是那个年代教育的影响，无论当时境遇怎么差，心里却总还有一种以天下为己任的抱负，或者说激情。动不动就思索所谓的国家大事。三百人的小厂，先后被揭发斗争、点名批判、办学习班等手段打击的"阶级敌人"、"坏分子"居然有七十多人。一位师傅对我说："你看，先斗'牛鬼蛇神'，后揪'走资派'，再清理阶级队伍，如今回马一枪，把'造反派'也筛了个遍，谁都逃不掉！"我百思不解，毛主席不是说95%是好人，偏偏我们厂坏人就特别多？我莽撞地问厂领导："厂里真有那么多阶级敌人？"领导看看我："阶级敌人你睁开眼睛就看见了，闭上眼睛就看不见了。"事后师傅开导我："你是不好去教育领导的！"

没几天，"批判宗福先"的大字报也上了墙。我一肚子的想法没处诉说，就想：写个短篇小说吧。在那八个月的病休期间，我夜以继日地写，倾泻着满腹有理没处说的委屈。满怀激情地写完一看，37万字，已是一部长篇了，我给小说起名《政策》。这应该算我的处女作。当时，我25岁。

小说完成后，一位热心的亲戚引荐我向茹志鹃老师请教，茹老师收下了稿子。两个月后，她竟亲自上门找到我，说："你的小说我蛮喜欢。语言非常生动，这么年轻，居然晓得并运用那么多群众语言。更重要的是，你有自己的思考和想法。我想说，凭这两条你就可以搞创作。不过,我也看出来你不懂写作,不会组织结构,37万字的长篇连个完整的故事都没有,建议你找个地方认真学一学吧……"

自从听了茹老师说的那番话,我这辈子没有一天犹豫过,就想着要搞创作。正巧,一位在上海工人文化宫工作的同学告诉我,他们正在办小戏创作训练班,连名也为我报好了。

就这样,我"误打误撞"进入了写戏行当。我学习劲头很高,有一个月写了几个剧本提纲,指导我们的曲信先老师喜欢我的勤奋劲儿,破格让我加入工人文化宫的业余创作组。

这段经历为我的文学之路做了启蒙,也让创作《于无声处》成为可能。

《于无声处》剧本的诞生

1978年夏天,宗福先仅用了三周时间就完成了《于无声处》5万字的剧本。但此前的一年多,他始终找不到艺术的突破口。曹禺戏剧作品的启发,最终打开了他灵感奔泻的闸门。

说到《于无声处》创作的由来,自然得追溯到风云变幻的1976年初。

那年1月15日,广播报道:依照周恩来生前遗嘱,他的骨灰被撒在了祖国的山川湖海。听到消息,我放声大哭,填了一首《满江红》悼念总理。

可让人愤懑与诡异的是,仅仅过了一天,"周恩来"的名字就突然在几乎所有的报纸上消失了,看不见追忆的文章,读不到悼念的诗词,满目充斥的都是"批林、批孔、批周公……"全国人民无比崇敬爱戴的总理,被别有用心地抹去了。

那些日子,我非常愤怒和压抑,但敢怒不敢言,也无处可说。

到了4月6日,北京的朋友托人来上海找我取个东西,我们如约在火车站附近见面。

来人我不认识,但一见面,他就快人快语:"你们上海怎么这么平静啊?"

我一怔:"怎么了?"

他也愣了:"怎么,你不知道?昨天北京一百多万人在天安门前悼念总理呢!"

要知道,那时的上海是"四人帮"老巢,封锁得严,老百姓得不到及时的讯息。先前,我虽隐约听到"北京有人闹事",还传说驶向上海的火车上都被人刷了"打倒张

春桥"一类的标语，但都没有证实。现在，来自北京的第一手消息，让我振奋起来——原来，和我一样对"四人帮"愤怒的人早已有千千万万了。我立刻有了强烈的归属感，有一种找到队伍的喜悦。我由衷地钦佩千里之外的北京民众，觉得他们是真正的勇士。

我格外地开心。可来自北京的朋友和我当时都不知道，就在他到达上海的前夜，天安门广场上的群众悼念活动已被镇压了。而他离沪后不久，电台就宣布："'天安门事件'是反革命事件。"

这真像晴天霹雳！原来以为终于有人站出来，敢说大家热切期望的真话了，可转眼间就被打成"反革命"，我心中升腾起的兴奋、开心，被兜头一盆冷水浇灭了。

那些天，我走在街上，看到周围的人脸上仍然平静，就不禁感叹：中国人都怎么了？明明到了忍无可忍的时候，怎么还那样温顺啊？

那年夏天，我觉得特别闷热和压抑。我经常想起鲁迅的诗："万家墨面没蒿莱，敢有歌吟动地哀。心事浩茫连广宇，于无声处听惊雷。""忍看朋辈成新鬼，怒向刀丛觅小诗。吟罢低眉无写处，月光如水照缁衣。"我觉得黑暗时代鲁迅的情感，特别符合自己当时的心态。

那年10月，我和哥哥陪母亲去黄山。两天后出山，长途车一拐弯，前方突然醒目地出现了"打倒王、张、江、姚"的大标语。满车人本来都在聊天，刹那间鸦雀无声。中国人早习惯了政治斗争，知道又出事了。连夜回上海，到处都是批判"四人帮"的大字报，没什么内容，只是口号，但看了就是兴奋开心。

第二天去外滩、人民广场，看到人们脸上满是笑容，真诚快乐，我突然醒悟，觉得自己错了，老百姓原来什么都明白啊。我脑子里一下子跳出一句话："人民不会永远沉默。"这就是一年半后《于无声处》的主题。

从那时起，我开始酝酿《于无声处》。我要写出一句话——"人民不会永远沉默"，记录下一件事——"天安门事件"，刻画好一个人——敢于在天安门前怒吼着讨伐"四人帮"、敢于冲破黎明前黑暗的人民英雄。我觉得"天安门事件"中的英雄们，是以生命和热血向"四人帮"挑战，是中国真正的脊梁，一定要歌颂他们。

我用了近一年时间收集素材、构思情节。天安门诗歌是很晚得到的，靠的是一点一滴地到处寻找。当读到"欲悲闻鬼叫，我哭豺狼笑。洒泪祭雄杰，扬眉剑出鞘"这些诗句时，我真有看到地火涌出地表般的畅快。

剧本中的不少情节，也来源于真实的社会素材。例如，1978年5月《人民日报》发表通讯，报道反"四人帮"英雄韩爱民曾冒险四处散发传单，揭批"四人帮"。我后来写戏时设计的欧阳平给张春桥寄"天安门诗抄"，就是受该事迹的启发。

构思情节框架也让我费了番心思。说实话，我当时学习创作的环境，接受的多是"三突出"[2]、"高大全"、"主题先行"的训练。"四人帮"倒台后，大家开始写批"四人帮"的戏，但没有成功的。因为你是用"四人帮"的方法批"四人帮"，只是原来好人变成坏人，坏人变成好人而已。这个写法是行不通的。如何找到既符合生活，又符合艺术规律的创作方法，对我这个还未出茅庐的年轻人来说，真是个难题。

幸运的是，1978年初，被禁忌多年的中外世界名著重见天日，爱书如命的我买到了曹禺先生的剧作选集和易卜生的《戏剧四种》。

在工人文化宫学写戏时，我就读过《原野》，佩服得五体投地。他的《雷雨》我文革前期读过，但那时还没学写戏，印象不深，这次重读，非常震撼！易卜生的《玩偶之家》，我却是第一次读。读完后，我顿时感到茅塞顿开，原来戏剧应当这么写！我钦佩曹禺先生对剧中人物关系的高明设置，每一个人物都有非常深刻的内心冲突。在我以后的创作实践中，我越来越强烈地感悟到，一个戏剧人物跟别人冲突不稀奇，自己跟自己斗，内心无限矛盾与挣扎，那才会出好戏。

我还从他的作品中体会到，真正丰满的戏剧人物，幕启与幕落时，在观众的眼中也许是完全不同的，需要剧作家剥笋般层层深入地去打开、展示和剖析，只有这样的人物才可能暴发剧烈的戏剧冲突。

一旦豁然开朗了，积聚长久的创作冲动便在心头涌

[2] "三突出"是"文革"期间的文艺创作原则之一。最早见于1968年5月23日《文汇报》所发表的于会泳的文章《让文艺舞台永远成为宣传毛泽东思想的阵地》。其要旨是：在所有人物中突出正面人物；在正面人物中突出主要英雄人物；在主要英雄人物中突出最主要的中心人物。在这一创作原则指导下，出现"红光亮、高大全"人物塑造模式，英雄人物个个"出身本质好，对党感情深，路线觉悟高，斗争策略强，群众基础厚"。这一创作模式违反生活的真实性和多样性，神话英雄，导致人物形象概念化、脸谱化和雷同化，对文艺创作造成很大伤害。

起。我找了张大纸,画了幅六角形的人物关系图,把戏中六个角色间的冲突一一写上。当那张纸被画得密密麻麻时,我心里便有了底——这个戏一定好看,可以动笔了。

我是1978年5月正式动笔的,此前我又经历了一回大病,正好初愈回家休养。我一边用喷雾器往嘴里喷药止喘,一边不停写作。

一年多的酝酿构思,让一切水到渠成,仿佛灵感是自己流出来的,不用你绞尽脑汁地去编,自然而然就会有戏。三星期后,初稿一气呵成了,这大概是我这辈子写得最快的剧本。剧本基本成熟后,我把它交给工人文化宫"业余小戏表演训练班"的指导老师苏乐慈。

后来我知道,苏乐慈起初有些为难,因为她指导的是群众文艺组织,一般只排独幕剧、小品,我给她的却是一个四幕话剧,是大戏。可是,认真看完剧本后,她非常激动,觉得这是出"说真话的好戏",表达了包括她在内的人们想说却不敢说的话。她感叹,已有多年没看到这样紧贴现实生活、与时代同步的作品了。虽然当时"天安门事件"还没平反,但她认为,大家都觉得悼念周总理没错!反对"四人帮"有理!"四人帮"都打倒了,难道还不能用文艺形式为"天安门事件"的拨乱反正做宣传吗?

另一个让苏乐慈喜欢的理由是,《于无声处》把各种各样人物的感情错综复杂地糅为一体,悬念不断,很吸引人。这与"文革"时期文艺作品一律概念化,所有形象都是干涩的"高大全",没有感情、没有亲情,更没有爱情,完全不同。

苏乐慈决心要排戏。排大戏非得领导批,她向文化宫文艺科副科长老苏推荐剧本,几天后得到了许可。

就这样,我们组建了剧组。六位演员都是训练班的工人学员。大家白天各自在工厂上班,晚上从吴淞、吴泾、闵行郊区赶到市中心排练。每次除了两毛七分钱夜宵费,再没分毫报酬,但每个人都热情高涨。

成功上演响惊雷

《于无声处》的成功大大超出宗福先的预料。《文汇报》史无前例地连续三天用整版篇幅连载剧本。这个由业余作者创作、业余演员演出的话剧甚至引起了中央高层的关注。

排练了一两个月,1978年9月23日,四幕话剧《于无声处》在上海工人文化宫首演。

对于自己作品的首演,我特别紧张,总觉得没底。那天的演出,情况还有点特殊,实际上是彩排,不发戏票,只邀请演员家人、工会干部及家属观摩。演出开始前,我看见满场的老头老太、阿姨、小孩,叽叽喳喳,闹哄哄得像菜场,脑袋当时就大了,心里直打鼓,想"可别演砸了啊"。

没想到,大幕拉开才几分钟,剧场里就悄无声息了。等到演出结束大幕拉上时,全场依然鸦雀无声,观众没任何反应,我和苏乐慈的心一下子又提到了嗓子眼。突然间,就像有人指挥一样,所有观众一下子都站了起来,"哗——"掌声一下子起来了,像爆炸一样响彻剧场。我激动得不知所措。还是苏乐慈有经验、反应快,箭步冲进后台,高叫着"快快,谢幕谢幕",赶着大家往上跑。那时,群众文艺演出不过是业余的娱乐,演员没有谢幕的习惯。苏乐慈冲进后台时,有的人已卸了一半妆。大家被她"揪"着重返舞台时,掌声仍经久不息……

那晚,我和剧组的伙伴们兴奋极了,觉得自己的作品被观众认可了。

彩排成功后,《于无声处》正式演出,票价一毛钱。工人文化宫那个很小的售票窗口前,没两天就排起了长队。

上海工人文化宫话剧《于无声处》排练稿

1978 年 10 月 12 日《文汇报》发表周玉明的长篇通讯。

[3] 10 月 12 日《文汇报》发表的长篇通讯《于无声处听惊雷》末尾这样写道:"戏已完而意未尽。观众感到,似乎这个戏并没有演完,但是幕确实落下来了,然而闪电照见了出鞘的利剑,观众从那昂扬的尾声中,听到了惊雷,真是于无声处听惊雷。这是埋葬'四人帮'的惊雷,是鼓舞革命人民昂首阔步地前进的惊雷呵!"

又过两天,排队也买不到票了。

这事引起了《文汇报》关注,第一个在上海、在全国报道这事的是该报跑群众文艺的记者周玉明。周玉明是个很有激情的人,她是从 9 月 30 日的报纸上关于国庆期间文艺演出的公益广告中发现《于无声处》的信息,虽然文字只有一小块豆腐干大小,但她一眼就发现其中有大文章。她于是来看戏,看了掉眼泪。大幕刚拉上她就冲到后台,问:"编剧是谁?导演是谁?我要见他们!"就在后台,周玉明把所有编剧、导演、演员召集在一起,连夜开座谈会。采访完已是深夜,她仍很激动:"我一定要告诉天下人,你们写了一出说真话的戏!"

回去后,她很快把情况报告给了《文汇报》领导,并得到了他们的支持。10 月 12 日,《文汇报》发表了周玉明采写的长篇通讯《于无声处听惊雷》[3]。这一来,事情的性质起了变化。从此,《于无声处》从上海走向全国,从话剧舞台走向了政治舞台。

报道发表后,上海很多文化单位、新闻单位竞相包场。

我们连演了四十多场。文艺界人士更是络绎不绝。最早来看戏的是上海人民艺术剧院的两位老前辈：何适、姚明荣。看完戏，他们兴奋地在附近酒馆边喝边议论，酒壶见底了还意犹未尽，索性深夜回剧场找我们接着聊。

《于无声处》上演前，我曾向何老师送过剧本，当时他没说什么。这次却格外激动，说："当时我就想，这么尖锐的戏你们怎么敢排啊？可你们的戏太棒了……"我能理解他最初的不表态，他们这辈人被整了多少年，受了多少苦，难免心有余悸。我不过是初生牛犊不怕虎罢了。

经两位老师推荐，戏剧大师黄佐临先生也来看《于无声处》了。回去后，他要求"上海人艺"所有人都要看这出戏。再后来，越剧界的袁雪芬、沪剧界的邵滨荪，还有茹志鹃老师，都来了。北京的田华听说了，带着八一电影制片厂一行人专程来上海看《于无声处》，像这样组团来上海看戏的外地艺术团体当时还有很多。有的剧团还带来录音机，录下整场戏，想回去排演。

最让我难忘的是，戏剧界老前辈、著名戏剧家朱端钧先生看完戏，对我和苏乐慈说："戏非常好，还有些地方可再加加工。让我先想仔细了，过两天我们好好谈一谈。"没想到，之后第三天朱先生突然过世，我永远不能听到他的意见，成了终生遗憾。

发表了《于无声处听惊雷》一文后，《文汇报》老总马达也来看戏。落幕后，他来到后台代表报社，也以普通观众的身份，祝贺演出成功。他还诚恳地对个别台词和表演提出了建议。后来，《文汇报》还从有限的经费中拨出钱来组织全体记者、编辑和通讯员集体观看《于无声处》。

不久传来消息，胡乔木同志要来看这出戏。后来我们才知道，胡乔木是看了周玉明的报道后，起了这个念头的。恰逢他来上海调研，就点名要看这出戏。

胡乔木来之前，市委宣传部三位副部长先来打前站，看完戏后说：戏很好，不过剧场太小，马上换到友谊电影院。有中央首长来看戏。这可让我们犯了难，友谊电影院比工人文化宫小剧场大许多，换过去，原先的灯光、布景全得推倒重来，我们哪有实力改啊？结果根本不用我们操心，上海戏剧学院全力支持，三天就为我们打造了全新的布景，还为所有的角色赶制了新的戏服。我们也抓紧抢排。原来是小舞台，演员几步走完了，现在布景放大几倍，舞台调度都得改。

10月27日晚，胡乔木来看戏了。他看完后上台接见我们，对这部戏说了不少肯定的话。他得知我身体不好，还鼓励我把身体养好，多写好戏。

1978年版《于无声处》剧照

[4] 10月28日,《文汇报》的文章题为"热情歌颂天安门广场事件中向'四人帮'公开宣战的英雄——《于无声处》响起时代最强音"。当时天安门事件尚未正式平反,这样的标题无疑体现了一种胆识和担当。而《文汇报》连续三天完整刊载《于无声处》剧本的做法,在新中国新闻史上也是绝无仅有的。

巧的是,第二天,《文汇报》在第一版醒目位置用鲜明的标题再度刊发新闻。更让人惊讶的是,当日起,《文汇报》连续三天,每天以一个整版的篇幅,全文发表了《于无声处》5万字的剧本,使这部剧的影响变得更大了。[4]不过,据我所知,报社决定刊发剧本时对胡乔木来看戏并不知情。

后来据马达说,剧本还没连载完,报社便接到中央办公厅电话,后者仔细询问了《于无声处》的情况。原来,中央即将召开十一届三中全会。作为全会的预备会议,11月将先开中央工作会议。当时,虽然揭批"四人帮"的斗争已取得决定性胜利,但"文革"的错误理论与路线仍未得到清理,"两个凡是"还在思想上、政治上设禁区、划框框。胡乔木看完《于无声处》回到北京后,向时任中共中央秘书长的胡耀邦反映了这个情况。他认为,这部话剧从一个侧面反映了民众要求拨乱反正、恢复历史真面目的强烈愿望。如果把这出戏调到北京演出,对"天安门事件"的平反会有促进作用,也有利于在十一届三中全会前营造思想解放的氛围。胡耀邦很赞成,他们就策划由文化部和全国总工会出面,调《于无声处》入京演出。中央办公厅的电话,正是胡耀邦指示打的。

作为普通工人,我当时自然不可能知道这些内情,但在"天安门事件"尚未平反的当时,我朴素地认为,如果悼念周总理、反对"四人帮"还有罪,那将天理不容。记得排演时，我曾和大家开玩笑："戏要是成功了，我拿一半稿费请客。万一我进去了，你们得给我送饭。"大伙儿异口同声："放心，我们轮流送饭！"后来，演出空前成功，更坚定了我们的信心，觉得"民心不可侮，真理一定胜利"。

不过，那时我们也无法预见，经过《文汇报》的报道和剧本连载，事情逐渐起了变化。一种看不到的力量开始发挥作用，使这出戏一夜间轰动全国，进而被认为是吹响"'天安门事件'平反的号角"。而我个人始终认为，对于《于无声处》所起的历史作用不能说得过高。《于无声处》上演时，"天安门事件"没平反，可下至老百姓，上至中央领导，不是都看了么？不是都叫好了么？《文汇报》不是没等"天安门事件"平反就大张旗鼓地报道了么？这说明，为"天安门事件"平反当时是民心所向、大势所趋、不可阻挡。所以，是1978年那个思想解放运动，成就了《于无声处》。没有那个思想解放运动，这个戏就出不来，出来了也会被"枪毙"。我之后的人生可能就是另一幅图景了。

赴京演出与"天安门事件"平反

1978年11月16日，《于无声处》在京首演。就在当天，中共北京市委正式宣布为"天安门事件"平反。无形的力量已使这出戏从上海工人文化宫的戏剧小舞台，走上了全国的政治大舞台。

胡乔木刚走，11月1日，文化部副部长刘复之就来上海，代表文化部宣布调《于无声处》进京演出。

11月7日，中央电视台通过上海电视台向全国直播了话剧《于无声处》，这也是央视首次直播一出在京外演出的话剧。那时电视机还很少，全国很多地方都是组织群众收看的。随即，《人民日报》等中央报纸都掀起宣传《于无声处》的热潮。

我们是11月14日抵京的。那天，北京文艺界两百多人来车站接我们，金山、于是之、欧阳山尊等一大批老艺术家都来了，还抢着帮我们提行李、拿衣服，让我们感动不已，他们可都是我们景仰已久的前辈啊。

到了11月16日正式公演的当天，《人民日报》头版头条公布了中共北京市委决定为"天安门事件"平反的消息。这篇消息的下面是长逾万字的该报评论员文章，题为《人民的愿望　人民的力量——评话剧〈于无声处〉》。

《于无声处》剧组在北京火车站受到首都文艺界数百人欢迎。

后来我们得知,文章就是胡乔木亲自组织撰写的。而就在我们抵京前,在已经开幕的中央工作会议上,陈云同志发表讲话,明确提出必须解决为"天安门事件"平反等一系列人民呼声强烈的重大问题,他在讲话中提到了《于无声处》的演出。

当晚在北京工人俱乐部的演出简直就是狂欢,观众跳着喊着欢迎我们。中国文艺界的几乎所有的前辈,周扬、曹禺、周巍峙、林默涵、贺敬之、冯牧、张辉、李伯钊、金山、欧阳山尊等都来了。演出开始前,文化部艺术局的负责人吴雪宣布:"在今天北京宣布为'天安门事件'平反的日子里,我们迎来了上海《于无声处》剧组,这是具有非常重大的意义的。"下面的人都跳起来欢呼。演出成功后,全场沸腾,那场面我永生难忘。因为这不仅是一出戏,更翻开了历史新的一页!

此后,我们在北京连演了四十多场,要求演出的单位太多,文化部排不过来,有时只得白天加演。最难忘的是在团中央的演出。那天,主办单位邀请了三百多位曾被关押的"四五运动"英雄看戏。戏刚结束,大幕还没拉好,他们就从台沿翻上了台,抱着我们哭啊、笑啊、跳啊,连声地感谢我们。他们说,你们不能理解,我们这两年过的是什么日子，今天终于重见天日了。

后来团中央开表彰大会，给这些"四五运动"中的英雄授奖，邀请我们参加。会上，一人戴朵大红花，也要给我戴，我死活不肯，说自己一句话没说过，一条标语没写过，算不得反"四人帮"英雄。结果他们冲过来，拉着我的手说："你就是我们一伙的！"

坦率地说，无论是我，还是剧组全体演员，事先都没有料到，我们的一出戏会得到如此高的评价，引起这么巨大的轰动。《于无声处》演出和剧本发表后，马路上的阅报栏前，读者里三层外三层地争相阅读；文汇报社和我每天收到的信多得须用麻袋装。后来，国内多家媒体快速联动，一起肯定和宣传。各地的剧团纷纷来上海观摩学演，全国先后有两千多个剧团排演该剧。而就在十一届三中全会开幕前夕，文化部、全国总工会又为这出戏举行了隆重的颁奖大会。最让我感动的是观众和读者的热情。在北京演出时，走在街上，经常有人认出我们。有位中年妇女在路上遇见了我们，不停地掉眼泪，我们上车她上车，我们下车她下车，一路相随却什么也不说。虽然没有语言交流，但我们能够想象这是为什么。

面对当时那种强势的宣传和褒扬，我一度有些害怕。当时，我还不知道《于无声处》背后发生的一切。我想：不就是一出戏么？我担心《于无声处》成为新的"样板戏"，担心自己成为"暴发户"。历史的经验证明，"样板戏"、"暴发户"都没好下场。后来知道了事情的大背景，心里也就释然了，更觉得功劳应当归于思想解放的时代。

我还曾收到过两三封匿名信，信里警告说："胆敢为'天安门事件'平反，绝对没好下场！"这样的威胁，我没有放在心上。因为这出戏的成功，已经标示了人心所向。

所幸，《于无声处》没变成样板戏，我也没成为暴发户。匿名信的威胁更没有得逞。

对于这部成名作，我始终告诫自己要有一个客观的评价。就艺术性而言，我不认为《于无声处》是经典。这并非是谦逊，而是因为我所理解的经典应无瑕可挑，所谓"加一字太多、减一字太少"。而每当翻看《于无声处》，我都慨叹其中留有诸多遗憾，自认为无论从思想性还是艺术性考量，都有不足。如严格按话剧艺术的标准，要想成为经典，还有很多可改之处。

事实上，的确有文学界朋友说这部作品已有很好的基础，只差一口气，并指出"这个人物尚有概念化的地方"、"那个人物写得还太浅"等等。这些都是金玉良言，我也清楚可改的东西太多了,但我最终没有作任何改动。因为它是一个特殊时代的历史见证,剧本的粗糙形态恰恰是那个时代应有的特征。倘若用今天的观点和认知重新提炼、修改,面目全非,就失去了原有的意义,也不再有流传的价值。

不能不提的是,因为《于无声处》,我有幸与巴金、曹禺两位长者结缘。他们的教诲让我至今受用。

《于无声处》进京演出前,我在上海市作协无意中说到,自己的创作深受曹禺老师影响,真想到北京后能拜访他。说者无心,听者有意,作协一位同志把这话传给了曹禺先生的好友巴老。没几天,巴老托人捎来一封信。我打开一看,是他亲笔写的推荐信。信是用毛笔写的:"家宝(曹禺本名万家宝),我向你推荐一个年轻人,你一定要见见他,他写了《于无声处》……"

那时,我不过是个年轻的业余作者。巴老对我竟这样热情、真诚地关心,让我从心底里深深感激。

1978年11月14日晚,宗福先(右)在北京见到了景仰已久的曹禺先生。

返沪后,我怀着感激之情立即去探望他。在以后长达20年的交往之中,巴老的善良、真诚一直影响着我。我进入上海市作协工作后,有时向巴老汇报工作,谈工作的时候他很宽容、很支持,但谈完工作他话锋一转,立刻指出,你还是个作家,首先是要创作,作家是靠作品去说话的。

同样,曹禺先生也是我的良师。在北京时,我们曾作过长谈,我至今记得临别时他对我说的话:"你已经取得了很大成绩。我相信你不会被一片赞扬声所淹没。盛名之下,其实是很大的累赘,弄不好就会成为包袱,使你今后写戏困难……"

《于无声处》之后

《于无声处》的成功,改变了宗福先的人生轨迹。他被调入上海市作协,成为专业作家。30年来,他的创作始终与时代变革的脉搏紧紧贴在一起。30年后,当《于无声处》重排上演时,年过不惑、早已成名成家的宗福先仍像当年那个等待首演帷幕拉开的青年人一样,紧张、忐忑。

继《于无声处》后,《血,总是热的》[5]是让我再动激情的创作。那是1979年,我在京参加全国第四次"文代会",时任第一机械工业部副部长的孙友余主动约我们几位来自工厂的作家,谈工业管理中观念、体制上的问题与阻力。交谈中,这位老干部说了一句:"中国剩的时间不多了,我们已经大大落后于世界了……其实我们没有退路,我们搞了几十年搞成这样,万一再搞几十年,中国还是这样,那时候我们再被打倒,就没有人为我们平反了……"

这番话让我萌生了创作冲动。回沪后,我和搭档贺国甫深入工厂,找了好些厂长、劳模、干部谈心,发现凡是想多干事情的厂长都有许多共同的苦衷,碰到许多"合理不合法"、"合法不合理"的事情。

《血,总是热的》主角的原型就是上海一家印染丝绸厂的厂长。他碰到的问题听起来叫人哭笑不得:一套设备,你花十万元修,可以。花一万元买新的,不行!丝绸的废料,你当废布五毛钱一斤贱卖了,没事。你开动脑筋,裁剪

[5]《血,总是热的》讲述了凤凰丝绸厂发生的故事。新厂长罗心刚看到手工印花产品出口热销,利润高,而厂里原来的圆网印花产品产量高却大量积压,于是决定调整生产,改革工艺,却遇到重重阻力,连急需的设计师也因没有"招工指标"不能调入。他的改革更遭到少数安于现状、专打个人小算盘的工人、干部的反对和阻挠,他们甚至设计诬陷他"里通外国"。思想僵化的厂党委书记也站到了反对者一边。最终,在群众的支持下,一切真相大白。全剧批判了僵化的计划经济体制、官僚主义、保守思想观念对改革力量的阻碍和扼杀。

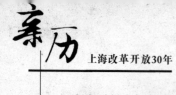

成小手绢,拿到友谊商店卖给外国人赚了几十万美元,再给工人发点奖金,违纪!厂里搞圆网印花,产值很高,但严重积压,没关系。你要改成手工印花,外商订单如雪片般飞来,利润滚滚,却偏偏不行!

这位厂长不争论、不妥协,顶着压力和阻力脚踏实地地闯关。但我们的旧体制、旧观念像一张网一样,总"粘"着他,让他发不出力来。不久以前,有位领导干部碰到我,说还记得《血,总是热的》里面的一句台词:"精疲力尽地斗了半天都不知道自己的对手是谁!"这种现象在改革开放初期很普遍。我觉得我们有责任为这些在困境中奋力跋涉的改革者鼓与呼。

话剧演出后引起了很大争议,改革者和老百姓高声叫好,但有些地区厉声禁演,指责其为"大毒草"。直到十一届六中全会期间,《血,总是热的》在中南海怀仁堂上演,争论才告平息。后来,这出戏和《于无声处》一样,被拍成了电影,还作为正式参赛影片参加了一九八四年西柏林电影节。

这部话剧完成创作时,对这位厂长的审查还没结束。一直到上演很久了,他才被解除审查,他的改革举措才得到认可。

进入新世纪后,贺国甫与我合作创作了《谁主沉浮》,这是反映"执政为民"题材的作品,也算是关注时代重大问题的呐喊式作品吧。

30年过去了,中国发生了翻天覆地的变化。我以为《于无声处》已经成为历史。没曾想,故事并没有结束。2008年6月,作为纪念中国改革开放30周年系列演出的重头戏,上海话剧艺术中心把《于无声处》重新推上了舞台。

我内心又和当年首演时一样忐忑不安:老一辈看过那些戏的人,对于这部话剧还会像当年那么激动吗?新一代年轻人根本不清楚文化大革命是怎么回事,甚至连张春桥是谁都不知道,他们会接受、认同这部打着那个特殊时代深刻烙印的作品吗?担心并不多余。初进排练场,年轻演员台词说得非常别扭,偶尔还笑场。这不能责备年轻人。相隔30年,再回首,连我自己都恍如隔世,一切的荒谬与残酷如今都烟消云散了,又怎么能怪年轻人不理解呢?但我完全认同制作人李胜英的观点,"历史和现实的冲撞,一定会给人带来意想不到的震撼和回味"。这也是我、苏乐慈和他一拍即合,决心重排《于无声处》的原因。

重演,对这出戏是考验,对我也是一次考验。但我期待,通过这出戏为年轻后辈述说不堪回首的岁月。只有知道当年的起点在哪里,才能度量出这些年我们前进得有多快;只有知道我们从哪里来,才能更坚定我们的目标与信心。

基于这些考虑,我们最终决定:按"文献式"重新排演,剧本基本不改。这个决定,得到了绝大多数作家朋友的认同。苏乐慈再次担任新版话剧的导演。她说:"大幅度修改剧本,就不是《于无声处》了。"

剧本未动,情节未改。只是在导演处理上,选择了不同的方式。在新版中,苏乐慈特别注重情感的渲染,希望用人性去表达在那个情感冲突异常的特殊年代,人们内心世界的善良或扭曲,以及真诚的亲情、爱情、友情,从而让人物活在舞台上。

新版《于无声处》在剧场里联排时,我发现来看的人绝大多数都在掉眼泪,包括话剧中心的领导、同仁,前来观摩的年轻大学教师,也包括话剧中心的清洁工人。他们都觉得这个戏挺好看。那时候我有点放心了。

四天五场的正式演出期间,我一直泡在剧场,像30年前那样观察观众,特别是年轻"80后"观众的反应,我甚至做好了接受他们嘲笑的打算。

没想到30年后重演,《于无声处》依然能够感动观众。我仿佛回到了30年前。每次落幕时,剧场内都泪光闪动,观众长时间地鼓掌,久久不愿离去。说实话,这有点出乎我的意料,尤其不少"80后"也能被这部戏打动,为之流泪、鼓掌。

仔细观察,观众的反应还是有些不一样。比如,对于欧阳平和何芸的爱情戏,30年前剧场内的反响不太强烈,观众的聚焦点在那些政治上尖锐批判"四人帮"的场景上。而此次重演时,当最后欧阳平和何芸倾情相拥时,年轻的观众会暴发出热烈的掌声。

我想,《于无声处》之所以30年后依然能让新一代人接受和感动,他们认可的不仅是这部戏,更是剧中浸透的忧患意识与理想主义的信念。通过这出戏,"80后"握住了我们的手。

这也正应了周玉明的话:"只有精神,能穿越过去、现在和未来……"

【采访手记】

有人说,宗福先"能活到现在,真是不容易",这话并不夸张——

刚过花甲的人生路上,经历大大小小的手术五次,接受备受煎熬的化疗两年半,收到一张接一张的病危通知单……甚至他的羸弱,令医生也感到不可思议,因为他"几乎没有一个器官没有病"!

一次次走近鬼门关，他都坦然得令人瞠目。一次手术前，医生郑重宣告："你要有思想准备，也许最多只有半年，手术或许还会……"

他郑重地请求医生："只要给我三天，我就来住院开刀！"

这三天里，他完成了一部电影剧本的最后修改，参与了另一部电视剧的创作讨论，给亲朋写下了遗嘱，为自己起草了讣告，甚至选好了追悼会上播放的音乐。直到最后一天上午，出席完上海市政协年度全会的开幕式，才平静地回到医院，躺上手术台。

看淡生死的他，让世人惊讶的远不止他生命的顽强，而是这羸弱身躯、顽强生命里一次次暴发的创造力。拨乱反正前的万马齐喑间，于无声处里，他炸响一声惊雷；改革开放初始的崎岖征途上，他捧出一腔滚烫的热血；新世纪民族崛起的大潮里，他发出谁主沉浮的警世诤言……

他的作品不多，却篇篇与风云变幻的革新事业同呼吸，每每和艰难前行的时代先锋共命运。

如果说，他奋笔《于无声处》，还是出于一个正义青年的自发，那么他创作《血，总是热的》、《谁主沉浮》包括参与创作的《鸦片战争》，则完全是基于一个成熟作家对国家、民族命运深切思索的自为。

虽然他总是谦逊地把一切归功于时代，但就此意义说，他和他作品中热忱讴歌的主人公一样，也是过去30年波澜壮阔时代里的弄潮儿。

（曹奕）

【附】《于无声处》剧情简介

1976年闷热得让人窒息的某个夏日，被"四人帮"追捕的"天安门事件"英雄欧阳平来到上海。这位热血青年为悼念周总理，收集、整理、印刷了大量诗词，取名《扬眉剑出鞘》，诗集很快传播开来。

"四人帮"下令追查，欧阳平被定为"现行反革命"，受到全国通缉。他与"文革"中遭受迫害摧残的母亲梅林——一位坚强不屈的老共产党员——一起来到上海某进出口公司革委会主任何是非家中。革命年代，梅林曾救过何是非的命。怎知，为求自保，何是非早已抛弃气节与人格，投靠了"四人帮"。他不顾女儿何芸与欧阳平深爱的事实，竭力要将女儿作为"活礼物"送给民兵造反组织头子。而在得知欧阳平就是"四人帮"的通缉犯时，这个已经诬陷、出卖了梅林的无耻之徒，又一次充当告密者，欲将欧阳平交出去邀功请赏。

在母亲大义凛然的激励下,欧阳平昂首挺胸直面"四人帮"的势力,与之顽强斗争。而何是非的妻子刘秀英当众揭穿了丈夫的真面目;他们的女儿,年轻的公安干部何芸,也终于认清父亲的丑恶面目,与哥哥何为等一起,追随梅林和欧阳平愤然离家。何是非落得个众叛亲离的下场。

采写助理:彭山杉　李希

宝钢上马

口述：黎明

采访：曹景行

【口述者档案】　黎明

1927年11月生，天津宁河人。

1949年至1968年历任鞍钢技术员，鞍钢大型厂工程师、鞍钢生产处副处长等职，其间就读于鞍山钢铁学院轧钢专业。

1968年至1982年历任攀钢炼钢厂负责人，攀钢总工程师、公司经理等职。

1982年至1983年任冶金工业部副部长。

1983年至1998年历任冶金工业部副部长、党组副书记，上海宝山钢铁总厂工程指挥部总指挥、党委书记、总厂厂长，宝山钢铁（集团）公司经理，宝钢集团董事长等职。

中共十二大候补委员、中央委员；中共十三大、中共十四大候补委员。

【黎明寄语】　　　无论在体制，还是在观念上，宝钢经历了可谓是特立独行的改革和转变。从企业的规模、水平而言，实话实说，现今的宝钢应该是中国钢铁业的领头了。鞍钢是中国钢铁界的摇篮，现在仍然是摇篮。而我认为宝钢的存在，对中国的钢铁工业是一个刺激，也是一个促进。有的人说要超过宝钢，赶上宝钢，我认为这是好事。这不是压制宝钢而是赞扬宝钢。因为宝钢强，所以才有人要奋起直追。

【事件回放】

1978 年 12 月 23 日,随着"咣"的一声,第一根钢桩打在上海宝山月浦以东的庄稼地上,宝钢正式动工了。这个今天已跻身世界 500 强的中国钢铁业领袖,当年却因资金、选址等争议一度面临停建、缓建的困境。

在中央力排众议决定宝钢上马后不久的 1983 年春天,冶金工业部副部长黎明受命主持宝钢建设生产工作。作为改革开放初期引进的最大规模工业项目,宝钢的成败不仅关系到数百亿人民币的投入,更关系到中国工业走出国门、接轨世界的改革之路。在众人期待和疑虑的目光中,"老钢铁"黎明走马上任。

下 马 风 波

30 年前,中国刚走出十年"文革",国民经济尚未从巨创中恢复。宝钢建设所需的巨资投入、从国外全套引进的方式,以及选址等问题在全国上下引起了广泛而激烈的争论。初生的宝钢因此曾一度被要求下马。然而幸运的是,即使在下马期间,宝钢的建设步伐也没有停下来。

宝钢 1978 年上马的时候,我还在攀枝花钢铁厂工作。当时就我所知的争议有三点:一是宝钢该不该建,二是该不该引进国外技术和设备,三是该不该建在上海[1]。当时,我们国家的钢铁产品很紧俏,钢铁是卖方市场。因为和国外的技术交流长期中断,大家不太了解世界钢铁业的发展,认为当时的鞍钢就代表了钢铁生产的水平。事实上,鞍钢和当时世界水平相差了二三十年,基本上还是二战时期的水平。所以,当时是否应建造一个现代化的钢铁厂,是争

[1] 宝钢最终落户上海,是因为相对于其劣势,其优势仍不容忽视:上海沿江靠海,水运方便,并且拥有强大的工业基础,人才济济;更重要的是上海有着钢铁产品就近输出的广阔市场。具体选址在月浦地区也经过多方考量。以地质条件而言,月浦虽属软弱地质,但通过打钢管桩等技术,能够达到建设大型钢铁厂的要求。另外,月浦拥有一个占地 3000 亩的旧机场,不修路就有跑道,运输方便,而且能少占良田,少迁农户,有利于尽早施工。

论之一。建一个现代化的厂，为什么不能国内自己造而要从国外进口全套设备，是第二个争议。因为当时有攀枝花钢铁厂作先例，整个厂没有进口的设备，全部是国产的。有人认为宝钢的建设不应该进口，照攀钢做就可以。另外，把钢铁厂建在上海也引来很多人争议。因为上海既没有矿，又没有煤，都得从外面运进来。当时国内较大的钢铁企业，比如鞍钢、本钢、包钢、攀钢都设在有矿石的地方，建在上海只能吃进口矿。还有人担心，遇到打仗，宝钢就得"饿肚子"，难做无米之炊。

主张宝钢下马的一派曾总结说，宝钢是"在错误的时间、错误的地点，做了一个错误的决定"。错误的时间指"文革"刚过，国家百废待兴，花那么多钱搞钢铁厂经济上有困难。错误的地点指建在资源贫乏的上海。因此总体做了错误的决定。当时反对的声音很大，1980年国民经济出现了很大困难，不少大项目都面临调整的命运，宝钢作为当时投资最大的项目自然首当其冲。[2]是年年底，国务院正式通知：宝钢工程"一期停缓，二期不谈，两板（指热轧钢板和冷轧钢板）退货，损失最小"，实际上就是要宝钢下马。那段时间，宝钢确实是"灰溜溜"的。

当时冶金部派驻宝钢的是副部长马成德，因为经历了宝钢"下马风波"，被称为"下马部长"。这个"下马部长"当时可不容易。国务院下达一期停缓命令的消息马上传到了国外，日方抓紧发货，将设备和材料一共50多万吨几乎全部发完。这就意味着宝钢即使下马也要付钱。马成德和宝钢工程指挥部的同志对此研究后写了一份报告，说要做到"损失最小"，与其同样花钱造仓库不如完善已施工建设的厂房；与其堆存已经到货的进口设备，不如厂房造好后，设备直接安装到位，进行"就位维护"。而且，设备保养需要定期运转，即"动维护"，这需要电力，安装在

[2] 20世纪70年代末，"文革"刚刚结束，国门重新打开。各地各部门为早日恢复被破坏的国民经济，尽快赶上世界先进水平，纷纷从国外引进成套设备。宝钢就是在这样的背景下上马的。十一届三中全会后，国家着手对国民经济进行调整，压缩基建投资。宝钢当时是建国以来投资最大的新企业。原概算总投资人民币200亿元，以当时人口计，平均每人要为宝钢分摊20元，这对元气未复的国民经济是个沉重负担。1979年，国家对从国外引进的22项重点工程重新安排建设计划，宝钢被列为需要重新审议和调整的首位。

厂房里更方便。上面批准了这些措施。所以,下马期间,宝钢一期实际没有完全停工。

1981年2月,国务院召开宝钢问题会议,马成德在会上给中央领导算了笔账。他说,如果宝钢下马,需要十五个亿善后;如果继续搞下去,还需要投入二十五个亿。现在宝钢已经花了国家一百个亿,与其花十五个亿作罢,不如再多花十个亿,救起一百个亿。这笔账这么一算就清楚了。

1981年7月,国务院的主要领导到宝钢视察。当时,工地热火朝天,厂房也已全部建起来了。领导同志回去后不久就决定:宝钢续建。不过,原定1982年全部投产的计划延期到了1985年。宝钢下马期间,由于工作做得好,四家冶金建设公司还抱有希望,做到了人心不散,设备资财不受损失。而为了"挽救"宝钢,冶金工业部和上海市的领导,特别是当时上海市委分管工业的副书记陈锦华等人也做了极大的努力。这些都是今天的宝钢人不能忘记的。

今天回头来看,宝钢下马风波的出现,主要还是因为当时人们对情况的不了解。一是原材料方面,我国国内虽然有矿藏,但再新建一个大钢厂,矿藏就难以负荷,所以进口是必然的。二是技术水平方面。当时鞍钢的钢板虽然可以做汽车,但质量与世界同类产品技术水平相比差别很大。另外,上海虽然是钢材的重要市场,但当时人们的思想仍在计划经济里打转,还没有市场观念,加之钢铁生产是卖方市场,不愁没人要,所以会有这样的争论。这些反对意见延续了很长时间。到1984年左右,宝钢已经投产了,我还听说宝钢工程在一些大学课堂里作为一桩案例仍然在受到批判。

宝钢上马以后,有一次我陪二三十位全国政协的老先生在宝钢参观。在参观之后的座谈会上,几位老先生讲得很激动。他们承认当时不太了解情况就批评宝钢,现在应该检讨,因为宝钢挺好。

初 到 宝 钢

1983年3月,黎明以冶金部副部长兼宝钢工程指挥部总指挥、宝山钢铁总厂厂长的身份来到宝钢。他上任后的"第一把火",是将宝钢一期落后的三个月工期抢回来。

我来宝钢时,下马风波已经过去。宝钢的形势可以说雨过天晴,大局已定。

当时我在冶金工业部分管生产技术,在此之前,我先后在鞍钢、攀钢工作了三

在宝钢高炉工地打下第一根钢管桩

十多年。我喜欢在生产一线工作，所以部里派我担任宝钢工程总指挥，我很乐意。宝钢给我的第一印象是气派很大，真像现代化企业建设的样子。马路都在规划铺修，工程机械配备齐全，装备水平也很高，整个工程有条不紊。当年修建攀枝花钢铁厂与之相去甚远，哪里要建一座高炉，就在哪里开始挖，路也没有。

当时，整个宝钢建设已经决定分为两期。其中一期旨在拯救先前的 100 亿，就是将已经到的设备，安装生产；将没有到的主要设备做退货处理。考虑到之前的下马风波，我再三对大家强调要只干不说，现在不是宣传的时候。不过，之后我还是遇到了个"下马威"。当时外界盛传宝钢一期可以提前一年完工投产。原计划是 1985 年 9 月底投产，提前一年就是 1984 年 9 月底，而我来的时候已是 1983 年 3 月，距离盛传的 1984 年 9 月底只有一年半了。虽然宝钢工程施工水平较高，但在观察后，我感觉按期投产有问题，更别说提前一年了。当时宝钢工程指挥部统管生产和基本建设，与施工单位不是合同关系而是领导关系。我找到四个施工单位了解情况，可他们的领导再三向我保证，建设方面没有问题。在指挥部开会时我就让大家对宝钢一期是否能提前完成表态。结果意见很不一致,有说没问题的;有说可能完不成;还有说现在还看不清楚,再看看不着急。这三种意见都是凭经验判断。我之后就要求他们拿出工程计划进度评判,结果他们只有计划,没有细化的施工进度。做法很不科学。而后,工程计划处一个月内将整个工程的详细进度统计制作后,整个问题就一目了然。从那份进度统计来看,即使按照原计划1985年9月底投产来算,工程也已经落后三个月了,另有七项应竣工的工程竟尚未开工,情况不容乐观。

这对于宝钢建设是一件大事。对此,当时指挥部采取了两项措施:第一步,将工程拖期的消息刊登在《宝钢报》上,把问题悉数交代给所有的施工单位、职工,让他们对自己负责的和整个工程进度有一个明确的认识。消息登出之后,宝钢炸开了锅。立马就有人打电话来询问事情原委。施工单位的工人们也纷纷找他们的领导询问拖期的缘由。明明白白告诉职工工程进度落后,旨在唤起大家的危机感。这对施工单位是一种促进。情况清了,问题明了,大家可以心往一处想,劲往一处使。第二步,按照工程的进度情况,分解任务,集中力量把落后的三个月抢回来。当时最大的担忧是施工人员人手不够,我们就用最笨的办法——指挥部和施工单位一起派人到工地上数人数,发现施工力量不足,就马上要求他们按照指挥部提出的工程量和时间进度的安排相应增加施工力量。

1985年9月15日,国务委员宋平为宝钢一号高炉投产点火。

这两项措施很有效,人马上增加了。如果哪家提出不需要进人也能按期完工,就请他们领导写保证。因为宝钢工程是一个整体,一家完成不了,整个都开不了工。有一个单位的经理胆儿很大,写了保证,可没过一个礼拜就要求撤回,人也调进来了。

就这样,在两年半的时间里,我们把落后的三个月抢了回来,质量也不含糊。1985年9月15日,宝钢一期比计划提前半个月投产。当然,这也要感谢在我之前负责宝钢建设的同志。前面的工作量虽然看似不多,但都是扎实的地下工程,给宝钢打下了很好的基础。

1984年2月,还在一期工程建设中的宝钢迎来了邓小平的视察。这次到访,不仅正式对过去的争论做了了结,更为宝钢未来的发展定下了基调。

宝钢工程与邓小平同志有很深的渊源。1978年,邓小平访问日本,参观日本的新日铁公司君津钢铁厂,对其现代化程度和科学管理印象非常深刻,当场对新日铁董事长稻山嘉宽说:"你就按照这个样子,给中国建一个钢厂。"因此,宝钢的建设基本参照了日本君津钢铁厂的规模、设备和产品。

1984年2月15日,邓小平同志在王震和上海市委第一书记陈国栋的陪同下视察了宝钢。当时,宝钢一期正在建设中。自备电厂已经投产。他登上宝钢自备电厂12米高的中央控制室,通过电视屏幕观看发电机组运转情况。在看到电子计算机和自动控制仪表时,他特别询问了操作人员的学历。得知都是大学毕业生时,他很满意,说:"掌握电子计算机的应该是大学生。"可以看出,他对科技创新很重视,他给宝钢题词写了16个字:"掌握新技术,要善于学习,更要善于创新。"

我在向小平同志正式汇报时,特别提到一期建成后,宝钢主要生产钢坯,真正的产品还是在二期工程。二期工程不建,宝钢只能生产钢管作为成品,这样发展就很困难。我还说,宝钢二期工程前期已经做了大量准备工作,何时上马需要尽快决策。这个问题引起了邓小平的关注。他当时就详细了解了宝钢二期建设所需投资情况。他到北京后说:"原来考虑宝钢二期在'七五'期间建,如果1985年只要2亿元,还可以上得快一些,不要耽误时间。"10天后,他在谈工作时就特别提到宝钢二期是否要提前上马的问题。他说,现在国家每年要进口1000万吨的钢材,每吨300美元。宝钢二期早投产一年,就可以少进口300万吨钢材,所以"二期要争取早点上",即使借点钱、付点利息,也是合算的。这个决策使宝钢二期建设提前了两年时间。

邓小平这一次视察对宝钢而言非常重要。宝钢一期挽救了前期 100 个亿的投入;二期上马,实现了宝钢工程完整的建成。他的到来和对宝钢二期提前上马的明确支持,客观上也对宝钢过去的一段风风雨雨做了了结。

经 营 宝 钢

一个现代化的企业,不仅需要现代化的设备,还需要现代化的员工和现代化的管理。在黎明的领导下,投产后的宝钢进行了一次又一次令世人瞩目的改革。

现代化的设备要有高素质的人来操作,这个问题我们很早就重视了。宝钢最早招收的一批工人,不少是高中毕业没考上大学的学生。结果,还没投产有些人就要去考大学了,而之前这些人都经过了培训,有的在国内培训,有的还到过日本君津厂培训,这样一来,宝钢的学费白花了。后来我们做的第一步工作就是稳定大部分人才,保证工人较高的专业水平,使宝钢的干部、技术人员以大学或专科毕业生为主,并且到宝钢后基本上都能在日本进行培训。1985 年 9 月,宝钢一期投产,根据合同,投产三个月内日本专家提供指导,所以投产非常顺利。当时的员工和技术人员成为宝钢的骨干力量。一些年轻的技术人员也成了宝钢的后备力量。

除了这些新生的骨干力量,宝钢也有从其他钢厂抽调过来的老工人和技术人员。人员的复杂造成了一大问题就是,鞍钢来的有鞍钢的一套,武钢来的有武钢的一套,大家互相都不买账。后来我们就提出,不管从哪儿来的,不管过去唱什么戏的,现在都得唱宝钢这出戏。对此,培训是必然的。我们安排他们到日本的工厂里去实习,这个转换对于其中有些人而言是有困难的。比如,宝钢建设伊始,把医院建好了就交给地方,实行职工医疗社会化。从老企业来的人就不理解,这么大个厂,没有自己的医院怎么行。老企业哪个单位没有自己医院?有的钢厂下面的工厂甚至都各自办学校,而宝钢则把医院、学校、商店都交给地方。有的工人根据老厂的经验,坚决要修围墙,但宝钢只允许以绿化带作为界限。这就需要员工转变认识和观念。

至于我们领导班子的成员,则都有非常丰富的经验。有的来自上海企业,有的来自外地,但共同点是大部分成员都在日本的工厂里呆过一段时间,所以大家对日本的企业管理还是比较认同。

紧接着而来的是精简队伍,在那个以人多力量大为标准衡量企业的时代,黎明的高瞻远瞩和大刀阔斧不但没有引起国企大裁员的阵痛,而且促成了宝钢内部的"第三产业"。

宝钢原来定额的人数是四万二,开始大家都说这么大一个厂,四万二怎么够?结果进人进到三万多的时候,我看情况不妙,就喊停了。在投产以前,人们有一种观念,我们中国地大物博、人口众多,人多一点理所应当。但是投产以后,马路上仍有许多人在走动。一个一个去问在干什么。有在外边晒太阳的,也有睡觉的。

我到宝钢上任后,包括我在内,当时有七八位正、副经理。我当即表态我管不了这么多人,七个副经理,统一七个人的思想也统一不过来。最后,我只要了三个。人一多,一天可能就尽开经理会统一思想了。四个人的话,就不用开了,大家各干各的。一个管常务,一个管生产和设备,一个管其他。而我的工作就是到处走,找问题,询问睡觉的为什么睡觉,如此一来发现了好多问题。

精简人员势在必行。过去是厂里人越多越好,厂矿人越多好像显得厂的级别越高,但是人多不一定好办事,员工的住房等生活问题都很麻烦。另外,人多导致责任不清,不利于搞好生产质量。一件事若让一个人干,出了问题,很清楚就是一个人的责任;一个厂就一个厂长管生产,有事就肯定找那一个厂长,如果有两个厂长,那责任就不清了。当我们意识到这一点后,我们就不再进人,甚至是只出不进了。而对于当时还未进厂,仍在学校培训的人,我们则将他们分配支援别家企业。对此,许多企业还对宝钢非常感谢。

开工以后,随着大家技术逐步熟练、效率提高,我们逐年减人,一年减两千人。我们根据各家情况把减人指标分到各家厂,由各厂执行具体精简任务。从生产线精简下来的人员的去处,是办一个新事业公司。新事业公司这个名字,是我们劳资处长孙迪鹏起的名。原来的名字叫劳动服务公司,大家对此都有意见,叫新事业公司让大家都能接受。这家公司主要是用于开发新的产品,像是利用宝钢的边脚料做小部件、高炉渣子磨细做水泥等。另外,我们把在宝钢逐步分流中保留的现场卫生所急救设施、食堂、房产等一并集合起来,将这些单位整合成宝钢开发总公司。除此以外,一些辅助工作,如绿化保养、清洁卫生以及精简下来的人员都划分到开发公司中去。公司是独立法人,自负盈亏,与生产企业是合同关系。就这样,实现了主辅分流。

经过历年的精简,最后宝钢剩下八千多人。八千人这一标准与日本相比则比较接近了。宝钢原来年产量当时人均大约六七百吨,在我离开宝钢的时候已接近一千吨了。台湾的"中钢"基本也是人均一千吨。

面对留下的精兵强将,黎明又抢先全国一步,在宝钢内部废除了八级工资制,试行了五天工作制[3],其目的是为了进一步减少裁员的压力,给留下的员工一个美好的未来。

人员精简后,人均奖金就多了,待遇也相应提高了。宝钢就决定废除八级工资制,重新评定工资等级。我们称之为岗位工资,主要是按照岗位的责任大小、技术高低、劳动强弱、环境好坏这四个标准。就这样,宝钢的工资进行了比较大的改革。劳资处长孙迪鹏当时做了许多工作。

宝钢在工作体制上更大的一次尝试,是在最后一次减人时,我们想试行五天工作制。当时,宝钢二期已经投产,正逢劳动部领导来视察,我们向他做了汇报。他说,这是大事,他们在北京开会时也讨论过这个事儿,但多数人反对。于是,宝钢就决定暂不打报告,自己埋头先试行。我们当时正研究每年要精减两千人,所以就将两千人的裁员指标分配到各个厂子,规定哪家厂把人减下来,就先试行五天工作制。这个办法实行一两周之后,初轧厂率先把人减下来了,实行了五天工作制。至于别的厂,我特地吩咐劳资处不要管,因为我敢肯定下面的工人自然会督促的。果然,有工人找厂长问:"我们为什么不减人呢?别家都实行五天工作制了,我们还六天呢!"后来各厂都逐步减了人,到年底机关也减了。这说明原来减人的潜力还是有的。

当时,全国还没有实行五天工作制,所以我们叫试行。这个过程中宝钢没有特别的允许,但是我们就实行了。我们没写报告,因为写了报告也不批,反倒容易引来再次的

[3] 建国后直至20世纪90年初,我国一直实行每周六天工作制,每天工作8小时。当时,我国企事业单位生产力水平不高,只有靠延长劳动时间来弥补效率不足,但工作时间实际并未有效利用。1986年,我国开始着手研究五天工作制的可行性。1994年3月起试行"隔周五天工作制"。1995年5月1日起,实行五天工作制,即职工每日工作8小时,每周工作40小时。

议论。好在过了一段时间,国家开始实行隔周五天工作制,之后改为每周五天工作制,我们就轻松了。其实当时我们并未感觉到有什么压力,没人说对,也没人说不对。宝钢那时候规定,什么也不要宣传。当时不宣传的原因就是怕被说宝钢又吹牛。

改了工资制度以后效果很好,大家平时都比较辛苦,收入也相应增加。当时宝钢收入还是较为可观的,但是我们当时提出:第一,工人和干部要有差别,但是差别不能过大;第二,宝钢整个工资水平和周围应该有差别,因为我们是重型企业,员工所处环境也差,应该有差别,但也不应太大;第三,是要适当留一点钱,工资总额是根据利润来算的,留一点钱以防明年利润减少,市场是变化的,但我们努力保持员工工资不波动。当时我们也提出20世纪末"三个一":人均工资一万美元,每人能买一套房,每人能买一辆轿车。我们之后达到了这一目标。

但是即使达到预期目的,仍有新的问题冒出来。原先我们只考虑到要每人有一辆轿车,但没想到轿车往哪儿放。之后想三期工程计划盖的房子,从二楼盖起,一楼放轿车,但这个没有得到批准,很遗憾。如今车也多了,有些职工家庭甚至有两辆车了,生活区没处放,最后只好压绿化地了。在我看来,生活区里只有一条小道,真的要出点火警是很麻烦的事。

宝钢在观念转变过程中,黎明作为领导,既有清晰的思路,也有摸着石头过河的尝试,他的一些即使是今天看来也很新潮的观念曾经在厂里引发过抵触情绪,绿化、拆除违章建筑、重视合同关系……诸如此类的小故事不胜枚举。

宝钢在观念改变方面,可说是做了一些贡献,对钢铁同行也许还有些启迪作用。宝钢技术、设备是进口的,所以有先天有利条件,我们整套生产管理体制,包括作业长制、设备点检定修制、质量一贯制都是从日本那学来的,但是宝钢自己也在这方面做了一些努力。

比如说绿化。绿化对宝钢而言,我认为是件大事。我本人就担任绿化委员会的委员长,种树,也有种花。我们规定,在工程交工时候,绿化也在计划之内。交工时绿化也得做好,绿化不完成工程就交不了。我们规定得很具体,但是有的人不习惯,开着车鸣鸣地就压过去了。我就碰到过这样的事。我和秘书两个人坐车,看到有人开进绿化地,我就下车,把开车的师傅批评了一顿,之后还找他的经理进一步做检讨。

花园式工厂: 宝钢厂区

又比如说搭小房,老企业到处都是搭小房的,为了在里面存放材料,像过去鞍钢的小房都搭到马路边了。上海其他的钢铁企业这种现象更多,我们则规定不准搭。为这事,我们曾撤了个厂长。大家要改变存放物资的习惯,需要什么材料管理部门会送来。这些都是慢慢地一点一点才养成的习惯。

还比如说宝钢用三个亿换来信誉的事。宝钢的三期建设已经是在用宝钢的自有资金运作了,宝钢实现一个公司化运作的转化主要体现在自行运作和产品销售方面。国家规定说下一年开始成为市场经济,国家不统一分配,卖给谁,什么时候卖都自行决定。另外,当时中国施行两种价格机制,一种是国家统配价,一种是市场价,宝钢大部分合同是统配价。在即将于次年初实行并轨的那年11月,宝钢收到文件,宝钢当年的合同如果拖到次年就可以按市场价收费,当时预计可多赚三个亿。后来我们说,是要这三个亿的利润呢,还是要信誉呢?我们认为,要信誉!三个亿?三十亿也不要。如期交货。其实宝钢投产之后,第一个规定就是说是不是完成了这月的计划,不是按产量,而是首先看你完没完成订货合同。假使说你超产很多,但合同没有完成,就算你没完成计划。宝钢投产之后,合同是第一位的,企业要有个信誉。

除了在体制上和观念上的逐步转型,宝钢还出过黎明"引以为豪"的两桩"生产事故",正是这两桩"事故",使得钢铁制造企业成为"顾客至上"的现代服务企业。

在我任职期间,生产事故方面有两个事件,也是好事,也许还不能算事故。

第一件事是,宝钢钢管投产后不久,钢管厂的干部就来说:"哎呀,我们这产品质量是好。"我说怎么看出来的。他说用户看到我们丢弃的废品捡起来说:"你们这么好的管子怎么就当废品了,我买的成品也没你这废品好。"当时我就感觉到这是个大问题。为什么呢?因为我们国家钢材供给一直是紧张的,加之用户的要求低,供应方能给就不错了,所以他说好。我们有句老话,叫"瓜菜代",困难的时候没有粮,就"瓜菜代"。言下之意,没有好的,差的也行。这其实并不是好现象。我说宝钢不能和国内其他的钢厂相比较,宝钢要和国际水平相比较,要让世界上的用户承认宝钢的产品是好的。为此,宝钢出口了一批无缝钢管,结果在质量、管理上都出了问题。我们除了以此教育职工外,同时规定按产品的百分之十出口,用国外的要求来考验我们的产品。

第二件事是,宝钢引进了一些设备、技术,但是当时不知道什么原因,没有引进生产汽车板的技术。上海的大众汽车厂停止了宝钢的订货。我们一开始不知道,后来发现了,找到销售人员,询问怎么回事。他说我们普通板供不应求,利润很高;而生产汽车板,利润低,质量又不过关,人家还总提出意见。销售人员觉得那不如索性作罢,说我们不好我们就不给他,卖普通板还能给宝钢多赚钱。我认为,这是我们宝钢投产以来最大的事故。宝钢在上海,大众汽车公司也在上海,宝钢供应不了大众汽车厂的钢板,宝钢有什么脸面见江东父老!当然客观上说当时我们还没有引进这项技术。宝钢的冷轧、热轧是自己慢慢开发的,质量可以达到汽车厂的要求,但是不稳定。但假如现阶段不稳定就不生产,那我们永远也拿不出汽车板来。只有继续生产,宝钢才能逐步进步。

因为这件事,我们在《宝钢报》上登了七条改进的措施。后来我们的副厂长还到汽车厂赔礼道歉,让大众汽车厂的工人都知道,我们对此具体定了哪些措施。自那以后,宝钢的汽车板就成为一个具有核心竞争力的产品。初期时,我们成本很高,利润很少,几乎没有利润。现在汽车板供不应求,就是通过这件事逐步提高上来的。

走向世界五百强

　　二期工程建设完成之后,这时的黎明又把眼光投向了企业产品结构的调整,出于这样的考虑,促使宝钢搞了三期。而宝钢的三期建设是在用其自有资金在运作了,这就意味着宝钢走出了原来完全由国家计划经济的运作方式,转向了一个比较独立的市场经济主体。

　　我们在二期开始建设起来以后,就考虑到进口最多的,一个是汽车板,再有就是马口铁,还有电工钢。电工钢虽然武钢在生产,但是供应量不够,每年大概还需要进口四十万吨左右。马口铁,国内则没有一家钢铁企业生产,鞍钢曾经搞过,从苏联引进设备,一两年一块合格的板都没出来。所以,我们的三期就力求在品种上再丰富一些。除了彩涂板、电镀锌、热镀锌等以外,还有一个造船业。造船过去集中在欧洲,后来发展到了美国、日本、韩国。造船业是劳动力密集型产业,中国有这项优势,对此,我们三期工程也考虑过。另外一个是无缝钢管。大庆油田使用的套管,宝钢140轧机可以满足要求。但是新疆油田井深了,套管要大口径的,宝钢就不能生产,所以当时在三期里,我们计划还要有一个大口径的无缝钢管。

　　后来,据说朱总理在天津看了天津钢管厂之后,说以后再建钢管厂要在天津建,所以钢管这个项目三期就没有列。另外建五米宽厚板厂,有很多人反对,特别是上海反对的人比较多一点,我们为了三期项目取得成功,只好拿下来,作为三期后项目。现在宽厚板工程在我退休后早已建成投产。当时我们所处的条件是:第一,主要产品都是进口,而且有一种是国内不能生产的;第二,宝钢除了还二期工程国内投资的贷款和利息之外,建设宝钢三期工程的资金全部自筹,不要国家的钱,也不要国家下达贷款指标。

　　其实在二期的时候,宝钢已经承担了一部分资金。二期建设时有规定,国外的资金由国家出;国内的钱,大概六十个亿,由宝钢自己出。所以说宝钢建设三期时,其前提条件,就是要将二期的银行贷款本息还清,然后建三期。三期当时加上准备金大概是六百个亿,不算准备金大概是五百个亿,之后建成总共花了五百个亿,这完全是宝钢自己的资金。

　　宝钢虽然用的是自己的钱,但是宝钢建设三期仍然遭到了我们同行反对。之所以如此,是因为他们认为国家的钱已经集中花在宝钢一期了,他们的改造因此搁置;刚好一期投产了，又来个二期；宝钢二期结束了，他们想这次可以松快一点了，结果立马又来个三期，这不是抢他们的活路么？后来我就说，如果别人也能按宝钢的条件建钢厂的话，我绝对让，我不坚持。我还说我不要钱，但是各厂又说钱宝钢是不向国家要了，但是宝钢可是占冶金行业指标的。对此，当时国家计委委员石启荣经过各方面论证之后，开始考虑对策，他说先要确定一个问题，即宝钢有没有这么多钱？他为此跑了多次，来宝钢和谢企华女士算经济账。算了多次后，他有了把握，确定宝钢的确有资金，他再各个方面去协调。就这样，宝钢的三期工程计划破天荒地被单列在冶金系统之外。这样宝钢就上了三期，就当时整体的情况而言，三期工程还是比较顺利的。

黎明迈入宝钢大门的时候是冶金部副部长兼总指挥，从投产以后直到他九八年离开宝钢，他一直是厂长。尽管头衔没有太大的变化，但是进入三期后的宝钢，在黎明的带领下已经有了新的目标：冲击世界五百强。

三期建设比较顺利，没有什么太大的困难。一期时国产的配套设备大概占百分之五，三期时国产设备已占百分之八十。更有趣的对比是一期工程出的问题是集中在这百分之五的设备上，到三期尽管有百分之八十的国产，出问题的却恰恰是进口设备。

在二期工程建设过程中国务院对冶金行业设备国产化十分重视，并提出要与国外合作设计、合作制造，机械部并指定陆燕荪副部长主持此事，机械行业做了大量工作，进口了装备，培训了工人，提高了产品水平，满足了宝钢对设备的要求，降低了三期的投资。

三期上来以后，宝钢就开始考虑下一步干什么的问题。因为上海这地方已经容纳不下了，三期就准备在另外的地方建一家新厂。我们考察了宁波、日照、惠州，最后考察到湛江。最终决定在湛江建设一千万吨，完全自己投资，准备再建一个宝钢。我们认为，广东经济发达，但是没有一个规模较大的钢厂，整个南方都没有。从整体而言，矿石是从南往北运，钢材从北往南来。这个提议一出，上面说自己干不行，和国外合资可以考虑，所以我们就找了韩国浦项创始人朴泰俊，他很赞成。我们两家抽人，马上组织一个小组进行调查和规划。可就在此时，韩国总统换了，朴泰俊流亡到日本,但他到了日本之后还没有忘记这件事,给我来信说希望看一看湛江这个地方。我们黄锦发总工程师就陪着他去看,看了以后他很满意。只是后来韩国新总统当选,他回国当总理后,因为新的一些问题就没有提这件事,工程就搁置了下来。

1994年5月,宝钢在日本成立了一家叫宝和通商公司,我参加了这个公司的成立仪式,当时我向日本的记者们讲过到20世纪末左右宝钢将进入世界五百强的目标。三期上来之后我们已经感到宝钢有这么一个发展的实力了。

现在,有两种对宝钢的评论。一个是有人说宝钢带动了别的企业。我觉得这有些言过其实了。其实,相反有关行业为支援建设宝钢作了很大的努力,产品质量有很大提高,宝钢受益匪浅。如宝钢三期工程国产装备达到百分之八十,投产顺利,运行正常,说明国产冶金设备能满足现代钢厂的需求,甚至日本新日铁也提出中国生产的备品备件只要宝钢能用,新日铁也可以从中国进口。

第二说的就是一些钢铁同行经常提出要超过宝钢,有些可能已经超过了。我们有些同志对此有些看法,怎么老盯着我们干什么?我说盯你就是因为你已经跑在前头了。

从第一根矗立在上海郊区的钢桩到今天的花园工厂,宝钢在钢铁业界中已经远远跑在前头。作为当时最大规模的引进项目,其在改革开放30年中崛起的意义也远远超出了宝钢本身。它是否重燃我们大炼钢铁的梦想?它是否具有某种范本的含义?它在改革开放的潮头中分量几许?抑或它是否能影响到中国与世界的接轨?对于这些问题,老部长只是微微一笑,似乎认为这些都应留待后人评说。

从企业的规模、水平而言,实话实说,宝钢应该是中国钢铁业的领头了。鞍钢是中国钢铁界的摇篮,现在仍然是摇篮,全国所有钢铁行业都有鞍钢的人,我也是从鞍钢出来的,但是当时的鞍钢终究落后了。当然,落后是不是因为宝钢影响的?有人曾提出这个质疑。后来我算了一笔账,在宝钢一期、二期建设期间,宝钢花了三百个亿,这个期间全国冶金行业一共花了多少呢?两千七百亿,所以建设的不只是宝钢。宝钢建设最晚,而且完全是引进的。宝钢的装备水平、技术水平和全国的老钢铁企业当时的水平相比差二三十年,后来这些企业也都赶上来了。有的人说要超过宝钢,赶上宝钢,我认为这是好事。这不是压制宝钢而是赞扬宝钢。你为什么超过我呢?因为我高,所以你要超过我。

我认为宝钢的存在,对中国的钢铁工业是一个刺激,也是一个促进。因为要超过宝钢,因为有个宝钢在那里,品种也好,质量也好,所以他要赶超,经营提高。不仅仅是在技术上,甚至于在管理上也是这样。宝钢对中国整个冶金钢铁行业的发展是起了促进作用,另外还有一个传播作用。

现在鞍钢正在鲅鱼圈建新的钢厂,首钢在曹妃甸也建新厂,武钢也准备在广西防城建新厂,我相信这些新建的钢厂在装备上、工艺上、管理上后来居上,他们都能,也都应该超过现在的宝钢,那时宝钢也许就要提出超鞍钢、超首钢、超武钢了。

【采访手记】

中国改革开放30年,我们关注宝钢的事情也有30年了。早先我在凤凰卫视做《口述历史》时,在北京采访了陈锦华先生,宝钢的上马下马,是老人家一谈起来就会激动的往事。今年8月,我又采访了宝钢30年发展史上另一位重量级人物,也是更关键的人物,黎明。

很难想象,如果当年不建宝钢,今天世界上还会不会出现"中国制造"的潮流?但宝钢的开端,可以说是步步艰难。人大代表对冶金部长的质询,在中国政坛上不仅空前,甚至也有绝后的可能。黎明来到宝钢,正是"下马风波"刚过,一期工程加快施工的时候,我们的谈话就从那里开始。

宝钢建设初期,我们关注引进外国资金和技术设备。但黎明谈的更多的却是现代化企业管理制度的建立,同宝钢一样平地而起,引领全国。回顾中国改革开放30年中的宝钢,我们应该想得更深一些了。

黎明从宝钢退下已经十年,但他仍然是宝钢人,宝钢受敬重的老人。　　（曹景行）

【附】宝钢简史

1978年12月23日,宝钢开工建设。

1981年8月,在经历了"下马风波"后,国家决定"宝钢续建"。

1985年9月,宝钢一期建成,并一次投产成功。

1991年6月,宝钢二期建成投产。形成固定资产205亿元。年产650万吨铁、671万吨钢、50万吨无缝钢管、400万吨热轧带钢(卷)、210万吨冷轧带钢(卷)的生产规模。

1998 年 11 月 17 日,宝山钢铁(集团)公司吸收上海冶金控股(集团)公司和上海梅山(集团)有限公司参加,组建成中国最大的钢铁联合企业——上海宝钢集团公司。当年产钢达到 1017 万吨,成为中国首家年产钢超过千万吨的联合企业。

2001 年 12 月,宝钢三期工程建成。总投资 567 亿元全部由宝钢自筹。主要产品有电镀锡板、电工钢和国内紧缺的钢材。形成年产 1100 万吨钢的生产能力。

2004 年 7 月,宝钢在国内竞争性行业中首个进入世界 500 强,排名第 372 位。标准普尔将宝钢的评级调高至 A–,使其成为全球享此盛誉的两家钢企之一。

2008 年,世界 500 强企业最新排名中,宝钢集团公司以 2007 年 299.39 亿美元的营业总收入和 28.58 亿美元的利润,名列第 259 位。这是宝钢集团公司连续第五年进入世界 500 强,并首次进入前 300 名。

采写助理:卢晓璐　吴梦吟

从农村回归城市

口述：叶辛

采访：马长林

【口述者档案】 叶辛

1949 年 10 月出生于上海。籍贯江苏昆山。

1969 年春到贵州山乡插队，时间长达十年又七个月。

1977 年处女作《高高的苗岭》问世。此后笔耕不辍，被誉为知青文学的代表作家。代表作有《蹉跎岁月》、《家教》、《孽债》等长篇小说。

现任中国作协副主席、上海作协副主席。

【叶辛寄语】   改革开放这 30 年给中国人民的生活带来很大改变,我们经常用一句话说,接力棒,只要坚持传下去,中国人民的生活可以越过越好,中国人民一定能自立于世界民族之林,中国文化也一定能屹立于世界文化之林!

【事件回放】 1968 年,按照毛主席"知识青年到农村去,接受贫下中农再教育,很有必要"的指示,全国掀起了知识青年上山下乡高潮, 几年中总共有 1700 万知识青年从城市涌向农村。这一既具政治意义又带有解决城市知青就业困境初衷的知青上山下乡运动, 随着时间的推移引发了一系列社会问题,困扰着政府当局。改革开放的春风,为问题的解决铺平了道路。新政策的出台,使在农村的大部分知青回归城市。从城市到农村,又从农村回到城市,这一轮回,改变了知青的命运,也留下了许多刻骨铭心的记忆。曾经在贵州农村插队十年的著名作家叶辛,对这段难忘的历程有着极其深刻的感悟。

难忘的插队生活

"文革"期间,戴着大红花、胸怀"毛主席挥手我前进,插队落户闹革命"雄心壮志的 111 万上海知青来到农村之后所面对的第一关,同时也是最重要的一关,不是思想关、劳动关,而是生活关。一件 7 元钱的军大衣,外加每月 36 元生活费对于当时的知青来说已经十分诱人,因为当时大部分知青并不能得到这种待遇,有的甚至没有生活费,只能靠自己劳动,拿工分养活自己。叶辛就属于后者。

1968 年 12 月 21 日晚上,中央人民广播电台在新闻节目中,播送了毛主席的最新指示:"知识青年到农村去,接受贫下中农再教育,很有必要。要说服城里干部和其他人,把自己初中、高中、大学毕业的子女,送到乡下去,来一个动员。各地农村的同志应当欢迎他们去。"第二天,全国所有的报纸都发表了毛主席这段最新最高指示。

当时有一些青年热血沸腾,十分积极,咬破手指写血书,表示坚决响应毛主席号召,到农村去接受贫下中农再教育;也有一小部分人,从种种渠道感觉到了城乡差别很大,不太想去,但在那个年代,寻找各种理由不去农村的,毕竟还是少数,而我的态度既不十分积极也不推脱，我和大多数人一样——随大流，这是我内心深处真实的想法。

上山下乡的高潮是在1969年的春天。我就是在1969年3月31日出发去贵州农村插队的。当时的情景还历历在目。那是一个乍暖还寒的日子，天气仍偏凉，我记得我坐上火车时，外面还穿着一件棉袄。"文革"期间上海知青有111万人，占上海700万城区人口的七分之一还多。如果一列火车装一千人，把这些知识青年送到农村须从上海开出多少辆火车就不难想象了。当时我们举着红旗、戴着大红花，到边疆去、到农村去、到祖国最需要的地方去。"响应毛主席的号召"、"好儿女志在四方"是我们当时的口号，人人都喊。喊的同时，我隐隐意识到：我们到农村去是扎根一辈子，不会再回来了。但那时更多的，是一腔热情去接受再教育，相信我们应该在农村广阔的天地里大有作为。那时我们年轻、虔诚，也很狂热，当然现在看来也有点盲目。

青年上山下乡是分层次的。最差的是到外地农村插队落户，国家基本不管，知青参加劳动，拿工分养活自己；第二个层次是到外地的国营农场，每个月有32元；比外地国营农场层次更高一些的是军垦农场，除了能有一件7元钱的军大衣，每个月的生活费有36元，这在当时很有诱惑力；第四个层次是到上海市郊的农场，比如崇明、奉贤、南汇的农场。尽管劳动也很苦，月工资只有24元，但是离上海近，回家很方便。这些数字我至今还记得，我想这不仅对于我，对于我们这一代人，而是对于整个历史都是珍贵的记忆。另外，上山下乡还有一个层次叫自寻投亲插队。整个20世纪，移民来上海最多的是江苏人和浙江人，所以只要原籍有亲戚收留，知青就可以过去。不可小窥这支自寻投亲插队，在上海111万知识青年中就有51000人到江苏去插队，还有32000人到浙江去插队。而我根据政府安排去插队的贵州省，那儿的上海知青也就一万余人。

从现代大都市上海到闭塞、贫穷的贵州，路途遥远，一路上我们的热情也在疲劳打击下慢慢地冷却了。我们最先在贵州一个小城市贵定下了火车，在那里铺稻草睡了一晚。那是我生平第一次枕着稻草睡觉。真正抵达我们插队所在的修文县，则是在第二天坐了整整一天的卡车之后了。如果说疲劳只是磨掉了我们的激情，那么真正可怕的是踏进山区、山寨刹那，面对和我们想象截然迥异的农村时内心的巨大落差。到修文县久长镇时，一些知青，尤其是女知青，甚至不愿意下卡车。她们就在卡车上跺着脚叫道："我们是听毛主席的话来的，是来建设新农村的，怎么跑到这寸土不生的山区来了。"现实从一开始就残酷地颠覆了我们以前的一切美好想法。那些美好的想法即使不是我们十多年生活的全部，也是支持我们来到农村的最主要动力，而这里和我们从小接受的社会主义新农村、到处都在胜利前进的农村画面完全不同。

当时我们是 6 个年轻人一起插队落户在砂锅寨。记忆里,印象最深的就是我们住的泥墙茅草屋。茅草屋没有窗户,门是用牛粪敷的,单从外面看就已然能感觉到它的阴暗潮湿。第一次看到这座茅草屋时,用呆若木鸡来形容我们的表情并不为过。要知道,在上海目之所及最简陋的房屋也是用纸筋石灰敷的。可生活还得继续,走进茅草屋,我们开始了插队落户的生活。生活关、劳动关和贫下中农结合的思想关,命运早就为我们安排了种种的障碍,除了克服,我们别无选择。

刚到农村, 我们还是用上海小青年的眼光来看这里的一切:山乡是闭塞的、僻静的。山乡里的人说的话和我们不同,他们生活的环境也和我们不同,他们出门就爬坡,天天在山坡地和水田里刨粮食吃,指望老天风调雨顺,把这样的日子一天天过下去。然而当十年下乡结束,要回归城市时,我已经和许多农民一样了。有时生产队派我到贵阳出差,买打米机之类的农具。我就穿件破棉袄挤火车,没有座位了,就席地而坐,和周围的人一起聊聊天气如何,收成如何。聊到天旱、洪水,我也会发愁,会想这青黄不接的日子大家都没粮食吃了。

十年七个月的插队生活教会我用农民的眼光看待都市、看待省城、看待上海,这是我人生经历中最大的一笔财富。我从小生活在上海,我熟悉的是都市人的生活,这10 年则使我熟悉了最贫穷山乡的生活。也正是在这些日子里,我开始思考上山下乡知识青年这一代人的命运,了解到中国农民的真正生活,他们日出而作、日落而息,他们没有更多的需求,仅希望有一顿饱饭、有一件棉衣。这段经历对我而言是弥足珍贵的。后来我在贵州的土地上成了作家,从乡村的崎岖小路走出来,这些都可说是得益于十年又七个月的农村生活。

1700 万知青的回城心愿

"一拥而下"的 1700 万知识青年到农村之后,诸多涉及生计、生存的根本问题一并冒了出来。随着时间的推移,加之"文革"的复杂性,这些问题变得越来越现实,问题的堆积终究酿成了知青雪崩般的回城浪潮。1980 年,中央作出决定:从当年暑假起,应届毕业生不再上山下乡,一律作为待业青年,根据实际需要统筹安排。上山下乡运动宣告结束。

10 年中,我们可谓是身在农村,心向都市。我们想家,想知道家里的事情,想知道城市里的事情。当时惟一沟通的渠道就是给家里写信。我们6个人，无论谁家来信都能激起我们的兴趣。信里提及关于上海的消息，像是夏天天气有多热，冬天如何的冷，甚至黄浦江畔外滩流氓闹事，这些都让我们觉得我们的心是和城市联系在一起的。这10年里，我回上海探亲共三次。当时国家规定知识青年一辈子只能探亲两次，我之所以有三次机会，是因为我这三次都不是用知识青年探亲的钱，而是应出版社要求，回去改稿子的。一旦回到都市，我就感到上海的马路特别洁净，上海的阳光特别灿烂，上海的人民广场特别宽阔，无论是南京路、淮海路都让我有一种亲切感。我想所有知识青年的心情和我是一样的，他们思念城市，特别是在农村生活不能养活自己时，这份思念就愈加强烈。

无论是当初写血书积极下乡的知青，还是无奈被动而来的知青在经历多年的农村插队生活后，他们共同的心愿就是上调，是回到都市。这并不是因为他们不听毛主席的话，而是因为他们真正了解到如果他们不回去，单靠天天劳动，是不能养活自己的。我插队所在的砂锅寨是方圆二三十里最富裕的寨子，每天要跋山涉水、挑粪、挑灰、耙田、犁田、进洞挖煤。我身边有一个"抓革命、促生产"的典型积极生产队，从早干到晚，每天有8分钱，是有名的"邮票队"。之所以被称作"邮票队"，是因为"文革"期间，中国所有的邮票票值都是八分钱。所以有人说，你抓革命促生产，做得很好，但你还只是"邮票队"。所谓"知识"青年，其实没有多大知识，但是他们至少会算。像我们那儿，一天工钱五毛九分六，不到六毛钱。即使每天劳动，一年200元左右的收入只够买米。但人的基本生活不是仅仅有米就够了。洗脸要毛巾；刷牙要牙膏；衣服破了要买衣服，一丈五尺七寸的布票要买成布来做衣服。[1]在插

[1] 叶辛曾在《论中国大地上的知识青年上山下乡运动》中解释了他之所以注重下乡生活个中细节的缘由："我之所以不厌其烦地细述这些情况，是因为这些情况都属婆婆妈妈，在报道知识青年情况时，是从来不见报的，却又是谁都绕不过去的。这也从一个侧面说明了，为什么那些说过大话、讲过豪言壮语、喊过扎根农村一辈子的知青，最终都离开了农村。"

队后期,所有知青的共同心愿就是要活下去,还要完成个人该完成的事——谈恋爱找对象。而这些生活问题得到反映,或者说"文化大革命"中知青上山下乡运动的政策大调整后,恢复理智地看待这件事,则是在大规模上山下乡的第五个年头,也就是1973年。

那年,毛主席收到了李庆霖[2]写来的信。信中反映知青下乡中的诸多问题。毛主席作了"全国此类事甚多,容当统筹解决"的回复。虽然这仅仅是一句话,但主席已经认识到知识青年问题将来要酿成社会问题。而"文革"结束,思想松动,果然铸成了知识青年雪崩般的回归浪潮。云南西双版纳的知青回城潮、新疆阿克苏事件 更是将回归浪潮推上了最高点。这股浪潮所表现出来的正是1700万知识青年的共同心愿。幸运的是当时党中央和国家领导重新恢复了实事求是的传统,开始认识到这个问题必须解决。

我的回城经历

20世纪70年代末,几乎每一个知青都想赶上那一股返城浪潮,或是入学参军、或是进工矿,甚至是"走后门"、搞病退,可谓是"八仙过海,各显神通"。而此时的叶辛却独坐灯旁,专注于自己的小说世界,将找上门来的回城机会一一婉拒了。

其实,在1979年知青回城浪潮暴发之前,1975年贵州省已开始解决在贵州的10600位上海知识青年的出路问题。当时地区大学很少,知青可以选择去读六大中专,选择在地区的师范、林校、卫校、财校、农校读一到两年,到时候就能被分到县里或是地区部门。很多知青就是通过上六大中专学校解决问题的。我当时正在耕读小学教书。师范院

[2] 李庆霖当时是福建省莆田县城郊公社下林小学教师,是一位普通知青的家长。1972年12月20日,他给毛泽东写信反映了自己儿子李良模下乡遇到的问题,信中说道:"在山区,孩子终年参加农业劳动,不但口粮不够吃,而且从来不见分红,没有一分钱的劳动收入。下饭的菜吃光了,没有钱再去买;衣裤在劳动中磨破了,也没有钱去添置新的;病倒了,连个钱请医生看病都没有。人生活中的一切花费都得依靠家里支持;说来见笑,他头发长了,连个理发的钱都挣不到。"李庆霖还在信中反映知青下乡中严重的"走后门"现象。毛泽东读后亲自复信:"李庆霖同志:寄上300元,聊补无米之炊。全国此类事甚多,容当统筹解决。"1973年4月,中央开会研究下乡知青问题,并采取措施改善下乡知青的生活,放宽上山下乡的规定。李庆霖这封所谓"告御状"的信被认为改变了千百万知青的命运。

发表于1980年《收获》第五、第六期
的小说《蹉跎岁月》

校来招生,有三大招生优待政策:优待知青,优待上海知青,特别优待上海知青中当了民办教师的人。我的条件都符合,但我没有报名。安顺师范的教导主任很奇怪,他说:"你的条件都符合,你的文化程度我们也不考核了,只要你报名,我们就收。"没报名是因为我当时在小学教书,我走了,200个学生就没有老师了。不过更主要的是这个小学校课表是我排的,我有很大的自由。比如,下午我可以排一些其他农村老师也能教的体育、劳动、自修课,而我就能腾出时间写小说。可以说我是有些私心的。为了能够写小说,我选择了留下来。

第一次机会我放弃了,同样第二次机会我也没有要。当时复旦大学到贵州招生,成绩只要求190分。我当时已经出了三本书了,招生的老师认识我,对我说只要你写一篇作文,我们把分数打得高些,其他五门分数加起来你还不用达到90分。我婉辞了他们的好意。那时我正在写《蹉跎岁月》,虽然复旦毕业肯定有出路,但是我知道只有在我自己能掌握时间的环境里,才能写完这部小说,而到了复旦,当了学生就得遵守学校纪律,要上课,要考试。

当时党和中央的政策是留在农村的知青可以回城,但有两条具体政策的限制:一是已婚知青不能回城,二是凡是国家安排过的,像是上过六大中专的,无论是被安排在地方公社、乡里的农配站,还是县城的农机厂、山乡小学,只要工作了,领国家工资了,就不能回来了。毕竟国家安排的还占少数,大部分知青仍须靠自己回城。而即使国家有了明确的政策,知识青年回上海仍十分艰巨。当时1978年、1979年上海最紧张的是什么?是住房。如果你回来,把户口迁回来,走进这个家庭,你就拥有几平方米的权利。家里娘舅有娘舅的想法,叔叔有叔叔的想法,外婆有外婆的想法,甚至兄弟姐妹也有兄弟姐妹的想法:没有上山下乡的弟弟妹妹,也许当时是因为哥哥姐姐去插队落户才使他们有机会留在上海,但是他们毕竟也不富裕,肯定会有各种利益关系。因此法院当时经常有这样的案子——知青的孩子要回上海,叔叔不让上户口,怎么协调都行不通的情况下,只有写保证书,保证在长大之后,不要房子,才让上户口。

我的情况和大多知青不同。《蹉跎岁月》完成后,1979 年 10 月,我被调到了贵州省作家协会,就这样,我在满脑子只有出书的情况下离开了农村。我的第一份工资也是在进贵州省作协后拿的。28 元的工资,寄给母亲 20 元,剩下的 8 元虽然不够生活,但好在我连出了 3 本书,稿费是每 1000 字 2 元至 5 元不等,总共拿到了 400 元。实事求是地说,我是 1700 万知识青年中运气较好的。

我真正回到上海是在 1990 年。我是在上海领导关心下才调回的。当时贵州也想挽留我,省里专门派了两名干部到上海看望我母亲,说因为贵州的文化工作,需要我在那里。我母亲从来没看过这么大的干部来家里,就表态说,你们实在需要我也没办法,你们就留着吧。后来我获知当时贵州领导曾有这样的表示:如果本人坚决要走,也不要硬卡。再加上我母亲确实年事已高,我便再次争取,终于得以调回上海。

返城知青的新生活

不能回城,只能留下;回了城的,也面临着重新融入城市生活的新问题。80 年代初有一篇名为《粪桶》的文章,说的是北京仅有的几只粪桶都是由回城找不到工作的知青负责清理。这篇文章反映的返城知青的生活窘境有一定的代表性。

在整个返城潮中,有脱离农村回归城市的,也有真正留下扎根农村的,然而无论是哪一方,知识青年的命运都可谓坎坷异常。前两年北京一位报告文学作家,跑到延安,专门访问了目前还留在延安的知识青年。那一份报告,我看了都触目惊心。报告里说到,留在延安的,受到延安各级政府关照的,从事的几乎就是两个职业:一个是看大门,还有一个是烧锅炉。为什么?"知识青年"无非是当时的初中生、高中生,在当今讲究文凭、讲究学历的时代,他们毫无竞争力,只能去烧锅炉、看大门。

前年我插队的修文县县长到上海，要我找 20 位曾经在修文县插队的知青，一起聚聚。我选了各个层次的知青，有当教授的、有普通职工、有下岗的，也有回来找不到工作的。座谈后要吃饭时，有两个知青说，今天的菜很好，贵州的茅台酒很香，但是抱歉我们不能吃了，我们要去上班了。我就奇怪，已到吃晚饭时间还上什么班？之后才知道一个是酒店保安，晚上饭店生意好，车子多，很忙；还有一个在机关值夜班，帮人看门。

我还记得有次因工作关系在一家宾馆，迎面遇上一个当年的女知青。她本想回避我，但迎面走来躲避不及。她抱着很多换洗下来的被单、枕套。我们打了一个招呼。我问她做什么，她跟我说，没有什么文化，回来之后找不到工作，只能做这个。我问她每个月收入多少，她说也就是五百到七百。

我有一个从小一起长大的好朋友。在《孽债》[3] 中，我写到过他。他从延边插队回来，因为妈妈在电影院工作，回城顶替后就在电影院管理冷气设备，他管得很好。读书的时候我就形容他，除了热水瓶的胆坏了不能修以外，他什么都能修。录音机坏了他能修；电视坏了他能修；一个桌子腿坏了，家长说扔出去吧，他说不要扔，一个下午就修好了。就是这样一个聪明人，现在却下岗了。年前我们知青聚会，我问他在做什么？他说电影院不景气，他下岗了，现在管理空调，一个月1500块，他已经很满足了。我说这不像话，那个老总我认识，我去和他说。他说，你千万不要说，这个工作很不好找，我这个年龄，人家看到我就说，老伯伯，你怎么还来找工作，你叫你孩子来找吧。他再能干人家不要他，这就是我们这一代知青的困境。当初我写的小说叫《孽债》，大家只从故事层面来理解，其实这是从整整一代人的命运来写的，我们的债并没有还清。这些例子就能说

[3]《孽债》讲述了 20 世纪八九十年代，上海不同层次的五个知青家庭，在面对其插队云南时所生孩子找上门来时发生的种种故事。小说最早发表于《小说界》。1992 年，小说正式出版，并获得 1995 年全国优秀长篇小说奖。1995 年春天，由该小说改编的连续剧一经播出，即刻成为街头巷尾的热门话题。上海电视台更是创下了 46.6% 的收视率奇迹。

明，返城后的知青背负着融入城市时的矛盾、不解，仍在不停地还债。

这种困顿从知青最初回归都市时的艰难便可窥一斑。当时，知青从农村回归都市有几种情况：一是考取大学，我有个朋友当时考取了上师大，读完书后留校任教，从助教做起，一直做到教授；二是在外地参军，转业后回上海。但是更多的普通知青，只要还没有结婚，只要没有在当地安排过工作，都可以回归。

1978年、1979年，每个区知青办门口都排着长队。大量知青还都在农村，下乡已经七八年了，都在办手续想把户口迁回来。这还只是把户口迁回来，不落实工作。我单举一个我妹妹的例子：1973年，毛泽东对李庆霖的来信作出批示后，政策变得人性化了。独生子女、革命烈士子女、革命伤残军人子女可以回

电视剧《孽债》剧照

来，另外父母有多个子女却没有一个在身边的，政策上也允许有一个子女可以回来。我的哥哥姐姐都在外地工作，我和妹妹又都在外插队，因此她是根据这个政策回上海的。妹妹回到上海，因为家庭困难，希望找到一个工作。当时她就先被安排到街道里弄生产组，每月有22元。这还是在1975年，到了1978年、1979年，大量知青涌回城市，根本无法安排工作。十年"文革"给国家造成的灾难是全国性的，上海也不例外。这么多人涌回上海，保证每个人都能安排工作很有难度。有一部分国营厂矿，比如造船厂、钢铁厂，安置了一部分知青。好的国营大厂一个月可以拿46元钱，能够进这样的工厂，那是最好的。更多的知青只能分期分批地由居委会来安排，好一点的由街道工厂来安排。我们上海目前有一些区长、副区长，有一些厅局级干部，都是知青出身，他们就是从居委会、街道一步一步走上来的。但是实事求是地说，尽管出了一些干部，出了一些人才，大量回城知青还是在普普通通的劳动岗位上。

上海改革开放30年

一种题材一代人

人们曾用各种字眼来形容上山下乡那段岁月，但一提到知青题材，人们脑海中的第一印象恐怕还是"蹉跎岁月"四字。《蹉跎岁月》[4]、《孽债》为何长久地受读者、观众欢迎？叶辛说："我写的只是几个知青故事，反映的却是我们整整一代人。"

有人评价我的《蹉跎岁月》是浪漫主义，《孽债》是世俗化的。两部作品有一定跨度，是两个时期的作品。我并不太同意这种说法。长篇小说《蹉跎岁月》是根据我当年的深切体验来写的。现在回头翻看，我觉得我当时还是说了大实话。一是我在书中写到了极"左"路线对贵州农村造成的戕害，二是我写到了泛滥于"文革"期间的反动血统论对整整一代中国人的伤害，而今天的年轻一代对此已经没有体验了。《蹉跎岁月》拍成电视剧，当年一经播放，就在全国引起轰动和反响。我在两个星期之内收到1700多封来信，中央电视台收到的来信两口麻袋还装不下。当时《蹉跎岁月》的摄制组拎来一只箱子，里面放满了信，那些信就是随便在那两口麻袋里选的。其实很多给我写信的人并不是知青，社会各个层次的人都有，他们都表达了对我的作品的认同。当时家庭出身不好，对一个人来说，是像磨盘一样沉重地压在背上的包袱。我的书里也写道，我们知识青年并非像社会舆论普遍认识的那样是一帮捣蛋鬼，我们知青是各不相同的。也正是这样，《蹉跎岁月》不但轰动当年，直到今年各个出版社还印了多个版本。人民文学出版社将其编进了当代名家精品丛书。最近有一家出版社出了一套我的经典知青作品文集，共八卷，《蹉跎岁月》也在其中。

作品发表30年后之所以还有出版社不断重印，我想这家出版社的一位总编写给我的信里的一些话可以说明

[4] 长篇小说《蹉跎岁月》讲述了在1970年至1976年的动荡年代，出身不同但同为知青的柯碧舟与杜见春之间的爱情与生活故事。小说表现了知青们的理想，同时也批判了所谓的反动血统论。小说首刊于1980年《收获》第五、第六期。由该小说改编的电视连续剧曾获全国优秀电视剧奖。

问题。他说:"我也是一个知青,当年我也读了很多写知青的作品,写得比你还要历害还要惨的很多书,他们往往写到女知青如何在乡下遭受摧残,男知青如何被捆绑吊打,受到非人的虐待。当年看起来,那些作品比你还要尖锐,比你还要触目惊心。但是30年过去了,我脑子里一想到知青题材的作品,脑子里就会出现那四个字:蹉跎岁月。"从这个意义上来说,《蹉跎岁月》这部作品是充满现实主义的作品,它结合了整整一代中国人的命运。全中国有1700万知识青年,我们那个年代不搞独生子女政策,都有兄弟姐妹,即使一个知青只有一个兄弟姐妹,涉及的人数也至少翻一倍。而一个知青还有父母,涉及人数再翻两倍,另外还有叔叔婶婶,涉及的人就更多了。我的《蹉跎岁月》,虽然只是选择了一个偏远山乡的小寨,写了几个知青形象,但是透过这几个知青形象,反映的是整整一代人的命运。

1995年以来,《孽债》重播无数次。每次重播我还能收到信,收到电话和短信。什么原因使它还能打动人?我想它也无非是比较准确地反映了那个时代。从广义来说,小说、电视剧都是世俗化的东西。其生命力就在于其思想深度,在于其是否准确地反映了自己生活的那个时代和社会,在于是否有共鸣。电视剧3岁的娃娃可以看,80岁的老教授也可以看,这样一种传播形式就注定了它有世俗化的一面,但是优秀的电视剧,在世俗化的表面下,带给观众的应是更深刻的东西。我的作品和整整1700万知识青年的命运联系起来。历史翻过一页之后,再回首,无论是《蹉跎岁月》,抑或是《孽债》之所以分别被写进了中国文学史,被写进了中国电视史,至少它反映了1700万知识青年的命运,反映了中国历史上曾经有1700万人从城市走向了乡村,又从乡村回归城市这样一段历史事实。

当"上山下乡"成为历史记忆

有人说,"上山下乡"是不堪回首的往事;也有人说,"文革"是要否定的,但是知青上山下乡不能否定,青春无悔。有的人抱怨上山下乡毁了自己的一生;也有人感激这段岁月带给自己难得的人生历练。孰是孰非,似乎也无须定论。但不管怎样,见证了青春的光荣和梦想、也见证了青春的困惑和屈辱的"上山下乡"运动,不应仅仅成为1700万知青的个人记忆,更应该成为一个民族永远的历史记忆。

当年,形容知识青年上山下乡运动有一个词,叫"波澜壮阔"。1700万人从中国的大中型城市涌进广阔的天地，用今天的话来说，它是掀动了社会，触及了许许多多普通的家庭。千万人一拥而下，客观上产生了很多问题，比如生活问题、住房问题、吃饭问题、收入问题、青年人的恋爱问题。我记得在解决知青问题的中共中央政治局的会议上，很多人都把这些问题提出来。问题出在哪里呢？问题出在"一拥而下"。事实上，知识青年上山下乡在"文革"之前就存在。从1955年开始，我们党和国家为了安置读了初中、高中没有找到工作的青年人，也提倡过上山下乡。在1955年到1965年这10年当中，整整下去了100万人，总的来说还是比较有效的安置。所谓安置就是吃饭有保证、住房有保证、未来有保证。这10年上山下乡并非一点问题也没有，但是相对来说还比较有序。"文革"这10年中，知青一拥而下，产生的问题就多了，就像毛主席回复李庆霖来信所说："全国此类事甚多，容当统筹解决。"

我们当时总说七个字，叫"岁月蹉跎志犹存"。在这一代人中，不是没有有志向的人。他们想要为国家、为民族做出一些贡献，"志"还是存在的。我们这代人中出现了知青作家群，出了几个全国有名的知青作家，但是在我们这代人中几乎没有优秀的化学家、物理学家、医学家。那是因为作家在生活中有了感受，找到了适合个性的表达方式，就可以成为作家。自然科学的很多东西必须要循序渐进。从这一个意义来说，这是一段蹉跎岁月，就像十年动乱带来了很大的戕害，蹉跎岁月给整整一代人也造成很大的戕害，还有很多没有还清的债。

就我个人而言，我在上山下乡的十年又七个月的日子里，思考了我们这一代知识青年的命运，他们经历了三个思想阶段，从最早比较虔诚、比较狂热、比较盲目，到在农村比较严酷的现实中，产生困惑、无所适从，想离开，到最后开始觉醒。要真正从这条路上走出来，要靠良知，凭着才华从乡间小路上一步步走出来。同时我看到，在广袤的中国大地上，在贵州山地上所生活的普普通通的农民们，他们经历着大自然的风雨，经历着整个中国社会的风雨，种庄稼打发自己的日子。这段生活带给我更多的是对中华民族的认识，对中国农民的认识。它也影响了我的世界观、价值观。在插队的生活里，我经常会在草坡上眺望浩瀚如海的云贵高原，想人和自然的关系，想文化和人类的关系，想一个人在人世间打发岁月该怎么走路的问题，它奠定了我的人生观、价值观。

因为经历过上山下乡，我由衷地感觉到，这30年来，中国人开始变得聪明，变得灵活，选择了一条比较正确的道路。历史长河上，从1980年往前推，回顾每一个十年,中华民族都是蒙难的:1900年到1910年,皇帝统治中国;1911年到1920年,中国虽然推翻了帝制,孙中山的辛亥革命成功了,但是袁世凯还要当皇帝,把中国搞得一塌糊涂;之后的1920年到1930年、1930年到1940年、1940年到1950年,每一个十年都有灾难。20世纪80年代以来,中国不是没有风雨,不是没有波澜,但是中国紧紧抓住了以经济建设为中心,中国人在追赶世界的步伐。中国在使13亿人的日子过得好起来,没有解决温饱的解决温饱,解决温饱的要奔小康,进了小康要建设和谐生活,要让每一个中国人过上体面的生活,所以我觉得这30年是中华民族,或者说是我经历的60年中最好的30年。

从广义上来说,每一个人的命运都和国家、民族的命运联系在一起,作家不例外,科学家不例外,政治家不例外,其他各家都不例外。我曾经往前推600年了解贵州省的历史。在那600年中,贵州地方志上有记录的战争达270多次。这让我由衷地对贵州老百姓的苦难感到痛心。平均两年一次战争,可见我们的民族遭受的是怎样的苦难。战争中死去的人很可怜,最可怜的还是生活在山村中普普通通的百姓,他们只能住我们人类三四千年前住的茅草屋,他们只能在庄稼地里掏粮食。正是有这样的认识,我才更加珍惜今天,这也决定了我的创作态度、我的人生态度,所以我由衷地觉得,要维护好国家、民族来之不易的和谐氛围,让我们今后的路走得更加好一些。

【采访手记】

听着叶辛对当年在贵州农村插队生活的回忆和对知青返城后种种现象的描述,我们获益匪浅。从中我能深切感到他的《蹉跎岁月》和《孽债》等作品之所以能引起世人的共鸣,不仅是作品内容的感人和艺术表现手法的高超,更重要的是他对知青命题作了极其深刻的思考。如他自己所说,他就知青专题撰写的学术论文,水平绝不亚于受过专业训练的学者。正所谓"理解了的东西才能够更深刻地感觉它",十年亲身经历加上善于从本源上进行分析并寻求答案,使他对知青命运的变化这一话题有着让人震撼的感悟。叶辛的这段口述,也许会成为知青历史最具代表性的回忆和评述留给后世。

(马长林)

采写助理:陈璐 郎需颖

《新民晚报》复刊：飞燕重回百姓家

口述：张林岚

采访：曹景行

【口述者档案】 张林岚

1922 年 12 月生，浙江浦江人。

20 世纪 40 年代就读于西北大学。

1937 年加入党的外围组织"中华民族解放先锋队"，担任县大队宣传部长。

1941 年起，先后在陕西《青年日报》、华北《新闻报》、四川《新运日报》、重庆《新民报》、《新民晚报》工作，曾任《新民晚报》副总编辑、高级记者。

1990 年离休。

【张林岚寄语】

26 年前,《新民晚报》复刊前,赵超构说过这样一段话:报纸要让读者看得下去,就要把文章写得深入浅出,通俗易读;要刹长风,去沉闷,把报纸办得有趣味,有可读性。他说,我们的报纸不是专办给领导看的,只面向干部办报就会失去群众;而面向广大群众办,干部跟着也要看。晚报的个性特点就是要在"晚"字上下功夫,"晚"这个特点是日报抢不去的"绝对特点"。

《新民晚报》"短、广、软"的风格和"飞入寻常百姓家"的定位,无不是围绕着这个办报思想做文章。

在改革开放 30 周年之际,谨以此与新闻界同仁共勉。

【事件回放】

"新民夜报,夜饭吃饱,看好夜报,早点困觉。"

20 世纪五六十年代唱遍上海街头里弄的这句民谣,表达了上海人对《新民晚报》的深厚感情,说明这份有着悠久历史传统的报纸,长久以来已经成为上海市民文化生活中不可缺少的亲密伴侣。

1966 年 8 月 22 日,创刊近 37 年的《新民晚报》,在"文化大革命"打倒一切的狂飙中被迫停刊。不久,报社建制被撤消,以社长赵超构为首的大批报人被打成"牛鬼蛇神",流离四散。《新民晚报》从此销声匿迹。

十年劫难过后,广大读者渴望重新获得丰富的精神文化生活,纷纷要求《新民晚报》复刊。但是复刊的过程曲折艰辛。在时任中共中央总书记胡耀邦同志的直接关心下,在中共上海市委、市政府的支持下,《新民晚报》终于排除了"左"的干扰,克服重重困难,在 1982 年元旦正式复刊。

在当年《新民晚报》的复刊过程中担任重要工作,又是主持编辑业务的领导者之一,张林岚先生亲身见证了这段值得纪念的历史。

"文革"风暴中被迫停刊

先简单交代一下《新民晚报》的历史。

《新民晚报》的前身是《新民报》,1929 年 9 月 9 日在南京创刊。创始人陈铭德,四川人,毕业于北京政法大学新闻系。另一个是他的朋友吴竹似,常州武进人,毕业于复旦大学。还有一个叫刘正华,是陈铭德的同学、同乡。三人都是中央社的编辑。那时候国民党政权建立不久,蒋介石加强"党化",控制新闻舆论。他们三人常常在南京夫子庙喝茶谈心,觉得在中央社工作没有新闻自由,就想办一张超党派的报纸,"说自己想说的话"。四川军阀刘湘在南京的办事处给予了经济上的资助,报纸

《新民报》创始人陈铭德、邓季惺夫妇

就办了起来。取名《新民报》，意在继承孙中山创立《民报》的革命传统。

这张办给知识分子看的报纸，起初影响还不大，但追求民主、追求进步。它是在抗日战争时期发展壮大起来的，从"九一八事变"开始就积极主张抗日。那时的办报方针叫"居中偏左"。"居中"就是无党无派、超党派、有独立报格；"偏左"可以解释为偏向共产党，共产党那时候还是在野党。报纸坚持为老百姓讲话，对国民党政府持批评态度。

我是在抗战胜利那一年进新民报社的。那时候，共产党看到了这张进步报纸的社会影响，国民党却对它非常头痛。周恩来指示郭沫若和当时在《新华日报》工作的夏衍、石西民加强和我们的联系，介绍很多进步人士，包括中共地下党员参加我们报纸的工作。

《新民报》在抗战胜利后发展为五社八刊的规模。上海《新民报》晚刊创刊于1946年5月1日。"反右"运动后的1958年4月1日改名为《新民晚报》。1966年8月22日，《新民晚报》在"文化大革命"中被迫停刊，临街的招牌被砸烂烧毁。

停刊是张春桥、王洪文的决定。为什么要停？

第一，张春桥认为，上海只要有"两报一刊"，即《解放日报》、《文汇报》和《支部生活》就够了。何况解放以后的《新民晚报》是一张给老百姓提供业余生活文化的消遣小报，领导不太重视。

《新民晚报》在"文革"前就办成有文化味道的报纸了。毛泽东曾对赵超构讲过："你们的报纸很好看，琴棋书画都有了,别具一格。"解放初期,只有我们这种报纸才登琴棋书画的东西。我们在丰富市民的业余文化生活上下功夫。当时,老百姓的生活很单调,没有什么娱乐,顶多是看戏、看电影、参加工人文化宫的一些文艺活动。我们这份报纸,重要新闻不让登,除了文化、体育之外只能去找社会新闻,小到家长里短,大到社会风气等等。

我们的副刊《夜光杯》比较好看,继承了解放前海派文化的传统。解放以后,以前的小报都停掉了。夏衍那时是上海市委宣传部长、文化局局长。他认为,从前上海的老百姓,包括知识分子,都是一杯茶、一张小报,在办公室里可以看,上马桶、到理发店、去澡堂也可以看。小报都停掉了,你叫他们只看《解放日报》、《人民日报》也不合适。所以他认为上海应该再办两张小报,作为过渡,当然内容要比解放前干净。这样就保留了一张陈蝶衣[1]主编的《大报》,一张唐大郎(即唐云旌)主编的《亦报》。但是到1952年底,这两张小报也被停掉了。办报的人有的转行,有的到了《新民晚报》。到了"文革",这份格调与主流大报不一样的报纸也面临被打倒的命运。

第二,当时,靠工人造反派起家的王洪文需要一张报纸。他和张春桥两人之间也是有矛盾的,也有派性争斗。当时上海的主要大报都掌握在张春桥手里,王洪文也想要办张报为他的"工总司"(工人革命造反总司令部)摇旗呐喊。因此想把《新民晚报》停掉,利用原来的设备、资源出他的《工人造反报》。

第三,《新民晚报》在那年头实在是办不下去了。原来的领导被夺了权,打成"走资派"靠边站,造反的"革命群众"大闹派性,打得一塌糊涂。我们这些老报人都变成了"牛鬼蛇神",社长赵超构被戴上"资产阶级反动学术权威"、"'三家村分店'黑掌柜"的帽子,我、程大千、姚苏凤、

[1] 陈蝶衣(1908—2007),15岁辍学进《新闻报》做抄写员,后逐渐升为编辑,开始了写作。1933年创办《明星日报》,年仅23岁。1941年,任《万象》月刊主编。1943年5月又转入历史悠久的八卦小报——《铁报》。1949年陈蝶衣进入上海新出的四开娱乐小报《大报》,不久就成为主编。这份报纸一直坚持到了解放初。1952年陈蝶衣移居香港,主要工作是写歌词。几十年来,陈蝶衣陆续写了3000首歌词,《南屏晚钟》、《诉衷情》、《我有一段情》、《情人的眼泪》、《春风吻上我的脸》等已被公认为经典华语流行歌曲。

曹仲英、冯英子、乐小英等一批业务骨干都被打倒，不能用了。谁来编呢？由编辑部里那些"根正苗红"的造反派来编。每天都是什么"文化大革命就是好"、"造反有理"这样的文章，根本办不下去了，只有停掉。

最后批示停刊的是王洪文、张春桥两个人。他们将《新民晚报》定性为"宣传封资修的一张黑报"，污蔑造谣说里面都是坏人，充斥着"地富反坏右"分子和叛徒、特务、走资派。报纸停刊后，一度改出《上海晚报》。《上海晚报》的人分成了两派，一派是跟着王洪文的"工人造反派"，还有一派是跟张春桥的"井冈山革命造反司令部"。《上海晚报》仅仅出了19天就"寿终正寝"。前几年我写报史的时候把这一段写进去了，但是不承认它是《新民晚报》的"正朔"。

胡耀邦指示：恢复《新民晚报》和"大世界"

1979年6月7日，在上海市宣传干部大会上，市委宣传部副部长洪泽代表市委宣布：为在"文革"中被诬陷为"封资修黑报"的《新民晚报》平反，恢复名誉，但没有提到复刊。

"文革"刚结束的时候，我们这些老报人没有想过《新民晚报》可以恢复，觉得不可能会有这一天。大家心里想，"四人帮"已经打倒了，我们这些人怎么办，这张报纸还会出吗？"文革"前我们下班后出了报社，同事之间就像朋友一样经常聚会，喝茶聚餐，比较自由。"文革"开始后许多年大家不敢往来，怕被人揭发，说成是"反革命串联"。

赵超构解放比较早。"文革"还没有结束的时候，四届全国人大开会的名单下来，赵超构当时虽被打倒，但仍被"钦定"为人大代表。这样，赵超构被解放了，还被安排到上海人民出版社辞海编辑室（上海辞书出版社的前身）工作，抄资料卡片。那时候上海的各家出版社被合并成一家大社——上海人民出版社。我在农村和"五七干校"劳动改造5年后，于1974年春回城，先在商务印书馆做旧纸型仓库清理工，后调入上海人民出版社《二十四史》铅印本校对组做校对，"文革"快结束时又转到辞海编辑室为《汉语大词典》做资料工作。在那里和赵超构等不少《新民晚报》旧人"会合"。1977年大出版社的建制撤消，辞海编辑室改为上海辞书出版社。"文革"前新民晚报社的党组书记兼总编辑束纫秋，这时担任上海辞书出版社的党组书记兼社长、总编，不久又加上了上海市出版局副局长的头衔，分管旧版《辞海》的修订、出版工作。赵超构一次次"落实政策"，当了上海市出版局顾问。但他一再对人声明："不想再办报了，杂文也不敢再写了。反右派的时候是毛主席保了我，没有戴帽子，毛主席不在了，我以后出了岔子再也没有人保我，所以报纸我不能做了，报纸的风险太大。"

当时，我虽然被安排了工作，但问题还没解决。我年轻时参加了共产党的一个外围组织"民先队"。"文革"时候，有人贴大字报说我破坏了"民先"组织，是"漏网右派"。我当时还背着这样的"黑锅"，根本不可能考虑复刊的事。

到 1979 年，开始有人谈起《新民晚报》复刊的事。1979 年 4 月，束纫秋依照组织程序，起草了一份给中共上海市委的报告，要求为《新民晚报》彻底平反。这一年的 6 月，市委召开了全市宣传干部大会，我也去参加了。会上，宣传部副部长洪泽代表市委宣布：为在"文革"中被诬陷为"封资修黑报"的《新民晚报》平反，恢复名誉。这把"四人帮"在上海的余党强加给《新民晚报》及其广大员工的一切诬陷不实之辞，全部推倒了。消息传开，老新民报人非常激动，多年来不敢来往的同事又聚在一起了。但大家又生出疑问：既然名誉恢复了，为什么不提复刊的事？

不久听说，上海的两家大报见《新民晚报》不复刊，都想办一张晚报。赵超构见此情形，对复刊的事更上心了，虽然嘴上还是那句话："报纸这碗饭我以后是不吃了，没有毛主席来保我了。"实际上他心里很失望：这报纸怎么没有消息了？是不是再也不出了？

这时候，上海的老百姓也出来"讲话"了。粉碎"四人帮"后不久，就有很多《新民晚报》的老读者写信给上海市委、《解放日报》、电台，还有的写信给赵超构，说我们要看《新民晚报》；说"文革"结束了，《新民晚报》为啥还不出来。

1980 年 2 月 15 日，《北京晚报》、《羊城晚报》这两家在"文革"初期被迫停刊的兄弟晚报在同一天复刊了。上海读者要求《新民晚报》复刊的呼声更加强烈，人民来信达到 1000 多封。很多信后来转到我手里。有位老读者写道："读晚报、剪贴晚报，是我的嗜好。每天下午原该买《新民晚报》的时候，却不得不排两个小时的长队去买《北京晚报》或《羊城晚报》看，这实在让人触景生情，无可奈何。我们盼《新民晚报》盼煞哉！"还有一位读者在给赵超构的信中这样写："《新民晚报》停刊十几年，令人感到生活极其枯燥，现在只见满街扑克牌，不见一张晚报，心里真不是滋味！"他写了一首打油诗责问：

"新民夜报,夜饭吃饱,三四点钟,按时送到,两分一张,老少都要,内容新鲜,消息可靠。等了十年,不见夜报,请问赵老,可还办报?……老夜报人,怎不办报?群众需要,你可知道?盼望夜报,等着心焦。"

这年年初,一部分老报人也在设法"上访"。有人出主意,请报社老编辑唐大郎出面试探,以私人名义写信给他的老朋友夏衍,请夏衍向中央宣传部部长胡耀邦反映上海读者要求恢复《新民晚报》的呼声。这封信起草后拿给赵超构看,赵超构尽管对复刊不抱希望,但对老部下们的愿望却是支持的,他还提笔对这封信作了几处修改,说你们找唐大郎是找对了,他和夏公很熟,这样送上去,是保险能送到的。听说还有几位老报人也给胡耀邦写了要求复刊的信,也请夏衍转送。信转到时,胡耀邦已当选为中共中央政治局常委、总书记,他立即把信批给上海市委处理。

不久,陈沂来到上海任市委副书记兼宣传部部长。他和赵超构是上海中国公学的同学。有一天他亲自到赵超构家去看望老同学。他告诉赵超构,胡耀邦对他说,上海有两个东西是群众需要的。一个是上海的"大世界",这是一个大众化的游乐场,办了几十年了,门票很便宜,两毛钱一张票,早上进去看到晚上出来。电影、杂技、戏曲、滑稽,样样都有。第二个就是《新民晚报》,很多上海人习惯吃了晚饭,看晚报。胡耀邦指示他到上海,要把这两个东西首先恢复起来。

为使《新民晚报》早日复刊,陈沂苦劝赵超构"出山"。赵超构思前想后,讲了一句笑话:"《新民晚报》原来是个漂亮的小姑娘,要是复刊了,就是一面如鸡皮、形容枯槁的老太婆,读者还要看吗?"陈沂说:"只要你能出面,我什么都听你的。"

这些情况,是赵超构后来亲口告诉我的。

这时的赵超构对复刊还是不起劲,他甚至对报纸也毫无兴趣。但是,如果《新民晚报》要复刊,没有赵超构出山,那还有什么光彩?

从"四大皆空"到"五子登科"

在十年内乱中被迫停刊的《新民晚报》,筹备复刊时出现了许多难题,其中最大的问题是编辑记者队伍青黄不接,严重程度已近乎唱"空城计"。15年当中,四分之一的老报人都不在了。

复刊的准备工作可以说是千头万绪,无从下手。其中,"复刊筹备小组"的筹备及人事是首要问题。

筹备小组由谁主持?当然非赵超构莫属,还需要有一位与赵超构合作的党员领导干部。市委宣传部提出了几个候选人,都是宣传系统的干部。考虑到束纫秋已经在出版局工作,是副局长兼上海辞书出版社社长,本不打算让他回《新民晚报》。陈沂请赵超构在这几个人中决定一个。赵超构说人事我是一向不管的,干部也一向是市委派的,我怎么可以来决定呢?而且四个人里面叫我挑一个,其他三个人不是都要骂我?我不做这个事。他这样一是避嫌,二是观变。

那时候,原来报社里不论被打倒的老编辑、老记者,还是曾搞过"打砸抢"的造反派,都希望复刊,而且都希望老领导回来。这样,上面最终决定还是让束纫秋回来与赵超构搭档。束纫秋解放前在银行工作,是地下党,业余时间喜欢写小说。他是"反右"时被派到新民晚报来担任领导工作的。束纫秋领导能力很强,尤其擅长协调各方面的关系。这一点已在《辞海》1979 年版的出版工作中得到了充分体现。

1980 年 5 月,上海市委决定,重新恢复新民晚报社建制,批准《新民晚报》复刊;指定原社长赵超构、原党组书记兼总编辑束纫秋等人负责筹备复刊事宜。筹备领导小组的成员还有其他三人:原副总编朱守恒、人事科科长王玲和以前当过文艺记者的钱章表。

但是这个五人小组最初的工作很难推动起来。赵超构对《新民晚报》的复刊还没有多大的热情,束纫秋还要忙《辞海》的修订、出版工作;其他三个人也都有工作在身,不是专职的。而且,当时刚恢复建制的新民晚报简直一无所有,没有房子,没有人,没有钱,没有设备,四大皆空。束纫秋认为,复刊成败的关键是如何变"四大皆空"为"五子登科"。什么叫"五子"?就是班子、房子、票子、路子、点子。班子指办报人才,票子指经费,房子指办公场所,路子就是办报方针、编辑思想,点子就是编辑部运行起来的日常工作,包括选题、采访、新闻写作、编辑及版面处理等。前三个是硬件,后两个是软件。

束纫秋真是急了,他拉着黄牛当马骑,跑来找我,要我当他的助手。这时,我的问题刚刚解决,上面给我平了反,撤消了"文革"中给我定的错误结论,并且批准我入了党。作为一个老报人,又是新党员,我自然非常乐意为《新民晚报》复刊竭尽绵薄之力。于是,筹备复刊的许多具体事情就落在了我的头上,包括打报告、拟文件、跑腿等等。

"五子"之中,最重要的是班子,而这又是最难解决的。班子包括报社各级领导干部的配置,也包括编辑记者、经营管理人员和印刷技工三支队伍的重建。

经过"文革"十年折腾,报社原来的业务骨干死的死,走的走。"文革"中非正常死亡的有好几个。著名画家董天野就是被逼跳黄浦江自杀的。到复刊之前,四分之一的老报人已经去世了。

首先要决定一个原则,哪些人可回来哪些人不能回来。我们当时提出,"文化大革命"中搞派性斗争严重的人不能回来,"打砸抢"分子有民愤的不能回来,造反派也坚决不要。最后能够回来工作的人不过二十几人,而且这些当年的"白袍小将",这时大部分已过了或接近离退休的年龄。这一年,赵超构71岁,束纫秋61岁,我也接近60;编辑记者、经营管理、印刷工人中60岁上下的有相当一批人。原来办报的老哥儿们所剩无几,将来接着办报的人又在哪里呢?这不是在唱《空城计》吗?赵超构为此心事重重,他经常拄着拐杖在上海辞书出版社的小花园里转悠着,思考着。

为了加强领导力量,1981年年初,市委又调派任荣魁参加我们报纸的筹备工作。任荣魁14岁参加革命,曾在解放区的华北大学艺术系学习,60年代在上海电影局工作,创办了《大众电影》和《上海电影》杂志,后来支援西藏建设,当过《西藏日报》副总编辑。他来了以后,在硬件建设方面发挥了很大的作用。

大家都觉得要建立一支新的队伍,不能像过去都由上面派,要自己挑选。"进口"新人的工作怎么进行?我们决定面向市场,向社会公开招聘编辑、记者和其他工作人员。"文革"结束后这样公开招聘人才恐怕我们是最早的。当时,社会上待业人员很多,不仅有大批回城的上山下乡知青,还有一些在长期社会混乱中被埋没的青年才俊。听说即将复刊的《新民晚报》招聘人才,闻风前来报名的有1500多人。我们分三次进行文化考试,我负责命题、当主考。题目主要是文史哲方面的,也有新闻基本知识,加上作文一篇,题为《自画像》。初试及格的100多人参加一星期的"新闻业务速成班",由老编辑、老记者指导,帮助这些新兵初步掌握采访、写作、编辑、改稿、做标题的技能,一律限当场或当天完成,以测试学员的新闻才干。当记者必须要有"急就章"的能耐,慢条斯理是不及格的。第二关过了,最后就是政审关。我们的政审标准不再看家庭成分,而是以"文革"中的表现为主,"打砸抢"分子和"三种人"不能录用。

初步录取之后,这些人还经过一段时间的试用,最后正式招进了记者30多人,编辑10多人,编辑部其他辅助人员30多人。这是一支很不错的新生力量。因为与老报人的年龄相差很大,人们称作"爷爷带孙子",在当时的新闻界算是一段佳话。

招聘之前,党委作出规定:报社负责人的子女应当回避,一律不得报考。我是主考,又是命题者,只好"六亲不认"。我的五个儿子,三个是知青,另两个也到了就业的年龄,一家人埋怨我:"在报社工作40多年了,难道安排一个孩子也算不正之风吗?"我对儿子们说:"我们不占这个便宜,不至于没饭吃吧?让给别人吧。"

在史无前例的浩劫中,报纸停办16年,报社大楼、机器设备、图书资料,所有的资产早已被别人接收,而且转了几次手。展现在复刊筹备小组眼前的,几乎是一片"废墟"。

要办报,资金哪里来?市委给了5万元开办费,我们又向银行贷了30万元,所有的家当都要从这笔钱中开销。于是我们打起了老家当的主意。我们列出了当年被抢走的财产清单,向市委宣传部打报告要求归还,束纫秋亲自当"讨债队队长"。经过四处打听,八方寻找,总算要回了资料室的大部分图书资料,还有几部铸字机、几样旧家具、几只旧风扇等。至于最重要的也是最值钱的家当印刷机,却一台也收不回来。而当年仅被王洪文手下人搬去的铅字就有60多吨!

办公用房也没有着落。新民晚报原来的社址在外滩背后的圆明园路,一幢三层红砖墙的老式洋房,1946年5月上海《新民报》晚刊就是在那里创刊的。"文革"中,《新民晚报》停刊,这幢楼也被造反派的"工总司"霸占了。粉碎"四人帮"以后,这房子归属市总工会,办了黄浦区业余大学,每天晚上六七百人在那里上课,不可能要回来。市里考虑让兄弟报社借给我们一层楼,但各家都有各家的困难,于是又拖了很久。

读者们等不及了。当得知《新民晚报》连社址还没有着落时,有人写信建议"预收订报费,筹款买房子";有两位读者分别来信,表示愿意将他们自己的私人住宅拆掉,腾出地皮给新民晚报造一栋现代化的报业大楼。其中一位说,他家的宅基面积有500多平方米,如果不够,他愿意帮助报社动员周围邻居拆迁。这样的信,让我们深受感动。《新民晚报》是深深地扎根于普通老百姓心中,是老百姓要看的报纸呀!

转眼已是1981年的春季。在市人代会上,市长汪道涵对出席会议的赵超构说:"文革"旧账还不清了,市里已经决定给你们重新造一幢大楼,市政府可以出面帮你们找块地皮。但是选地方、造楼都需要时间,为了让复刊工作顺利进展,我们请文化局腾出一个两层楼面的抄家文物仓库来,作为你们的临时社址。

《新民晚报》复刊时的临时社址九江路41号

汪市长所说的地方就是九江路41号。这里解放前是美国花旗银行，后来外资银行被赶走了，"大跃进"时在这里办了家街道工厂，是一家电子元件厂。"文革"开始后，底楼、四楼变成堆放抄家文物的仓库，二楼三楼仍是这家元件厂。老房子早已经变成了危房。

在这个临时报社里，我们一蹲就是10年。

这两层楼面，加起来面积不足2000平方米，根本不够用。由于底层房子的天花板较高，就在四周搭出一圈阁楼，增加了办公面积。在阁楼里办公，冬天不见太阳，夏天热浪滚滚。冬天，上班第一件事是劈柴火生炉子取暖；夏天，要在办公室里放上一大盆冰块，用电扇吹出冷风来降温。每个办公室都拥挤不堪。最小的一个办公室是在过道上搭出来的，只有两个多平方米，就是《漫画世界》编辑部。张乐平、华君武、丁聪都当过它的主编，我是常务副主编。外国漫画家来这里访问时说，这是世界上最小的编辑部。

为了帮助《新民晚报》尽早复刊，市里又拨款1200万给我们，600万算是补偿原来圆明园路的房子，剩下600万

《新民晚报》九江路临时社址的办公室拥挤不堪。

供我们盖新房子，但这600万在复刊后是要逐步归还的。这点钱要盖报社大楼是远远不够的。任荣魁说，市里既然同意我们贷款，我们就多贷一点好了，将来赚了钱再还。可是造房子的地皮一直落实不了，市府办公厅先后介绍了好几块地让我们去看，但没有一个地方肯让出来。

陈沂一直关心《新民晚报》复刊的进展，曾经要求《新民晚报》在1981年7月1日，即中国共产党建党60周年出报。然而到了这年的6月29日，房子仍没有落实。他跟赵超构讲，《新民晚报》复刊越快越好。最晚1982年元旦报纸一定要出来。

赵超构头脑冷静，他有自己更长远的考虑。搬进临时社址后几个月，他一次也没有上过楼。在7月1日原定出报的那天，他在民盟上海市委常委会上发言，回顾了中国共产党几代领导人对《新民报》和《新民晚报》的关心，将《新民晚报》不能在建党60周年的喜庆中按时复刊引为憾事。后来在接受《人民日报》采访时他说道："只要拿到地皮，我可以在100天内出报。"很有分寸地表达了自己的不满。

设在《新民晚报》九江路临时社址底楼的排字房

终于，赵超构发脾气了。那天他参加市委办公厅召开的一个会议，有领导问："赵老，你们新民晚报造新大楼的地方找好了吗？"赵超构说："大楼会有的，面包也会有的，但是我是恐怕看不见了！"结果市委办公厅就把这个情况写进会议简报里去了。这个简报送到中央给胡耀邦看了，他指示有关部门重视这个问题，请上海市委"务必尽快解决新民晚报的房子问题"。

就这样，在胡耀邦的直接关心下，造房子的地皮终于落实了。市政府把延安中路839号友谊汽车修理厂旧址的一半给我们造新大楼。赵超构亲自跑去实地观察，看到这里交通方便，对面的上海展览中心就是全市政治经济等重大活动的集会场所，一年一度的市人大、政协会议都在那里召开，他非常满意，立即拍了板。自此，他才正式出山投入了复刊的工作，100天之后，《新民晚报》果然如他所言，在1982年元旦这天复刊了。

"十六字令"和"三字经"

1981年9月，中共上海市委批准了复刊以后的《新民晚报》编委会领导班子，由赵超构、束纫秋、周珂、任荣魁、冯英子、张林岚等11人组成。这是一个富有办报经验的领导班子，其中绝大多数人具有几十年办晚报的实践。他们开始积极酝酿复刊后的办报方针。

复刊以后的《新民晚报》要办成怎样的一张报纸？正当我们紧张地忙着复刊的各项事务时，赵超构"隆中高卧"，静静地思考着这个问题。之后，他在一次编委会上提出了《新民晚报》复刊后的编辑方针："宣传政策、传播知识、移风易俗、丰富生活"；《新民晚报》的文章风格应该是"短、广、软"。这是在长期以来已经形成的《新民晚报》的成熟风格基础上，在改革开放的新形势下，提出的具有新时代特点的办报思想。这十六字方针，被大家称为"十六字令"，"短、广、软"被称为"三字经"，受到了报社上下的一致拥护，也迅速得到了市委的批准。

这以后，编委会扩大会议讨论决定，1982年元旦为《新民晚报》正式复刊日，每日出版四开六版，一张半。这是"文革"前的规模，也是根据当时有限的人力、物力条件做出的安排。第一至第四版分别为要闻版、文化版、体育版、社会新闻版。第五、第六两个版为《夜光杯》副刊。从这以后，无论报纸改过几次版，无论扩到多少个版面，总是万变不离其宗。直到现在，《新民晚报》还是奉行赵超构的这个办报方针，版面再多，文脉不断，还是复刊时基本格局的延伸。

1981年秋冬的一天，在九江路临时社址的四楼编辑部，赵超构对全体记者和编辑人员作了一个报告，题目就叫《我们怎样办晚报——兼谈〈新民晚报〉是怎样一张报纸》。他所有办报的思想都在里面了，但是他也学聪明了，那个时候思想还不够解放，很多话还不好讲。他在这个报告中，对十六字方针逐条进行了阐述，亮出了他对复刊后的报纸的种种设想。这个报告为《新民晚报》复刊后的发展定了调，我印象非常深。他说：

"第一条叫做宣传政策，就是把党的方针、路线、政策传达给老百姓。首先要反对'假、大、空'。'假、大、空'是十年动乱中的产物。现在拨乱反正，要讲实事求是。'假、大、空'损害党和政府的信誉，反对'假、大、空'是宣传战线上的长期任务。其次，一定要结合社会上的实际问题来宣传党的政策。要有观点，有材料，摆事实，讲道理地宣传政策，群众才能听得进去。第三，要平等待人，以理服人，这看起来是个文风问题，实际上是对待群众的态度问题。第四，宣传方式应该是潜移默化，下毛毛雨，少下倾盆大雨。

第二条叫做传播知识，就是除了宣传之外，可以搞些知识性的东西。新闻，也就是让读者早点知道一些新的知识。报纸应是先知先觉者，以先觉觉后觉，就是把一定的先进思想传达给读者；以先知觉后知，就是把人家还不知道的事情告诉读者。当然，传播新知识本身也是新闻。

第三句话叫做移风易俗，就是抓社会风气，重点是在社会主义的人与人的关系上，多做文章。十年动乱，在人与人的关系上留下很多创伤和畸形的东西，医治这些社会创伤，需要耐心地做移风易俗的工作。为此，我们要加强社会新闻，包括道德新闻和法制新闻。

第四句话叫做丰富生活。因为从50年代开始，我们的生活一直是不丰富的，物质生活、精神生活都谈不上丰富。开始只有生产，后来只有斗争。我们一方面要关心民生，关心群众的衣食住行，另一方面也要为他们的文化和精神生活服务好。上海报纸目前只有我们一家每天都有体育版，我们是大有可为的。副刊《夜光杯》应该是又广又杂，不偏食。有位老朋友问我，你们的《夜光杯》是咖喱鸡饭，还是小常州的排骨年糕？我说都要有。"

赵超构的这些思想,其实早在1957年就提出来了,他因此在反右派斗争中大受批判,被指责背离了党的办报传统,犯了方向性错误。到复刊前,他仍心有余悸。比如,他在1957年提出晚报的文章要"软些,软些,再软些",结果,毛泽东在一次和赵超构的谈话中就说:太"软"了不行,太"软"了黄色的东西就会跑出来,要"软中有硬"。到复刊时,他就用"可读性"一词来表达这个意思。

《新民晚报》的发展证明,赵超构的办报思想和具体做法是正确的。《新民晚报》从解放初期的几千份发展到60年代的30多万份,复刊之后更是飞跃到最高180多万份,在全国报刊界名列前茅。90年代以后,全国出现"晚报热",新出的晚报一百多家,大家无不认同赵超构的办报思想。

飞燕重回百姓家

1982年元旦,停刊16年的《新民晚报》复刊了。这一天,《新民晚报》报头套红,出版编号为7257号,与1966年8月22日被迫停刊那天的编号7256号相衔接。头版头条是一篇名为《本市街道工业大有作为 涌现四个"百万富翁"》的文章。右侧一则《复刊的话》,由赵超构以编辑部名义撰写。

经过三次公开试刊后,1982年元旦这天,《新民晚报》终于正式复刊了。这是新民报人的盛大节日。这天下午,报纸一出来,记者编辑们一遍遍地翻阅,个个脸上喜气洋洋。接着,从领导到一般员工,纷纷跑出去卖报,看看我们的报纸是否真的受读者的欢迎。我也拿了一叠报纸跑到南京东路,一会儿工夫手上的报纸就卖完了。街上的报摊前都排起了长队,报贩子像发牌一样地在卖报,读者买报就像抢一样。街上到处是一堆堆买到报纸后就迫不及待看了起来的人。

当天的发行量达到58万份,是《新民晚报》有史以来最高的发行量。"文革"前我们最高发行量是33万份。那时印刷纸是按计划供应的,因为不是党报,我们每日最多只可发行20万份,想多印,没有纸。我们就想尽一切办法节约纸张,把印报纸时一般要丢掉的卷筒纸最末那部分、我们叫"白破"的纸也利用起来印报。

1982年元旦复刊之前,邮局估计可以发到60万份,但是须"计划供应",就像发鱼票、肉票那样,由邮局先印了60万张订报单,订户凭单子去邮局订阅。到2月份,订户已超过65万份,零售10万份。从此,报纸的发行量以每个月增加5万份的速度往上蹿，到了这一年9月1日，《新民晚报》日发行量突破100万份。

在这天的报纸复刊号上，赵超构写了一篇《复刊的话》，是用"本报编辑部"的名义写的。此文与新闻界多年来的"假、大、空"风气大唱反调，写得非常好。但也因为这篇文章，我和赵超构之间发生了一个小风波。赵超构的这篇文章前一天就已经写好，交给我时说："你明天发下去，你看看有什么不妥的地方。"当然他是客气了。我看稿子的时候发现他文章里面有两句话："为百姓分忧，与百姓同乐。"我觉得连着两个"百姓"，有重复之感，就把前一个"百姓"，改成"国家"，变成了"为国家分忧，与百姓同乐"。这天一早，他到市里参加新年团拜会了，等他回来时，报纸已经印出来了。他一看文章被改，很生气，知道是我改的，对我大发脾气，说："谁要你'为国分忧'？谁给你这样大的权力？"我也没话讲，心想，改成"为国家分忧"有什么错呢。他发完脾气，气冲冲地跑出去，独自到福州路逛旧书店去了，以后却再也没有提这件事情。后来在他出《未晚谈》杂文集的时候，他又把这句话改回来，仍然是"为百姓分忧"。

《新民晚报》复刊号头版

我和赵超构一起工作四五十年了，既是上下级，又像兄弟一样，平日相处只有玩笑，他从来没有对我发过那么大的脾气。后来想想，是我没有领悟他的用意。1992年，在《新民晚报》复刊10周年时我问他："还记不记得，当时你对我大发

《新民晚报》复刊那天，读者拥在邮局门前买报、读报。

脾气,为了我改掉你的文章。"他说:"怎么会有这个事情?不可能的。"他已经忘掉了。

很多年以后,杂文家曾彦修在《文汇报》上写了篇题为《一字之改》的文章,谈这件事情。他说,赵超构写这两句话有他的深意。他两次提到"百姓",是有用意的。经过"文化大革命",他深知老百姓没有地位,因此在这里有意强调民众的重要性,说明《新民晚报》是深深扎根在老百姓中间的。改成"为国家分忧"当然不算错,但是没有他原来的意思好。曾彦修的文章发表时,赵超构已去世8年。

刚刚复刊的那几年条件很艰苦。在九江路的编辑部和工厂一共只有一百多人,连排版工人都很少。一切设备、办公费用都是靠贷款,包括发工资、买新闻纸等。跟其他报社比,我们的工资待遇也低。我从解放初全国评定工资开始,每月是一百四五十块,直到"文革"后,一分钱没涨。对于我们这批老同志来讲,报纸能够复刊,能重新回晚报工作,已经非常满足了。至于新招进来的年轻人,有了份自己热爱的工作也很开心,也不太计较收入多少。

复刊以后的发行节节上升,《新民晚报》的影响力也越来越大。1982年9月1日,中共十二大召开。按照过去的惯例,这种重大党政新闻都是新华社在晚上发统稿,第二天日报全部发表,晚报没有机会首发。我们编辑部就跟新华社联系,说十二大开幕,可不可以当天发个比较简单的消息给我们。新华社同意了,因为他们知道《新民晚报》的发行量很大。这样,当天下午我们抢先发出十二大开幕的独家消息,报纸发行量一下上到100万份。新华社知道了,专门发了条消息,说《新民晚报》发行100万份。从那以后,新华社开始重视《新民晚报》,把许多消息提供给我们。晚报新闻一多,读者更要看,又反过来促进了发行量上升。

复刊10年后,我们搬进了延安中路上新落成的报业大楼,《新民晚报》也从此跨入了最好的黄金时期,90年代日发行量最高达到了187万多份,在全国排第二位,仅次于《人民日报》。邓小平"南巡"以后,经济越来越红火,不但报纸的发行量上去了,广告收入随之大幅增加,企业在《新民晚报》上登广告甚至要托人情,开"后门"。因为我们的报纸销量大,广告效应好。

世间已无赵超构

赵超构(1910—1992),笔名林放,浙江瑞安人。1934年毕业于中国公学大学部,1938年任重庆《新民报》主笔。人称赵超构有"三不朽":1944年访问延安,写出了媲美爱德加·斯诺《西行漫记》的《延安一月》；创办新中国第一张晚报《新民晚报》；60年间手不停笔，死而后已，作新闻性杂文万余篇，妇孺皆知。

赵超构

解放前，《新民报》有四大台柱："三张一赵"，即张恨水、张友鸾、张慧剑和赵超构。编副刊的"三张"，资格比赵超构老。赵超构在1944年到延安去了一次，回来后写了长篇通讯《延安一月》[2]。这篇东西，一般人写不出来。你如果骂共产党，读者不要看，说你这是为国民党做宣传；你要为共产党讲好话，国民党根本不允许你登。而赵超构这篇文章居然通过了国民党的新闻检查官，在重庆见报，而且为共产党讲了好话。这是很大的本事。

赵超构这篇文章的新闻笔法，采取一种自由主义者的立场。他是用批判的眼光来看延安的。比如文章中说，在延安，所有人讲的话都是一样的，包括穿的衣服都是一样的，都一定要符合规定的标准。用这种口气写延安，国民党检查官那里容易通得过。共产党看了，认为他虽然批评了延安的许多作风，但总的倾向认为延安还是一个有希望的新社会。中共领导人觉得，这样从总体上肯定延安的报道能够在当时国民党的陪都重庆发表，很不错了。

赵超构在延安时因为一次偶然机会与毛泽东结识。那天看文艺晚会，赵超构因为耳朵不好，就坐到前面一排去，不晓得旁边坐的人就是毛泽东。毛泽东跟他讲话了才发现。这样两人就成了朋友。毛泽东是性情中人，看戏看到好看的地方也会哈哈大笑。后来，赵超构写了一篇《毛泽东印象记》，这样的文章当时只有赵超构写了，中国其他人似乎没有写过。解放以后更不要说了，提到毛主席出来，就是红光满面、神采奕奕，大招手，把他神化了，是仰起头来看他。而这篇文章里赵超构看毛泽东是平视的，写出了毛泽东

[2] 1944年春末夏初，时任重庆《新民报》主笔的赵超构随"中外记者西北访问团"赴延安等地访问。7月30日起，赵超构在重庆、成都两地《新民报》先后连载《延安一月》，忠实地记录了他在当时的"国中之国"延安的所见、所闻、所思，单行本一版再版，一纸风行，名动一时。

的真性情，很生动。从那时起，毛泽东就注意到了赵超构，觉得这个人不错。

赵超构最后一次见到毛泽东是在1958年的春节过后不久。毛泽东在杭州。那时候"大跃进"、人民公社运动要开始了，要反对保守，反"反冒进"。有一天晚上，毛泽东突然派他的专机到上海，指名把三个人接到杭州他下榻的刘庄去谈话。一个是赵超构，一个是周谷城，另一个是谈家桢。三人都已睡觉，上海市委统战部派人把他们从床上叫起来。那时"反右"运动刚刚过去，他们以为要算老账了，吓得不得了。到了统战部，才知道是毛主席要找他们闲谈。到了那里，毛泽东兴致很好，几个人从半夜一直谈到凌晨四点钟。毛泽东跟赵超构讲，听说你们几个人常常到上海城隍庙的湖心亭去吃茶?(实际上不是湖心亭，而是城隍庙豫园门口的春风得意楼，现在已经拆掉了。)我不反对吃茶，不过你们不能够老是泡茶馆，知识分子一定要走出书斋，要到工农群众当中去，接触工农群众。毛泽东的意思就是说，你们知识分子再不主动到工农群众中去的话，将来人家要把你们揪出来的。

这以后，毛泽东再也没找过他。"文化大革命"中，《新民晚报》停刊的事，他可能根本不知道。赵超构也没有想过去找毛泽东。

十年动乱中，赵超构表面上不关心世事，实际上对形势非常关注。各种讲话、材料都阅读无遗，对"文革"的发展轨迹，心里都有一本账。赵超构的思想有几次转变。解放初期，他的小言论出色的不多。到了1957年"大鸣大放"的时候，他的言论比较尖锐。那段时间，他天天鸣放，对政府工作、对党的工作都提了很多意见。"反右"以后他不敢写了。但他不写不行，因为他的言论在上海已经成为一个品牌了。要是几天没看见赵超构的文章，上上下下都来问：为什么赵超构的文章不见了?是不是赵超构出问题了?上海市委的领导也过问："赵超构的东西没有了，人家有意见了，说我们现在政治上是不是一点自由都没有，连赵超构的文章都没有了?"

在"文革"中，赵超构经历了许多风波，很长一段时间比较小心，轻易不动笔。《新民晚报》开始筹备复刊时，他的态度还是很消极，报纸也不想出。后来报纸快要出来了，怎么办?还要不要写?写什么样的文章?他不能不考虑这些问题。

有一天，我们筹备组的几个人在上海辞书出版社的小花园里聊天。赵超构一开始说，文章不好写了，风险太大。我们就说，你解放初期写的那些文章，没有了;五七年鸣放的文章，你不敢留;歌颂"大跃进"的那些文章都是违心之作，你不愿留。你现在再不写，将来能留下来什么?这番话，他大概听进去了，此后态度就有了一个大的转变，觉得"老家伙应该多说话"，再不写没有机会了。所以报纸复刊后，他就在副刊上写《未晚谈》。这个思想的解放，在他的晚年是一个很大的转折。

其实，在"反右"以前，赵超构的思想是很解放的。他有自己的办报思想，他说："我虽然是在共产党领导下办报，但是我跟党是一个同心圆的关系。圆心是共产党，我围着他转，但不能亦步亦趋。第一，我是民主党派，不是党员，要我紧跟，未必学得像。第二，党的政策难免出错、有失误，报纸不能跟着犯错误。第三，《新民晚报》不是市委机关报，晚报的立场就是群众报纸的立场，就是市民报纸的面貌。要有晚报的特色。有些事情可以不报，有些文章党报全文都登，我们可以登得简单一点。"

在当时的政治气候下，报社的党员领导干部不能认同这样的办报观点，难免和赵超构发生矛盾。赵超构没办法，干脆不再管报纸第一版。他说，第一版是"任务版"，完成上面的宣传任务。我不管，你们弄。我的文章退到后面去，退到副刊也可以。这样的安排就成了惯例，《新民晚报》复刊后也是如此。

《新民晚报》复刊之前，赵超构就重新动笔了。有报纸请他开了一个小的言论栏目，每天一篇，叫做"随笔"。复刊以后，这个言论栏目就转到《新民晚报》副刊上去了，取名"未晚谈"。他晚年主要就写这个栏目。"林放"的《未晚谈》是《新民晚报》最叫座的一个专栏，既代表赵超构个人，也代表《新民晚报》发言，表达百姓的心声、知识分子的要求。这个栏目他连着写了 10 年。从 1982 年写到 1992 年去世。最后一篇标题叫《讲真话》。这篇文章先是发表在市委统战部的一个刊物上，后来《新民晚报》也登了。不久他生病了，写不动了。他一生言论的精华就在这 10 年的《未晚谈》里。当然还有些小文章，是抗日战争时期在重庆写的，也很精彩。

思想解放以后，以前的一些话，他也敢讲了。有些地方一般的人不大注意，但是我知道他的用心所在。比如，他谈工作，很少讲"在党的领导下"如何如何，而常用"在党的支持下"这样的字眼。比如《复刊的话》里有这样一句："正是党，大力支持了《新民》复刊。"这种讲法，跟许多报纸不一样。不过，似乎也从来没有人议论过。《新民晚报》复刊后，具体的事情他基本不管，但办报思想还是他的。他重新强调《新民晚报》与党报不同的民间色彩，要求突出晚报的特色。

赵超构还写过两篇文章讲共产党和民主党派的关系，发表在《未晚谈》里。他说：共产党和民主党派不是上级和下级的关系。过去常讲"在共产党的领导下"，民主党派如何如何,显然民主党派要比共产党低一级,两者是领导与被领导的关系。赵超构认为民主党派与共产党是平等的,是朋友,朋友是五伦之一。共产党和民主党派、民主人士不是君臣关系,不是上级和下级的关系,不是老板和伙计的关系,不是主人跟奴才的关系。文章发表以后,没有人附和,也没有人反对,直到现在。

赵超构是1992年2月去世的。那个时候《新民晚报》已经复刊10年了,对于复刊以后的报纸是否满意,他从来没有谈起过。即使我们二三知己在一起,他也不轻易发表意见。"文革"结束后,巴金曾对他讲,我以后决不再讲违心的话,一定要讲真话。赵超构回答说:我老实跟你讲,我做不到。意思就是说,有的情况下,他还是不得不讲假话。

赵超构去世以前这10年,是《新民晚报》蓬蓬勃勃大发展的好时候。这10年筚路蓝缕的艰辛,为今天《新民晚报》的繁荣奠定了基础。而赵超构是最重要的奠基人。

直至今天,赵超构仍是《新民晚报》的灵魂。

【采访手记】

多难兴邦。

从一定意义上说,这个"兴",是指我们祖国在饱受沧桑,历经风雨的同时,也滋养哺育了一代又一代的爱国知识分子。他们从危难中觉悟、奋斗、呐喊,前仆后继,才支撑起中华民族不屈的脊梁。张林岚就是其中一分子。

作为从旧中国走过来的一代老报人,张林岚从十几岁参加抗日救亡运动开始,就把自己的命运和祖国的兴衰联系起来了。60年报业生涯,历经坎坷曲折,但他坚信:手里的那支笔,能够唤醒民众,启迪民智,团结民心,鼓动亿万同胞投入强国富民的大业中去。

正是胸中激荡着这样的情怀,赵超构、束纫秋、张林岚等老报人始终与这张万千民众热爱的《新民晚报》血脉相连;他们才会在粉碎"四人帮"之后,抖落"文革"带给他们的身心伤痛和屈辱,克服难以想象的困难,实现《新民晚报》的复刊。他们的再造之功,不仅写就了新民晚报史上的辉煌一页,更铭刻在千万读者的心中。

今天的《新民晚报》,是上海发行量最大的报纸之一,已成为海派文化的标志性产品。但最让人感到欣喜的是:它仍然是当年那只"穿梭飞行于寻常百姓之家的燕子"。

(李安瑜)

【附】《复刊的话》（《新民晚报》1982年1月1日头版）

亲爱的读者同志们：

广大读者所殷切期待的《新民晚报》，今天复刊了。

十五年前，浩劫从天而降，《新民晚报》首遭"横扫"。从此，"落了片白茫茫大地真干净"，这是大家都经历过来的，不必细说。

隔了十五年，今天终于跟读者欢聚重逢，其喜可知。这件事最雄辩地说明：伟大的党没有忘记这家报纸。正是党，大力支持了《新民》复刊。

这件事同样地说明：广大的人民群众没有忘记这张报纸。正是广大读者从四面八方给《新民晚报》以慷慨的同情，为这张报纸呼吁，促成《新民》复刊。

党和群众跟《新民晚报》是生死患难之交。我们全体工作人员万分珍重这种隆情厚谊，决心要把这张报纸办好。

而且我们也有信心把这张报纸办好。

我们复刊于拨乱反正、振兴中华的大好时光，这就占了天时上的有利条件。

我们立足于上海这样一个生气勃勃、丰富多彩的国际大都市，这就占了地利上的有利条件。

我们获得广大群众和各界名流的如此热烈的声援，这就占了人和上的有利条件。

天时、地利、人和，三者备而后水到渠成，这就是我们办好报纸的信心所在。

复刊后的《新民晚报》将以宣传政策，传播知识，移风易俗，丰富生活为自己的任务。我们恳切地要求读者以此方针对我们的工作进行监督。

我们将努力做到这样的报风："千言只作卑之论"也就是"卑之，毋甚高论"。力戒浮夸，少说大话，实事求是，不唱高调，发表一些常识的、切实的、平凡的报道和论说。

作为一张地方性报纸，《新民晚报》既不是摩天飞翔的雄鹰，也不是搏战风雨的海燕，更不是展翅万里的鲲鹏。它只是穿梭飞行于寻常百姓之家的燕子。它栖息于寻常百姓之家，报告春天来临的消息，衔泥筑巢，呢喃细语，为国家分忧，与百姓同乐，跟千家万户同结善缘。

似曾相识的燕子，隔了十五年之后又归来了。归来伊始，首先要向我们的居停主人致意：祝新年快乐！

采写助理：卢晓璐　吴梦吟

上海争得高考自主权

口述：吕型伟

采访：徐本仁

【口述者档案】 吕型伟

1918 年生于浙江省新昌县。

1936 年任浙江省新昌县白岩村小学校长。

1943 年入浙江大学师范学院学习。

1946 年任上海省吾中学教务主任。

1949 年接管上海缉椝中学(今市东中学)，任校长。

1956 年起任上海市教育局教研室主任，兼普教处处长和
政教处处长等职。

1964 年赴北京参加中央"反修"写作小组，后调中央教科
所任研究员。

1966 年回上海市教育局，后任副局长、顾问。

1988 年离休。

现任上海教育学会名誉会长，全国中小学课程改革总顾
问等职。

【吕型伟寄语】　　第一个吃螃蟹的人是需要勇气和智慧的，不能被它坚硬的外表所迷惑，更要避开它锋利的双螯。当然，上海当年能有惊无险地拿到高考自主权，并非全是我的功劳，主要还是国家考虑到上海总体教育水平较高，教育管理能力较强。今天回头来看，对于当年一些决策者在这个问题上的犹豫与反对，我十分理解。毕竟，高考关系千家万户，一点细小的调整都有可能改变无数考生的命运。另一方面，当时的担心和顾虑，也让上海在以后的自主高考招生改革路上考虑得更全面，走得更稳当。

【事件回放】 "文革"结束以后,中断了十多年的高考得以恢复,开启了一个尊重知识、尊重人才的时代;但是,过去那种由全国统一命题的高考,过于强调统一,忽视了各个地区教育发展的不平衡,显然不能适应不同地区学生发展的需求,并严重制约了我国基础教育课程教材改革。20世纪80年代初,在中国教育百废待兴的历史关头,时任上海教育局顾问的吕型伟"冒天下之大不韪",率先对"全国一张卷"的高考制度提出挑战,使上海在全国范围内第一个走上了高考自主命题、自主招生的道路。这一改,抓住了教育改革的牛鼻子,激活了上海与全国的课程教材改革。这一改,改变了多少考生的命运……

背　景

　　解放初期,除了北大、清华等少数几所高校实行非实质性的联合招生外,全国绝大多数高校仍沿袭旧制,实行单独招生考试。招生的计划、条件和办法都由各校自行决定。由于单独招考造成某些高校招生不足额和新生报到率低等问题,1950年5月26日,中央人民政府教育部发布了新中国第一份高校招生考试文件《关于高等学校一九五零年度暑期招考新生的规定》,要求各大行政区教育部"根据该地区的情况,分别在适当地点定期实行全部或局部高等学校联合或统一招生"。但由于单独招考操作上的惯性,该年度的招考方式仍五花八门,不一而足,既有校际的联合,又有大区的统一,还有学校的单独招生。于是,1952年教育部明确规定,自该年度起,除个别学校经教育部批准外,其余高等学校一律参加全国统一招生考试。至此,统一高考制度基本形成。这样,全国统一命题、各省市按招生名额划定录取分数线成了一种惯例,多年来似乎没有人提出什么异议。

上海为何考了个"王老五"

　　实行全国统一高考后,上海地区的考分明显与当地的教育水平不相称。经过一番实地调查,吕型伟开始对"全国一张卷"的高考制度产生疑问。

解放前，我就在上海教书；解放后，担任上海市东中学的校长，后来又调到市教育局任教研室主任、普教处处长等职。我对全国统一高考发生疑问是从 1959 年开始的。那年的全国高考，福建最低录取分数线是全国最高的，位列第一名；上海排第五名。上海分管教育的市委书记说，上海条件这么好，怎么考了个"王老五"？他对这个名次很不满意，让我带一批校长去福建取经。第二年年初，我带了二十几位校长来到福建。福建省教育厅很热情，厅长亲自到车站迎接。欢迎宴会后，他们还安排了文艺演出。演出过程中，我忽然听到主持人报幕："下一个节目'王老五'。"我心中一惊：是不是有意挖苦我？我倒要看看你这个节目怎么演。可这个节目从头到尾都是小朋友跳舞，看不出和"王老五"有什么联系。之后回到宾馆，我就问一块儿去的校长，说刚才有个节目叫"王老五"，可就是小孩子跳舞，怎么叫"王老五"呢？他们说没有"王老五"这个节目，是我听错了。报幕说的是"娃娃舞"。福建话"娃娃舞"，我却听了个"王老五"，可见"王老五"的说法对我的刺激有多深。

在福建考察之后，我发现，上海考大学的最低录取分数线之所以比兄弟省市低，是因为上海高中毕业生少而大学招收的名额多。录取比例高，录取分数线自然会低一些。我们是分母小，分子大；其他省市则是分母大，分子小。要比就要先"通分"。全国比较时，不比较百分比，只比入学线，这不合理。我把这个道理向分管的市委书记解释之后，他表示认可。另外，我也发现，不少地区学生的高分是靠加班加点、死记硬背考出来的。搞这一套我不赞成，就是考了高分我也不赞成。另一方面，上海学生考分偏低是否就说明素质差了呢？为此，我到北大、清华进行了跟踪调查，发现上海学生的高考分数虽然不比其他学生高，但进入大学后的发展潜力绝不比别人差。上海的学生知识面广，活动能力强，解决问题的能力也强，就是死记硬背的本事比不过人家。这样我心里就踏实了。分管的市委书记听了我的汇报以后，也放心了。不过这桩事对我而言并未结束。这次的学习和调查引发了我对改革高考制度的思考。从那时起，我就一直在考虑教育成果如何评价才能公允，怎样才能对教育改革有利。这样一考量，思路很自然地集中到了要根据当地的实际情况设置课程教材，要对现行的高考制度进行改革。

"蹲点"南师大附中教改

1964 年，吕型伟在中央教育科学研究所任研究员，受教育部之命到南师大附中蹲点，对该校的教学改革进行调研。这次南京之行，坚定了他的教育改革思路。但"文革"

吕型伟(右三)与
浙江大学老同
学合影

的到来,改变了一切。

1964 年春节，毛泽东同志在一次座谈会上对当时的教育现状进行了批评，认为学生负担过重，课多、书多，考试以学生为敌人，搞突然袭击，是摧残学生。这就是著名的"春节谈话"[1]。我当时已被调到中央教育科学研究所，教育部要我带一个专家小组到基层去实践谈话精神，于是我带了一个三人小组到江苏省南师大附中去蹲点调查。那里正在进行一场轰轰烈烈但又有争议的教育教学改革，学校出现了十分生动活泼的局面。当时南师大附中的老师非常善于鼓励学生提问，有些问题老师一下子答不上来，就鼓励能回答的学生上来讲课。他们经常鼓励学生说："能提出老师答不出的问题，说明你的思想有深度。"这种民主的学风使学生有非常强的参与感。他们常常盼望着自己能提出老师也不知道的问题。也真有学生走上讲台讲课的，老师就在一边站着，欣赏地看着学生。我听了半年课，老师被晾在一旁的次数不少。同学们也没

[1] 1964 年 2 月 13 日，毛泽东在中央高层的教育工作座谈会上对教育工作提出严厉批评，被称为"春节谈话"。他认为："(解放以来) 教育路线、方针是正确的，但方法不对……现在的考试办法是对付敌人的办法……实行突然袭击，出偏题，出古怪题，还是考八股文章的办法……现在的教育办法是摧残人才，摧残青年。"不能否认的是，"春节谈话"提出的一些精神和建议，如"学生要有娱乐、游泳、打球、课外自由阅读时间"、考试主张"题目公开，由学生研究、看书去做"、大学学制多样化等，对于当时的教育改革有一定借鉴意义。

有异议,因为大家都已形成共识:老师也不是什么都懂。在南师大附中,我真正感受到了一种开明、勇于探索和创新的氛围,那是一种让学生充分展示个性、以学生为主体的教育。

我们调查组一致认为南师大附中的改革是成功的。到了暑假,省教育厅副厅长召开了一个全省中学校长会议,介绍这所学校的教学改革情况。会议一开始进行得很顺利,没想到在接近尾声时,省委宣传部和教育厅的主要领导来到会场,全盘否定了南师大附中的改革经验。会场一片哗然。宣传部领导知道我是代表教育部来蹲点的,点名要我表态。我带队来蹲点时,教育部的领导特别关照过不能随便表态。于是我明确表示今天不能表态,可那位领导不依不饶,一定要我发言;与会者也热烈鼓掌,希望我能明确表态支持他们。我只好硬着头皮向他们介绍了毛泽东同志关于教育的"春节谈话"内容,然后讲了一些自己对谈话精神的理解。虽然我没有明确表态,但意思很明显,南师大附中的改革是符合"春节谈话"精神的。

既然意思已经挑明,我索性公开支持南师大附中的改革。我让该校数学、物理、语文三门学科的教研组组长写了三篇介绍教学改革的文章,加上学校写的一篇,一并推荐给《人民教育》期刊。《人民教育》破例在同一期上登了这四篇同一所学校的文章,几乎是给南师大附中出了一期专刊。

这场争论让我思考了不少问题。人是有差异的,有些学生很拔尖、很有潜力,但我们对此的研究重视不够。就以我们中央教育科学研究所而言,当时工作人员只有七十几个,有研究员职称的只有七个人。而附近有家玩具研究所,人员有几百人。相比之下,研究"物"是那么受重视,而研究"人"就相形见绌了。我们缺乏对人的个性、人的潜能、人的成长规律的研究,缺乏对学生个性发展的重视和对学生主体的尊重,过分强调统一,强调考试。当然,中小学教育是基础教育,不打好基础当然不行,但基础可以有所不同,不能铁板一块、过于划一。我的想法进一步坚定:现行的教育模式需要进行改革。

这些想法还没考虑成熟,我就被调去搞"四清"了。紧接着,"文化大革命"暴发,教育遭到了灭顶之灾。课程教材改革且不提,连高考都被明确宣布要"扔进垃圾堆里"。从1966年到1972年,除少数高校试点招收少量工农兵学员外,全国高校招生工作基本停顿。1971年的全国教育工作会议明令废除高考,进大学的选拔标准成了贫下中农推荐,考察其家庭出身、政治表现、实践经验等。1973年高校招生一度恢复了招生考试的"文化考查",结果当年就因张铁生的"白卷事件"[2] 被取消了。我在"文革"期间曾受派到一个省份负责招生,因此对取消高考所产生的严重弊端有深切感受。

这些经历,为我后来在全国倡导课程教材改革以及进一步提出改革高考制度打下了思想基础。

从"一纲一本"到"一纲多本"

"文革"结束以后,恢复高考的呼声愈来愈高。1977 年 9 月,教育部根据邓小平同志的提议,决定在年内举行高考。仓促之间,"文革"后的第一次高考,采取了每省单独考试招生的方式,全国 1000 多万人涌进考场,27 万余人被录取。关闭了十多年的高考大门重新打开,标志着一个尊重知识、尊重人才的时代重新开始。

1978 年,高校招生走向规范,又开始实行全国统一命题,统一考试时间。当时的工作重心是恢复和重建在"文革"中被中断和打乱的教育教学制度和秩序,课程教材改革和相应的考试制度改革还提不上议事日程。但是,随着时间的推移,这种全国统一命题、统一考试的弊端重新显现了出来。

与此同时,"文革"之前就已萌发的改革课程教材的愿望在我心中复活。特别是,国门打开后,1978 年冬,我以中国教育国际交流协会副会长的身份到法国访问,这大概是改革开放初第一个出国考察团。以后我又接连去了日本、美国考察。国外先进的教育教学理论和技术拓宽了我的眼界和思路。我认识到,在新技术革命的冲击下,以教材课堂教学、老师传授为中心的传统教学模式已无法适应新技术条件下的教学。学生除了要学好基础知识外,还要充分运用报纸、杂志、广播、电视、课外书籍等各种现代化工具获

[2] 张铁生是辽宁锦州市兴城区 1968 年下乡的知青。在 1973 年参加大学招生文化考试中,他交了份白卷,但在理化试卷的背面写了封为自己低劣成绩辩白的信。信中写道:"本人自 1968 年下乡以来,始终热衷于农业生产,全力干自己的本职工作。每天近 18 个小时的繁重劳动和工作,不允许我搞业务复习。……说实话,对于那些多年来不务正业、逍遥法外的浪荡书呆子们我是不服气的,考试被他们这帮大学迷给垄断了……(我)政治面貌和家庭社会关系都清白如洗,自我表现胜似黄牛。……在这里我没有按要求和制度答卷,我感觉并非可耻。……我所理想和要求的,希望各级领导在这次入学考生之中,能对我这个小队长加以考虑为盼!"张铁生此次考试的成绩是:语文 38 分,数学 61 分,理化 6 分。时任中共辽宁省委书记的毛远新得知这一情况后,指令《辽宁日报》刊登该信。《人民日报》《红旗》杂志等纷纷转载,发表评论,说搞文化考查是"旧高考制度的复辟"、"资产阶级向无产阶级反扑"。江青称赞张铁生"真了不起,是个英雄,他敢反潮流"。张铁生之后被铁岭农学院畜牧兽医系破格录取。

吕型伟（站排左一）
在日本小学听课。

取新知,并通过各种实践活动,培养发现问题、分析问题、解决问题以及动手操作的能力。我把课堂教学称为传播知识的第一渠道,将课堂教学以外的信息渠道称为第二渠道,提出二者应该并重。我于1983年发表一篇题为《改革第一渠道,发展第二渠道,建立两个渠道并重的教学体系》的文章,阐述了这些观点。

不料,这篇文章发表后,引起了轩然大波。从上海市到教育部,不少教育界的领导公开表示反对。教育部一位领导在一次全国会议上说:"现在有人讲,未来社会是信息社会。不通的,我们的未来社会是共产主义社会。还有人讲,信息时代知识爆炸。知识怎么能爆炸呢?这不是笑话吗?"那次会议我没参加,后来听了全文传达,感觉真是啼笑皆非。当时改革开放不久,被长期禁锢的思想一下子打开,有些同志一时难以适应,也是可以理解的。我把我的观点重新思考了一遍,认为在科学上完全站得住脚,于是又写了一篇《再论两个渠道》的文章,寄到教育部的理论杂志《教育研究》去发表。主编拿到文章,不敢做主,请示了刊物主办单位中央教科所所长。所长看了后,不置可否,只是说:"老吕是中国教育学会副会长,我也是副会长,我没有资格审查他的文章。"主编只得又将文章送给分管刊物的教育部副部长,副部长觉得文章没有错,但不便表态,就搪塞说:"发表文章是你主编的事,怎么来问我呢?我怎么能管得那么具体?"绕了一大圈,最后主编狠狠心:发!

文章一发表,立即引来一番争论。反对意见大多不赞成两个渠道并重,认为应该以第一渠道为主,第二渠道为辅。为此,我又专门写了一篇文章,提出将来可能第二渠道是主体,课堂教育反居其二。因为学生通过新技术渠道获得的信息能比从书本获得的还要多,我提"二者并重"还是留有余地的。在这场辩论中,我的思路逐渐明晰起来,课程教材改革的主张酝酿成熟。

当时,全国中小学的课程教材是全国统一的,从黑龙江到海南岛,不管是经济文化比较发达的地区还是贫困山区,学生念的是一本书,考的是一样的题,这叫做"一纲一本",下面无权改动。其实,只要稍微考虑一下,问题就显而易见。中国幅员辽阔,各地发展极不平衡。有的地区是"西欧水平",有的还停留在"非洲水平",用同样的课程和教材来教,又用同样的考题来选拔,显然是不科学的。

我当时担任全国教育部课程教材审定委员会委员,在一次讨论全国课程教材的会上,我正式提出了"多纲多本"的主张。我指出,现在的情况是"十亿人民一个大纲,祖孙三代一套教材",我们要改变这个局面。我主张各省可以自主研究课程教材的改革,中国可以拥有多种教育模式,可以搞"多纲多本",即大纲有多种,教材有多种版本,鼓励各省市自己编教材,学校可自由选择。甚至校长和有水平的老师也可以独立地编教材。这样把课程教材搞活,实行基础教育地方化。全国可设立指导机构,比如成立一个由专家组成的课程教材改革指导委员会,负责审批各地的大纲和教材,但各省市应掌握较大的自主权。

我的主张一提出,当场就有人反对。理由是,正因为中国这么大,所以需要有一个统一的大纲和教材。同一个问题,却得出了两个相反的结论。我坚持自己的观点,据理力争。最后达成妥协:搞"一纲多本",即教育部制定统一大纲,在大纲指导下可以编多种教材。上海可以自己搞,自己编课程教材。当时赞同我观点的还有广东、浙江、四川等省的教育部门负责人,我们约定"先走一步",各自进行试点。

但是,新的问题很快就来了。教材可以自己搞,但高考还是全国命题。如此,新教材怎么搞?搞了谁敢用?高考这根指挥棒实在太厉害了。一分之差,万人之下。事关前途命运,谁敢违背?要改革,就得从这根"指挥棒"改起。我开始琢磨,要想办法把高考的命题权拿过来。而后来,广东、浙江、四川的教材改革渐渐停下来,其中一个重要原因就是"指挥棒"没有拿到。

智取高考自主权

由于强大的反对声和史无前例,上海争取高考自主权的努力开始并不被人看好。但经过种种曲折,吕型伟还是成功了。对于当年的反对者,吕型伟则表示出了理解。

我打定主意要去争取上海高考自主权。记得那是 1984 年秋天,我找分管教育的副市长谈自己的想法。副市长沉思了一会说:"这太难了,历来没有这种事,教育部也不会同意的。"我说:"历来没有的可以创造,只要你答应,我就去争取。"我连续找了他多次,后来,他松口了:"你去争取争取看,教育部如果同意的话,我们就试试。"

说来也巧,没过多久,当时的教育部主要领导和分管招生的副部长到上海来视察,我抓住这个机会,和分管副市长一起去拜访了他们。我们先汇报了上海的情况,暗示上海和其他省市情况不一样,接着把话题向中心引:"高考历来是全国一张试卷,高考命题也总是众口难调,教育部吃力不讨好。何不把权放下来,你们在上面监督,搞得好就表扬,搞不好就批评,那就非常主动了。"

教育部领导颇为疑惑,说:"这样做能行吗?"我说:"中国的一些省比欧洲的一个国家都大。欧洲有那么多国家,有那么多种考试制度,不也在各自招生吗?"部长想了想,还是不放心,说那样搞要乱的。我又说:"现在各省的教育厅长都有经验,有能力,你可以制定几条原则,搞几个统一的政策,题目让下面出,有什么不好?"

就这样,经过反复解释,教育部领导被说服了。他表态:"上海可以试试,其余的地方不放。"我等的就是这句话,赶紧接过话题说:"那好,上海自己搞!"

没想到,事情并没有完。不久我去广东出差,等再回到上海,同事告诉我事情变卦了,教育部领导回到北京后改变了主意,不同意上海单独搞。大家建议我再去北京争取一下。我做事很要强,一件事不做则已,做就要做到完满。我决定再去争取一下,若再不成那只能作罢。

当时春节将近，我也顾不上过年，急忙赶到北京。一到北京，我就找相关人员打听事情原委。我曾在教育部工作多年，熟人多，在那儿我了解到了实情。原来是分管高考的司长不同意，教育部领导答应我时本来就很勉强，被他一说就改变主意了。好在这位司长和我也很熟，曾经一起在五七干校劳动，我就直接去找他。一见面，我就半开玩笑地责问他："你为什么给我捣蛋啊?" 没头没脑的一句话把他给愣住了，他说："我怎么会给你捣蛋啊?" 我挑明了上海争取高考自主权这件事。他说："我是替你们着想，这件事情太麻烦了，太复杂了。命题啊，保密啊，众口难调。这些事历来是不可能达到各方都满意的。你们不要搞了，还是全国统一吧。" 我说我愿意吃这个苦。我还和他订了个君子协定："明天我去向部长汇报，你一起参加，但只带耳朵，不带嘴巴。我讲完了就等部长表态，部长不赞成，我也就算了。要是赞成了，你也不许讲话。" 他想领导肯定不会同意，乐得做个人情，就同意了。

第二天，我再次向教育部领导汇报上海要求自主高考招生的想法。我讲完之后，部长抬头看看司长，希望他发表意见。这是个关键时刻，我眼睛一眨不眨地盯着他，心里很紧张。他坐在那里，憋了老半天，最终没有吭声。部长看他不吭声，就说："这个事情本来是答应你们的，就是他不赞成。现在既然他不讲话，那你们就去搞吧。" 散会之后，那位司长连连说上了我的当。他以为部领导一定不会听我的，结果事情和他预料的恰恰相反。

就这样，我们有惊无险地拿到了高考自主权。

设想正在变为现实

在争取上海高考自主权的同时，吕型伟已经开始构思自主高考招生模式。由于他的离休，这些设想在他手里虽没有能够变为现实，但极大地影响了之后上海高考招生改革的方向。

关于如何自主招生，我有一套设想。我的设想就是要解决一考定终身的做法，注重对学生的全面考察，重视平时的考评。我想要把考察权更多地给中学校长，要求校长对每个学生德智体美劳各方面认真负责地写出考评。高校在招生时，要把这个考评结果作为重要的参考依据。这就不是仅仅凭着一次考试来决定，而是由三年跟踪考试、跟踪调查、跟踪研究来决定。要保证考评的全面、客观，每个高中生进校时，学校就应建立一个记录其德智体美劳各个方面表现的档案,每年都要考评。到毕业时,校长负责地写出意见来,并建议这个学生应该往哪个方面发展比较好,哪个学生可以深造。这种推荐招生办法是受到国外经验的启发形成的。"文革"结束后我赴法考察发现,他们并不把分数作为评价学生的惟一标准。法国的初级中学设有一名专职教师,称作"方向指导教师",指导学生毕业后的出路,帮助学生决定是升学还是朝职业类方向发展。这位老师受过专业训练,懂得社会学、心理学,了解市场发展前景。学生一进初中,老师就为每个学生建立档案,考察孩子的智力、活动能力、学习情况和家庭环境等。到初中毕业时,这位老师要负责为每个学生写一份建议书,如"根据对您孩子四年来的考察,我认为这个孩子可以深造,建议他去考高中","我认为这个孩子在学术上深造的可能性不大,不如学一种技术,将来可以在社会上有作为"等等,最后由校长签名,学校盖章,供家长参考、决策。

国外的方法有借鉴意义,当然单靠推荐在目前的情况下也会产生弊端。中国实行科举制度以前选拔人才就用推荐的办法,结果是谁有势力、谁有钱,谁就当选,那就是靠关系,开后门,真正的人才出不来。"文革"期间,我参加了一次推荐招生过程。那时是1976年,"文革"已近尾声。当时高考被取消,高校采取的是"自愿报名、群众推荐、领导批准、学校复审"的十六字招生办法。这也是最后一次以推荐办法招生。我奉命带了一个招生小组去安徽招生,去之前,我暗自下决心要杜绝开后门,绝对秉公办事,把最优秀的青年招进各大学。我在安徽没有亲戚朋友,招生小组的人我也都选择那些和安徽没有任何关系的。当时的招生办法是将名额分配到各县市,然后由各县市的招生组根据贫下中农的推荐、选拔,审查后上报给招生组,最后由我把关,我签了字就算正式招收了。为了防止徇私,当时有一条规定:每个招生名额,县里推荐两人候选。一切似乎都进行得有板有眼,但是问题还是发生了。某县有一个招生名额只报上来一名学生,招生小组要求再报一名,县里答复:全县就这个学生最好。后来查证得知这名学生是县委书记的儿子。这极有可能是开后门,但又不能点穿。这样僵持了一段时间后,我们为了完成招生任务也只能招了。所以,对于推荐招生可能存在的不公正现象,我深有体会。我的想法是推荐与考试结合,推荐为主,考试为辅。在操作上一定要考虑周全。

与自主高考招生相配套,我还有一个想法,就是实行初中毕业后分流。按当时情况,初中毕业生40%进中专、职校,60%进普通高中。高中毕业时只要会考及格,都可以上大学。到了大学二年级再进行一次分流，一部分人上本科，一部分人上大专。这样做的目的是为了改变"一考定终身"和"进大学难，出大学容易"的状况。这个比例可根据情况变化调整。

不过，这些设想在我手里都没有成为现实。因为在上海拿到自主高考招生权后不久我就离休了。但令我感到欣慰的是，我的一些设想，在之后的上海高考招生改革和课程教材改革中变成了现实。

后　记

1985年，就在吕型伟从教育部取得上海高考自主权的那一年，上海高考开始自主命题。同年，上海率先实行高中毕业会考制度，学完一门考一门，作为衡量学生是否达到合格水平的测试。

1987年，上海为学生减压，减少高考科目，实行"3+1"模式，即语文、数学、外语三门为各类学校的必考科目。招生学校再根据专业从政治、历史、地理、物理、化学、生物中任选一门考试。

2001年，"3+1"模式又被"3+X(+1)"所替代。"X"是"政、史、地、理、化、生"6门课的综合能力测试，以纠正学生偏科现象。本科院校高考科目为"3+X+1"，高专和高职的考试科目为"3+X"。

与此同时，上海高校招生自主权不断扩大。2006年，上海交大、复旦在全国率先启动"高等学校自主选拔录取改革试验"，考生通过学校自主举行的笔试及面试，可获得录取资格。高考成绩只作为参考依据。2008年，共有1000名上海学生通过自主招生，提前迈入复旦和交大校门。

与此同时，上海基础教育的课程教材改革快步推进。二十余年，进行了两期课改。"多纲多本"早已成为现实，并在全国实行。

2002年，上海获得高考独立命题权之后17年，北京也加入了高考自主命题的行列。至2006年高考，全国共有16个省市试行自主命题，占据全国半壁江山。"全国一张卷"的局面被彻底打破。

【采访手记】

采访是在华东医院的病房中进行的，这让笔者不免担忧是否会影响吕老的休息。

2000 年,吕型伟获"宋庆龄樟树奖"。

然而,这位年逾九旬的耄耋老人回忆起当年的那一创举,思路之清晰,语言之流利,让我们的顾虑很快烟消云散。

他是天生的教书人。17 岁就投身教育,一晃 70 多年,从未离开这片为民族播种希望的田地。解放前,他边教书边干革命;解放后,中国教育的每一段进程,他都是见证者和亲历者。

有人称他是中国基础教育的"活化石"。

但也许,他更愿意被称为"书生"。

在他身上,我们感受到一股书生意气,一种"匹夫有责"的担当和"敢为天下先"的勇气。

不管位卑位高、在位不在位,他总是在思考问题,提出问题。

他富有创意的改革举措总是超前于实践,所以他经常处于孤立的"少数";他的主张总是在被指责为"不合时宜"和"多此一举"之后,才被人们慢慢回味、接受。

没有他当时的坚持,上海独立高考招生这项泽被无数上海学子的政策或许会晚来 10 年,甚至更长。但吕型伟说,上海获得高考自主权绝不是他一人之功。他说,他感激发端于 30 年前的这个新时代。这个时代的到来,让他的教育改革的构思有了实现的可能。他有幸地看到,他那一辈书生们共同的强国梦正在变成现实。　　(徐本仁)

采写助理:吴梦吟

难忘 1988：遏制上海甲肝大流行

口述：谢丽娟

采访：宓正明

【口述者档案】 | 谢丽娟

1936 年 3 月生，浙江湖州人。

1955 年至 1961 年就读于上海第二医学院医疗系。

1961 年至 1984 年历任上海市卢湾区中心医院住院医师、主治医师、副院长。

1981 年加入九三学社。曾任九三学社上海市委主委、九三学社中央副主席、全国政协委员、常委。

1984 年至 1985 年任卢湾区副区长。

1985 年至 1996 年任上海市人民政府副市长。

1996 年至 2008 年 1 月任上海市政协副主席。

现任上海市红十字会会长、上海市教育发展基金会理事长、全国妇联副主席。

【谢丽娟寄语】

最近几年来,社会上医患关系紧张。回顾历史,每当医务界动员起来对付灾难性的疫情,譬如甲肝暴发、"非典"袭来、禽流感流行,以及地震救灾防疫之时,医护人员在社会上的形象都非常好,"白衣天使"的称呼又回来了。那么平时医患矛盾为何如此突出? 我认为不能仅仅从医护人员身上找问题,也不能单从患者一方找问题。这些矛盾若要从根本上得以解决,应当从整个医院给养的体制上去考虑。如果公立医院真正地姓"公",那么医护人员的形象是会有很大改善的。

另外,为什么"非典"会来?为什么禽流感会来?原因还在于平时的卫生防疫工作没有到位。尽管改革开放30年来有进步,但是无论是食品卫生,还是环境卫生仍有不少薄弱之处。"以人为本"还是"以利为本",尚缺少有力的法制管理;"预防为主"的理念尚未扎根于实践。如果我们回顾受挫的史实,能够推进今天预防措施的完善,并能触类旁通,那么这受挫的史实便可成为巨大的财富。

1988 年初春，在上海市民的心头留下了难以磨灭的记忆。一场突如其来的甲肝[1]大流行，打乱了上海这座大都市的正常生活。空前拥挤的医院门诊，摆满病床的工厂仓库，甚至是旅馆和学校教室，还有街头关于疫情蔓延的传闻和流言……这场疫病流行，整整持续了 2 个月，甲肝感染者超过 35 万人，死亡 31 人。一时间，分管卫生工作的上海市副市长谢丽娟站在了风口浪尖上……

祸 起 毛 蚶

时至今天，很多人还都以为那次甲肝是在 1988 年 1 月突然暴发的，但谢丽娟回忆说，实际上在此前的一场痢疾[2]流行时，甲肝就已经潜伏。

当时，一开始出现的并非甲肝，而是一场痢疾流行，这场痢疾流行于 1987 年年底。那时，当我和市卫生局局长王道民得知本市因腹泻而急诊的特别多，立即走访了好几家医院。上海的医院有一个比较好的制度：凡是患有腹泻的病人看病时都要被查问并登记其可疑的饮食史及有无同时发病。我们从登记本上发现，绝大多数病人都吃过毛蚶。因此，从流行病学的角度我们基本确认，是受到污染的毛蚶引起了痢疾流行，之后对病人粪便的细菌培养得到的结果进一步证实了这个判断。

痢疾是通过粪便传染的，这就表明人们食用的毛蚶受到了粪便的污染，由毛蚶传播了菌痢。那么这些毛蚶是否也传播甲肝呢？因为邻近上海的江苏启东是甲肝高发区，在 1983 年，上海市居民曾有 4 万余人在食用毛蚶后患上

[1]甲肝：全称甲型病毒性肝炎，即由甲型肝炎病毒引起的传染病。大多经胃肠道，也可经血液途径（如通过注射或输血）传染。有厌食、恶心、乏力、发热、肝大、肝区疼痛和压痛、肝功能检查异常等表现。多数病人有黄疸。预防方法有隔离病人，严格消毒病人的食具、便盆、粪便，饭前便后洗手等措施。相较于其他肝炎，甲肝一般为自愈性疾病，极少数病例症状重，经过积极治疗能痊愈。

[2]痢疾：急性肠道传染病之一。痢疾种类较多，其中细菌性痢疾是一种常见病，夏、秋季发病率高，小儿发病率较成人高。一般表现为腹痛、腹泻，严重的排脓血便，甚至伴有全身中毒等症状。

甲肝。此后,政府职能部门下禁令不准启东毛蚶入市。而1987年年底,因启东毛蚶大丰收,大量进入上海菜场,市水产局、食监所等都未能挡住。事后有专业队伍提供信息说启东近海水域毛蚶积淀达到一米之厚,而那里却长期受到粪便污染。[3]

现在很多上海人一定还记得当年是怎样吃毛蚶的。用开水把毛蚶泡一下,然后用硬币把壳撬开,在半生不熟的毛蚶肉上加点调料就可以吃了。这被许多上海人视作美食。这种生食毛蚶的方法,就让毛蚶腮上所吸附的大量细菌和甲肝病毒轻而易举地经口腔侵入消化道及肝脏,导致疾病。

菌痢的潜伏期短,可以在24小时内发病。甲肝的潜伏期则是两周或至一个半月。因此,由受污染毛蚶导致的菌痢流行后,就要警惕有甲肝的流行。我和王道民意识到痢疾的流行,也许是甲肝流行的先兆,上海很可能会在两周以后出现甲肝流行。而对于食源型甲肝流行,我是有经验的。在1983年初,共有4万人患上甲肝。当时我在医院工作,一时间病人来得很集中,对于因床位不够,急于增设病房、扩充床位等印象很深。当时的病人多数也是食用了毛蚶,属食源型甲肝暴发流行。

有这点意识之后,在1987年末菌痢流行之初,我们立即做了两件事:一是把毛蚶送检,检测其是否携带甲肝病毒;二是通知各家医院把床位逐步腾出来,做好收住甲肝病人的准备。之所以立即做毛蚶甲肝病毒检验是因为有前车之鉴。1983年甲肝暴发流行时,医卫界人士以及卫生部领导普遍认为这与毛蚶有关,但因为当时没有检验毛蚶,商业部门不认同甲肝暴发与毛蚶有关。所以这次我们第一时间就把毛蚶拿去进行病毒检测。果然不出所料,送检一个月之后,毛蚶病毒检验报告出来了:有甲肝病毒颗粒。

[3] 毛蚶,是一种生长在河口和海湾泥沙中的贝类生物,味道鲜美,但吸附力强。有实验表明,带壳毛蚶即使煮上45分钟,也不能完全杀灭所吸附的甲肝病毒。1987年前后,在上海5角钱就能买到一公斤新鲜毛蚶,可谓物美价廉。1988年以前,上海市场供应的毛蚶大都来自山东潍坊附近的海域。1987年10月,江苏启东等地发现了拥有巨大储藏量的毛蚶带。大量船只前去采集。启东毛蚶很快占领了上海市场。

这证实了确实是由毛蚶传播甲肝的判断。

对于 1988 年的甲肝流行，我们可说是做到了"未雨绸缪"——既有思想准备，也有物质准备。但是我们还是没能料到，这次甲肝流行来势会那么猛，影响会那么大。

甲 肝 暴 发

正当谢丽娟和王道民着手准备应对可能发生的甲肝疫情时，他们的担心变成了现实。疫情的严重性超出了他们的预料。很快，上海所有医院的床位不够用了。

1988 年 1 月中旬，上海出现了甲肝病人。之后，患者人数急剧攀升，开始每天约为一两百例病人，接着三四百例，后来是每天一两千例。我们虽然已有准备，但还是没想到疫情会如此严重。至 1 月底，每天新增的甲肝病人已上升到一万例左右。2 月 1 日那天病人数量更是惊人地超过了一万九千例。各家医院都有大量的病人涌进来，他们大多伴有身体发热、呕吐、乏力，少部分有脸色发黄等典型症状。很多人天没亮就来排队等待诊治。有的怕传染家人，医院没有空床位就自带折叠床、被褥，来到医院，要求立即住院。

上海各家医院，包括肝炎等传染病房，以及所有的内外科病房，当时总共也就5.5 万张病床，但甲肝病人数以万计，且发病十分集中，即使医院里任何病人都不收治，腾出所有床位，也无法解决甲肝病人的住院问题。[4] 于是我们要求沪上一些大中型企业腾出仓库，开办临时隔离病房，收住本企业的甲肝病人。另外，适逢中小学放寒假，有的区就把部分学校的教室办成病房。一些小旅馆也被要求空出客房接收病人。部分正在进行改建的房子，也暂时停止改建，用来接收病人。浦东乳山新村当时

1988 年《解放日报》关于毛蚶导致甲肝的相关报道

[4] 不少上海人对于当时医院的记忆，就是"满病房满走廊的人"。传染病医院连停车棚、浴室都睡满了病人；各医院门诊部前排起了长队，有的病人排到一半体力不支晕了过去。从 1988 年 1 月下旬患病人数统计，可以窥见当年甲肝疫情发展之迅速：1 月 18 日 43 人，1 月 19 日 134 人，1 月 21 日 380 人，1 月 22 日 808 人，1 月 23 日 1447 人，1 月 24 日 2230 人，1 月 27 日 5467 人，1 月 31 日 12399 人。

是个新建设的小区,大约有 20 幢多层房屋还没人入住,这些房屋就全部充当甲肝病人的临时病房。当时,我们召开了各区分管领导以及市卫生行政防疫部门的紧急会议,我在会上要求,要想尽一切办法接收病人。多一个病人留在医院外,就多了一个传染源。我记得,当时有一个口号叫做"全市动员起来打一场防治甲肝的人民战争"。这确实是建国以来上海全社会参与的一场防治传染病的"硬仗"。

当时部分人群显得特别紧张,如果听说某户人家出了甲肝病人,同一幢楼里的居民上下楼都不敢摸栏杆,有病人的家庭会很快被周围人"孤立"起来。所以病人一旦得病,就要为家人、为楼里的邻居考虑,千方百计地想住进医院。由于床位供不应求,甚至发生了不少病人和家属跑到病房抢床位的情况,引起了争执和吵闹,医院也不得不请来警察帮助维持秩序。

不仅医院,卫生行政部门更是承受了巨大的压力。市民的意见焦点都集中到了卫生系统。当时上海南市区(现已与黄浦区合并)的卫生局局长韩幼文是我二医大的同学。我记得她打电话给我,哽咽着说:"病人那么多,都要住院,我实在是没有办法了!"一位区卫生局局长在电话中哭诉她的无奈,可见当时所受的压力之大。

由于病人太多,医护人员严重不足,即使住进病房的病人所受到的照顾也非常差,特别是那些收治在工厂仓库里的病人。那些临时病房原本没有条件收病人。我去那里察看,感到很心酸。有病人对我说:"我发烧 39 度多,可是没有人给我倒杯水!"我能怎么办呢?只能安慰这位病人,给他倒杯水。我能责怪医护人员吗?他们日以继夜超负荷地工作,早已疲惫不堪,确实难以应对所有的病人。病房的护理人员正常工作制是三班倒,但在那个非常时期只得打乱,大多数人早上 7 点上班,晚上 10 点以后才能走;下午 3 点来上班的,一直忙到第二天天亮都下不了班。让我感到一丝欣慰的是,尽管病人多,医护人员少,服务不能到位,但病人对医护人员还是理解和宽容的。当时总的社会舆论还是赞扬医护人员,称他们是白衣天使。

当时,很多人认为板蓝根可以治甲肝,因此都普遍给病人服用板蓝根。各地生产的板蓝根一下子都运到了上海。即便如此,还是供不应求。后来我想了个办法,把茵陈、甘草、大黄等中草药放在一口大锅里煮,到吃药的时候每人能分上一碗。说实话,每人喝的这碗药里究竟有多少药的剂量,我们并不去计算它。甲肝的治疗方法其实比较简单,没有特效药,就是让病人卧床休息,每天早中晚各吃几片维生素 B、维生素 C，每两周查一次血。但不给病人吃药不行，病人不理解没有特效药，所以，给他一碗清热去湿的汤药，告诉他这是治疗甲肝的药，他就安心了，这是一方"安慰剂"。甲肝是一种能自愈的疾病，绝大部分病人被隔离二十来天，就可出院在家休养了。因此，那次治疗甲肝所用的医药费是很少的。

甲肝流行后不久，出现了死亡病例。一时间，社会上流传着关于死亡数字的多个版本，造成了部分人群的恐慌心理。

这场甲肝暴发，共有 31 例病人死亡。死亡病例的出现，引起我们的高度重视。甲肝是一种自愈性疾病，患者可不用任何药品，只要休息好，保证一定的营养，注意卫生，一般一个半月或两三个月左右就能自己痊愈。我们对这些死亡病例作了调研分析，发现这 31 例死亡患者都有一些慢性病，如慢性支气管炎、肺气肿，有的原来就患有慢性乙型肝炎、肝硬化等等。从总体上看，全年 35 万甲肝病人中，仅 31 人死亡，这个死亡率还是很低的。

1988 年《解放日报》关于甲肝暴发的相关报道

小平同志以身示范

对甲肝的恐慌心理很快从上海蔓延到了兄弟省市。那段时间，外地人不愿来上海，上海人也不愿去外地，因为会破天荒地在外地受到种种"歧视"。然而，就在甲肝疫情的高发时期，邓小平同志和他的家人选择到上海来过春节。

现在医学知识的普及要比当年好多了。以前认为只要一接触甲肝病人，就会传染上甲肝，实际上并非如此。甲肝病毒的传播是由粪便经手的接触，再经口进入消化道。

当时大多数市民都不清楚传播途径,显得过于警惕了。当时,在公共食堂和公共汽车站很少看到拥挤的情景,人们排队打饭或上车时会主动保持一定的距离;在公交车上,甚至有些人还带着纸巾、纱布或手套,以免沾染扶手上可能带有的病毒;通常情况下,没人敢吸别人递过来的烟,向别人递烟也被视作是一种不识时务的举动;小区里晒被子杀菌的人家比比皆是;卖阳春面、豆浆、油条的小吃店则门可罗雀、生意萧条,更多的人选择在家做饭,尽量避免感染甲肝。

一时间,兄弟省市对上海人都比较忌讳,认为上海人就是肝炎的传播源。上海生产的食品被封存;上海运出的蔬菜被扣留;民航飞机上一些标有"上海生产"的食品,都会被乘客当作垃圾扔掉,避之惟恐不及。各处都不欢迎上海人,排斥上海人。上海人在外地住旅馆,迎接他们的往往是"客满";上海人出差在外,上馆子吃饭,服务员连连谢绝;上海人到北京开会,会场要给他们单独划定区域。工作人员看见上海人,就好像看见甲肝病毒似的。[5] 外出的遭遇令上海人很不高兴,于是就把"不高兴"的账算在了卫生部门头上。

就在上海被扣上"瘟疫"帽子的情况下,邓小平同志决定要来上海过春节。上海市委的领导很是担心,怕他来上海可能会染上肝炎。我做过医生,根据我的医学知识和临床经验,我认为,其实并不需要担心,预防人与人传染甲肝的卫生措施就是"饭前便后勤洗手"这么简单。

市委研究了这个问题,认为如果小平同志在这一非常情况下还来上海过节,我们要十分重视他的健康。其中提到的一点就是,以前每一次文艺演出结束之后,小平同志都要上台和演员们一一握手;这一次小平同志在看完文艺演出后,就请他不要上台和演员们接触了,演员们也不要

[5] 某著名作家对于那段上海成为"孤岛"的时期有这样的回忆:在北京,买一张去上海的车票向来不易,总要提前多日预定。但1988年3月上旬从京回沪的特快列车上,卧铺车厢却空荡荡的,中铺、上铺几乎全空,连下铺也有空位!买票时,有人还揶揄道:"现在只有勇士才敢去上海!"而上海人进京,住招待所时都被告知需要出示化验单,因为北京市统一规定,上海旅客一定要验血,确认没有患"甲肝",才可住宿。在外地,人们碰到上海人问的第一句话大多是:"上海'闹'得怎么样啦?"

到台下向小平同志问好。

　　就这样，小平同志知道上海在流行甲肝，但还是来到上海过春节，并在 2 月 18 日出席了上海各界春节联欢晚会，而领导和演员握手的程序确实是取消了。小平同志在 1988 年来上海过春节，虽然并不一定只为了在这个非常时期稳定人心，但在甲肝肆虐上海的时候，他作为党和国家主要领导人，带着家人、随员来上海过年，对上海的干部和群众起到了安抚的作用，对全国人民而言也是个很好的示范。

全 民 动 员

　　这场甲肝暴发，来得快，去得也算快。到 1988 年 3 月初，疫情基本上得到了控制。

　　甲肝大流行最终还是被控制住了。它之所以能够被控制，因为它不是由人作为传染源，而是由受污染食物作为传染源，即食源型的甲肝暴发。导致市民感染甲肝的是受甲肝病毒污染的毛蚶，因此，禁止人们食用毛蚶就能切断食源型甲肝的传播。这项阻断毛蚶传播的措施早在甲肝暴发前就已被果断采取了。

　　在我们发现 1987 年年底上海的菌痢流行是因食用毛蚶引起的时候，我和王道民局长就决定要禁运、禁售毛蚶，并把市场上所有的毛蚶作为垃圾填埋处理。这在当时是一件很棘手的事情，因为商家要拿毛蚶卖钱，我们却把它们当垃圾收缴处理！此项执法权除了卫生局以外还涉及工商、水产、财贸等多个部门。而分管这几个部门的是另外一位副市长。为此，我打电话向这位副市长陈述原由，在征得支持后，由市卫生、工商、环卫及公安局采取联合行动，把市面上的所有毛蚶，包括存货全部拿去销毁，并在市郊要道设卡禁止毛蚶进入。

1988 年《解放日报》关于甲肝流行后期的报道

据统计，当时吃过毛蚶的上海市民，约有230万人；在35万甲肝患者中，有85%的人生吃毛蚶。如果当初不把这些毛蚶销毁的话，发病人数绝对不只是35万，后果将不堪设想。

甲肝暴发后，绝大部分病人在医院和临时病房里被隔离了，但也有一部分患者留在家里。当时上海的防疫工作还是有序的，如果接到报告某户人家有肝炎病人，防疫部门马上就派人上门，免费送上漂白粉，指导他对粪便等消毒处理。因此针对由于粪便污染导致人与人之间的直接传播，只要吃东西前洗干净手，一般而言，被传染的危险性就不大。如果病人在便后洗过手，你和他握手，也不会感染甲肝。就像我，本身是医务人员，曾经有相当长一段时间在传染病房里工作，每天要向很多传染病人询问病情，给他们做体检后，双手经过消毒液、肥皂，再加流水清洗后就没事了。

甲肝病人在潜伏期以及出现黄疸的一周里，其粪便中会含有病毒颗粒，以后就不容易再找到病毒颗粒，病人本身就不是一个传染源了。那时，若楼内有病人，在他有传染可能的那一段时间里，他会自觉不去用公用水龙头。市民的防备意识也很强，有的住户为了避免受水龙头污染，就在龙头的开关上绕一根木棍，使用时用手背敲一下木棍打开龙头，反方向再敲一下，龙头就关了。

由于毛蚶的禁售，以及用公筷、勤洗手等卫生习惯的形成，在2月1日疫情达到最高峰后，甲肝感染者人数开始逐渐下降。到3月上旬，发病数已接近常年的水

1988年2月《解放日报》关于甲肝流行末期各中小学如期开学的报道，右下方照片的说明文字为："四川北路第一小学校长对送孩子们上学的家长宣传了学校卫生防疫教育、消毒等预防措施，请家长放心。"

平，此时，这场突如其来的甲肝暴发流行可谓告终。

重 重 压 力

1988 年春天的这场甲肝疫情来势凶猛，34 万上海人感染了甲肝(包括农村的统计是 35 万人)。市民的恐慌心态和来自方方面面的不理解乃至质疑，让谢丽娟和她的同事们承受了巨大的压力。

当时，不但疫情严重，社会的恐慌心理也随之造成了双重压力。但平息市民的恐慌，并非说几句话就能行得通，还要让他们感到疫情是能得到控制的。我作为分管卫生的副市长，责无旁贷。那时有很多收住病人的临时场所，条件很差，医护人员异常紧缺。我们在检查工作时对医护人员说："现在没办法，只能加班加点，辛苦你们了。"那时不像现在可以组织志愿者，尤其是有传染性的工作，只能依靠原有的医护人员。对他们的辛劳，我一直怀有歉疚和感激之情。有些事情我现在想起来还是那样的刻骨铭心。当时我的态度比较强硬，要求也比较严格。我说话经常是这样的口吻："你现在还有多少病人留在外面?"、"你必须在两三天以内解决问题，一定要想办法解决!"商量的语气少，指令性的语气多，那是因为任务实在太紧了。那段时间，我还经常耳鸣，要求别人说话响一点。胡正昌副秘书长说："是你的耳朵不好，你太累了。"

在毛蚶是否携带甲肝病毒的检测报告出来之前，对于甲肝传播的原因是有一些争论的。当时有人说，这些毛蚶是用装粪便的船从江苏运过来的，所以是由船上残留的粪便污染了毛蚶，应该是环卫部门的责任。还有的说，吃毛蚶的并不都生病，甲肝流行是肝炎病人的人际传播引起的。商业部门里有人说，毛蚶价廉物美，既改善了市场的副食品供应，每年又有 100 万元的产值，不能轻易禁止。对此我们不予争论，待看检测结果。送检的样本，一份是市场上销售的毛蚶，另一份是到江苏启东近海中采集的毛蚶，检测报告中证实：均获甲肝病毒颗粒。于是争论平息了，既不是什么船的问题，也不是城市中肝炎病人传播的问题，由毛蚶传播的证据已经确凿。

除了疫情的压力外，还有社会舆论的压力。有人说，你这个管卫生的副市长没有管好食品卫生，卫生局的局长没有管好食品卫生，导致上海有这么一场甲肝暴发流行。指责来自人大代表、政协委员以及他们中的领导层,甚至当时有的医务人员也认为,我和卫生局局长王道民应该引咎辞职。但当时我和卫生局的同志们认为,我们是"消防队",未雨绸缪,是尽了大力的。在舆论的追究下,时任上海市市长的江泽民同志来到市政协做解释工作。他说:"这是一场病灾,上海有什么大事,要说责任,都是我这当市长的责任……"有了江市长这句话,舆论似乎平息了。不久,在市人大的一次会议中,有位市人大常委口气很严厉地当面质问我:"你是怎样对待甲肝问题的?你是怎么做的?"我就回顾性地陈述了甲肝暴发前的预见和准备工作等等。他听了,就没有继续发问和指责了。

那年,上海市政府在年底评选本年度工作做得最好的局长。在市长办公会议上,我提议表扬市卫生局局长王道民。我陈述了很多理由,着重讲清卫生局起到的"消防灭火"作用,特别是这次阻止了甲肝疫情在上海的继续扩散传播。我的提议得到了多位市领导的赞同,因此,王道民被列入1988年上海市政府的局长表扬名单。这实际上是由市政府为卫生系统"正了名"。

我印象比较深的还有这么一件事。1988年是政府换届年,3月份政府要换届。换届以前,人大代表可以对政府工作提出质询,并且提问会特别针对可能成为下一届副市长的候选人。当时市人大的领导通知我,说要开一个质询会。我说行,然后问,除了我以外还有谁出席这次质询会。他回答说主要是我。我说,这不行,食品卫生工作涉及方方面面,怎么能够只质询我一人呢?我认为与食品卫生有关的财贸、水产、工商部门的负责人和市里相应的分管领导都要来。第二天,人大领导告诉我质询会不开了。

在当时上海市的副市长中,谢丽娟的身份有点特殊。她作为民主党派九三学社成员,是"文革"后上海第一位,也是当时上海惟一一位党外副市长。能否打赢防治甲肝这一仗,已不只是关系到她个人的进退荣辱。

当时我所承受的社会压力确实比较大,因为当时上海市的副市长,除我之外都是中共党员。甲肝防治工作完成得好不好,不仅影响我个人、我所在的党派,更会影响中共。中共推荐一位民主党派人士来当副市长,做得好,是中共的成绩;做得不好,别人也会说中共没选好人,中共也要负责任。我不能辜负中共的信任。上海八个民主党派以及非党知识分子领域对此事都非常关切，各党派都在关心谢丽娟尽责了没有，会不会"出事"。那段时间我接到很多人的电话，我都很简单地回答他们："在没有发生甲肝流行之前，我们已经预料并作了各种准备。"这个回答使那些为我担忧的人得以宽慰。

在这场防治甲肝的大战役中，市政府自始至终信任我、支持我。当时，江泽民市长对甲肝疫情非常关切。他在北京开会的几天中，每天来电话询问甲肝疫情，我就在电话里向他汇报当天发病情况。有一次，他在电话里问我："对尽快控制疫情，还应该怎么做，你有什么想法？"我说，得开一个全市党政干部动员会。江市长一回到上海马上就筹备这个会。会上，由我报告本市甲肝暴发流行的严重情况，江市长则作了动员和部署。此后，全市的干部和群众都发动起来了，这对那场病灾的扑灭起到了至关重要的作用。

敲 响 警 钟

1988 年春天的甲肝疫情，在肆虐了两个多月后很快被平息，但其对于上海的影响却是深远的。这场防治甲肝的战斗，为上海防病工作敲响了警钟，也留下了丰富的防病应急经验。这些经验在上海日后防治"非典"和禽流感的工作中发挥了重要作用。

这场甲肝暴发流行给了我们沉重的教训，也让我们获得了很多宝贵的启示和经验，对于上海改善公共卫生条件、应对公共卫生突发事件、建立流行病预警机制、构建现代公共卫生安全体系等方面具有积极影响。例如食品卫生联席会议制度就是甲肝暴发后建立起来的。会议由分管卫生和财贸的两名副市长主持，有关部委办负责人参加，研究、决定重大的食品卫生问题。区县政府也建立相应的联席会议制度。又如市食品卫生监督检查所、区县卫生防疫站先后建立食品卫生监督员巡回执法队，对重点行业、重点单位及重点品种进行监督执法；此外还修订多个食品卫生管理规定，使食品卫生工作得到了有力加强。经过这次疫情，上海市民的卫生习惯有了很大改善。很多市民洗手非常勤快，养成了"饭前便后勤洗手"的习惯。饭店里面使用公筷的做法也在那时得到推广。

从整体而言，甲肝的暴发，给上海的公共卫生体系敲响了警钟，也可以说，全体上海人民经受了一次考验和锻炼。在 2003 年非典型性肺炎（SARS）袭来时，医护人员重视消毒隔离，上海市民重视预防，使"非典"的传播局限在一个很小的范围内。[6]"非典"之后的禽流感疫情也是如此，大家都能应付裕如。因此，在经受了一次大锻炼、大考验之后，认真建立并完善一些制度，是可以避免重蹈覆辙的。

从20年后的今天来看，当年上海防治甲肝疫情的工作并非没有遗憾。比如，当时的公共卫生信息发布机制很不健全（封闭的结果是得不到卫生部的指导，得不到世界卫生组织的支持和理解）。在很长一段时间里，我国对传染病的发病数是严格保密的，卫生部门统计的发病人数，只能是内部小范围传达，从来不在报纸上公布。当时，上海的甲肝暴发引起了世界卫生组织的注意，世界卫生组织就向我国卫生部了解疫情，卫生部来问上海，但上海对这方面的情况是封锁的。后来卫生部长陈敏章说，世界卫生组织已经催促几次了，你们一定要报告疫情。我很为难，不上报是不尊重卫生部长，而市府按早先的规定不能公开疫情。这种做法与后来"非典"、禽流感疫情传播时"一日一公布"的做法大相径庭。这是社会开放进步的体现，也可以说是改革开放的重要成果。

【采访手记】

采访谢丽娟真不易，尽管已从市政府、市政协的领导岗位上退下来，她的工作仍然繁忙。5月下旬，虽然年届古稀，她依然风尘仆仆地赶赴四川赈灾。6月初，我们终于如愿以偿地采访了她。

与谢丽娟长达三小时的访谈，展示了当年甲肝之疫突袭申城令人震撼的一幕幕。被誉为"平民市长"的谢丽娟，如此重视"未病之病"、"欲病之病"，对撑起护卫人民健康的保护伞是那样的刻骨铭心。时至今日，她对本市公共卫生服务

[6]据世界卫生组织统计数字，截至2003年8月7日，是年春夏之交的非典型性肺炎暴发流行，涉及32个国家和地区，全球累计非典病例共8422例。其中，中国是重灾区。截至2003年6月底，中国大陆总计出现5326例"非典"患者或疑似患者，其中347人死亡。中国香港1755例，死亡300人；中国台湾665例，死亡180人。而在这次"非典"疫情中，上海这座人口众多的国际大都市只出现了8例"非典"患者（其中2例死亡），并且创造了未发现一例原发型非典病例、总发病数始终维持在个位数、一线医务人员"零感染"、2.9万多家外资企业无一撤离的奇迹。是年4月21日，世界卫生组织官员在对上海进行为期5天的突击检查后发出感叹："上海得益于一个良好的公共卫生体系。"

体系的发展,对健全疾病防控的服务网络的日臻成熟,对突发公共卫生事件应急处置能力的提高自然是乐见其成。

值得一提的是,医改虽然解决了医疗资源捉襟见肘的严重问题,但是也带来了医疗公益性质淡化等副作用。对此,曾作为一名医生的谢丽娟,在言谈中也难免流露出一丝忧虑之情。

(宓正明)

采写助理:杨琰 杨聪玲

"皇甫平"文章惊天下

口述：周瑞金

采访：施宣圆

【口述者档案】 周瑞金

1939 年 10 月生于浙江省平阳县。

1962 年于复旦大学新闻系毕业。

1962 年至 1988 年历任解放日报记者、评论部主任、副总编辑等职。

1989 年至 1993 年任解放日报党委书记、副总编辑。

1993 年调任人民日报副总编辑，兼该报华东分社总编辑。

【周瑞金寄语】

17年前，我们发表"皇甫平"系列文章，是为了能够走一条市场经济的发展道路。当初以为只要走上市场经济的道路，问题就解决了。但是，经过这十几年市场经济体制改革探索以后，我们发现市场经济发展还是有两条道路：一条是法治下的市场经济，那是比较健全的；还有一条是权贵市场经济道路。这两年，一些经济学家在呼吁我们要走完善法治的市场经济道路，防止走向权贵市场经济道路上去。我觉得我们今天面临的任务，是要继续推进改革、深化改革，建立健全的、法治的社会主义市场经济体系。

当今的中国面临大机遇和大挑战并存的局面。今年我们面临着大灾大难，但也预示着我们会有一个大发展、大繁荣的机会。我们应该有这样的信心。回顾30年改革开放走过的道路，我觉得中国人民和中国政府、中国执政党都已经尽力了。今后无论遇到多少的困难，多少的挫折，我们都要坚定信心，改革开放不动摇，实现社会和谐、科学发展，夺取全面建设小康社会的新胜利。

【事件回放】　　回顾我国改革开放 30 年的历程,并非一帆风顺。人们不会忘记 1991 年羊年来临之时,中共上海市委机关报《解放日报》发表了四篇署名"皇甫平"的评论文章,掀起了一场所谓"姓社与姓资"的争论。这四篇文章影响之大,不亚于当年拨乱反正时的"真理标准讨论",这是中国"文革"以后第二次思想解放运动的先声。"皇甫平"的名字也为世人所瞩目。周瑞金时任《解放日报》党委书记兼副总编辑,是"皇甫平"文章的主要策划者和执笔者。一时间,他站到了一场思想大交锋的风口浪尖上。

没有"背景"的背景

今天翻看"皇甫平"的四篇文章,篇篇言之凿凿。而文章在当时之所以备受争议,是因为其出现的背景是 20 世纪的 90 年代,正值东欧剧变,整个世界处于社会主义与资本主义意识形态激烈交锋之时。所谓的"没有背景",则是如周瑞金所言,这四篇文章并非如当时许多媒体猜测的有领导在幕后撑腰。

这是 17 年前的事情了。由于当时经济进行调整,加之国外一些国家对中国施加经济制裁,所以从 1989 年开始到 1991 年,这三年我国经济的增长率连续下降,1990 年只有 3.5%,应该说是改革开放以来增长率最低的一年。从政治上来讲,1989 年春天发生的政治风波的阴影还没有在大家心里消失。1990 年又发生了东欧社会主义国家的剧变。先是德国推倒了"柏林墙",两德统一了。接着是波兰老总统雅鲁泽尔斯基向一个民选的总统瓦文萨交出了权力。后来匈牙利、捷克斯洛伐克、保加利亚等国家纷纷改变了颜色。这一年年底,齐奥塞斯库一夜之间被枪杀,罗马尼亚的共产党政权也垮台了。1991 年苏联作为世界上第一个社会主义国家也发生了突变,随着苏联共产党被解散,苏联解体了。

面对接连不断的国内国际政治风波,我们国内是一片反对和平演变的声音,而且到处都在清查资产阶级自由化。一些理论家也在主流媒体上发表文章重新提出阶级斗争的问题,他们分析东欧和苏联的变化,认为是改革引起的,是改革引进了资本主义,导致了社会主义走向衰亡。再联系当时国内的实际,有些人就对改革开放提出"姓社姓资"的质问,提出两种改革开放观。这一质问投向了改革开放各个具体的举措。比如,认为办三资企业是和平演变的根源;和平演变的主要危险是来自经济领域;把搞股份制的改革试点说成是私有化的潜行;在农村搞家庭联产承包责任制,在企业推行承包制,都是瓦解公有制经济;引进外资被说成是当国外资产阶级的附庸。如此等等,不一而足。

因此,当时有人公然提出在以经济建设为中心之外还要确定一个政治中心。那个政治中心就是反对和平演变。他们就是要把一个中心变为两个中心,并且强调反对和平演变。改革开放的声音沉寂了。本来的两个基本点中的改革开放也不讲了,变成只讲坚持四项基本原则一个基本点。所以,在1989年、1990年这两年,国际政治格局发生的巨大变化,国内思想也难免混乱。当时的中国实质上面临着一个重要的历史关头——是坚持"一个中心、两个基本点",坚持党的基本路线,继续推进改革开放和社会主义现代化建设,还是重提阶级斗争走回头路?

我走上解放日报社领导岗位是在1989年1月份,正逢那段微妙时期。我担任党委书记兼副总编辑,按照党委领导体制,是报社的主要领导。除了分管党的工作,经营管理社务以外,我还分管报纸评论、理论、经济宣传报道。在这个历史关头,我的脑海里出现了我们党在"八大"以后形势变化的情况。1956年党召开了"八大",会上分析当时的形势还是比较正确的。提出社会的主要矛盾是人民群众不断增长的物质文化需求同落后的社会生产之间的矛盾。因此提出要加强经济建设,要推进技术革命,所以"八大"的路线是正确的。但是在"八大"闭幕以后,波兰发生了波兹南工人罢工事件[1],紧接

[1] 1956年波兰波兹南发生工人罢工、动乱事件。事件的起因是波兰共产党政府因政策失误,导致经济发展不良,人民生活水平下降,引发严重社会不满。整个事件造成50余人死亡,200余人受伤。

着又发生了令人触目惊心的匈牙利事件[2]。国际形势的急剧变化,使得当时的党中央对国内形势的看法也发生了变化,认为中国社会的主要矛盾仍然是两个阶级、两条道路的矛盾,所以就提出阶级斗争,并且突出了阶级斗争。党的整风运动变成了反"右派"斗争,五十多万知识分子和民主党派成员被打成了"右派"。这个历史教训是非常深刻的。之后,提出"以阶级斗争为纲",提出"在无产阶级专政下继续革命"的理论,一直到"文化大革命",造成了整个国家的一场大浩劫。经济上到了崩溃的边缘,政治上冤案遍及域中。那是难以磨灭的惨痛记忆!

进入 1990 年, 我感到我们所面临的形势和 1956 年"八大"以后所面临的形势有相似之处。1990 年前后,我国的改革开放已经进行了 10 年多,取得了很大成绩,但由于当时国际形势的变化,有人又重提"以阶级斗争为纲",对那 10 年多的改革开放成果却很少提了。不但少提,有人还对改革开放进行"姓社姓资"的诘难。我觉得这样很可能会走回头路,丢掉党的基本路线。作为在上海市委机关报《解放日报》工作的一个领导,当时我是十分忧虑的。

文 章 出 炉

十三届七中全会之后,也就是在辛未年春节前,邓小平来到上海视察,并就改革开放问题作了诸多重要指示。按照《解放日报》的惯例,每年农历大年初一,周瑞金在《新世说》栏目都要发表一篇小言论贺新春。此时的他感到仅仅一篇小言论不足以宣传邓小平在上海视察的讲话精神。尔后的四篇文章掷地有声,人们或贬或褒,可谓一石激起千层浪。

正在这个历史关头, 我听到了邓小平同志两个讲话的传达,精神为之振奋。一个是 1990 年 12 月下旬在召开党

[2] 1956 年,苏共"二十大"全面否定斯大林后,匈牙利政局发生动荡。是年 10 月 22 日,由学者、作家、新闻工作者组成的政治沙龙裴多菲俱乐部向劳动人民党中央提出实行工人自治、将总书记拉科西开除出党、由纳吉出任总理等十点要求。次日,布达佩斯的群众举行集会游行,要求改组政府。当晚,发生流血事件。11 月 4 日,在苏军第二次进入布达佩斯后,纳吉政府主要成员及部分冲突参与者被捕,事态遂平息。

的十三届七中全会的前夕，邓小平找中央领导谈话。在这个谈话中，邓小平同志特别强调要抓住时机，把经济搞上去。他认为改革开放还要继续推进，只有推进了改革开放，我们抵御和平演变的能力才会加强。而当时有人却认为改革开放容易给西方和平演变势力钻到空子，对我们实施和平演变。邓小平同志针对这个情况提出我们改革开放越深入，抵制这种所谓和平演变的能力就越强。他提出不要把市场和计划当作区分两种社会制度的标志，社会主义也要搞市场经济。这是在 1990 年 12 月底，邓小平同志的一次讲话。

一个月后，也就是 1991 年 1 月下旬到 2 月中旬，这一段时间邓小平同志又到上海来过春节。邓小平同志从 1988 年开始就到上海来过春节，1991 年是他在上海过的第四个春节。这一次和前三次不同，他不是在西郊宾馆和家人一起过春节，而是不断地去视察企业、参观工厂、听取汇报，特别是在新锦江旋转餐厅听取市委领导关于开发开放浦东的汇报。众所周知，开发开放浦东是邓小平同志提议的，1990 年 4 月 18 日正式成为国务院批准的一个项目。在当时的形势下，邓小平同志考虑到要推动改革开放，只靠原来的"四个经济特区"不够了。他看中了上海，提出开发开放浦东，要搞一个高起点、高水平的改革开放试验区，以此来推动全国的改革开放。1991 年春节小平同志到上海就非常关注浦东的开发开放，他在听取汇报中发表了一系列重要的讲话。我当时看到材料，就感到邓小平同志在做改革开放的总动员时是极为动情的。他讲道：改革开放要讲几十年，我一个人讲还不够，全党都要讲，要讲几十年。现在不同意见总是存在，有的人无非害怕出问题。他认为在"八九风波"中，学生提了各种各样的口号，但是没有一条口号是反对改革开放的，这就说明改革开放是完全符合人心的，所以一定要抓住改革开放。而且他提出不要一讲市场经济就认为是资本主义，一讲计划经济就认为是社会主义。社会主义也有市场，资本主义也有计划。市场和计划都只是一种经济手段。他还讲到开放的意识要更强一些，有的人不把外资企业当作民族企业，歧视他们，那是不对的。世界经济的发展都是相互融合、相互融通的。如果不搞市场，连一点信息都得不到，又怎么能够发展经济呢？

做改革开放的"带头羊"

皇甫平

1991 年 2 月 15 日发表于《解放日报》头版的"皇甫平"文章之一《做改革开放的"带头羊"》

邓小平同志这两次重要的讲话精神让我觉得这些话不完全是对上海讲的,他是对全国做了一个改革开放新的发动工作。我们《解放日报》每年在过春节的时候都要写一篇小评论来贺新春,谈谈当前的形势。1991年春节前夕,我感到只写一篇小评论不足以传播邓小平同志关于改革开放的新思想。因此,我就找了我们评论部的负责人和上海市委研究室的一位处

1991年3月2日发表于《解放日报》头版的"皇甫平"文章之二《改革开放要有新思路》

长,我们三个人在小年夜的时候一起研究写几篇评论,要把邓小平同志关于改革开放的最新思想传播出去。邓小平同志讲改革开放要讲几十年,全党都要讲,我想我们《解放日报》作为上海市委机关报,首先应该带头讲,这是义不容辞,责无旁贷的。于是我们立即赶写了一篇评论文章,在1991年2月15日,即辛未羊年大年初一那天发表,文章题目就叫《做改革开放的"带头羊"》。文章提出,1991年是历史发展的一个重要交替点。12年一个轮回,12年前的羊年是1979年,正是十一届三中全会以后开始改革开放的元年。通过回顾这12年以来发生的重大变化,我们感到只有改革开放才是强国富民的惟一道路。我们所说的有幸福的今天和更加幸福的明天都靠改革开放,这些话如今看来非常平常,但在那时却让人们眼前一亮。因为当时一片反对和平演变的声音,都在清查资产阶级自由化,已经有19个月没有这样谈80年代的改革开放了。所以,我们这篇评论一出炉,即刻就引起了大家的注意。评论里面提到"何以解忧,唯有改革","要把改革开放的旗帜举得更高","以改革开放贯穿全年,总揽全局",要把1991年当作"改革年",都是有针对性的。这些话都是直接引自时任上海市委书记兼市长朱镕基同志的原话。这就是我们第一篇署名"皇甫平"[3]的文章,

[3]"皇甫平"并非一个人,而是一个写作组的集体笔名。这个写作组包括三人,一为周瑞金;一为凌河,笔名"司马心"、"路人",当时任职于解放日报评论部;一为施芝鸿,当时任职于中共上海市委政策研究室。

放在头版显著位置发表。

过了二十几天，3月2日，我们发表了第二篇"皇甫平"的文章，就是《改革开放要有新思路》。这篇评论是我们四篇文章的重点。该篇传达了邓小平同志在1990年底和1991年初两次谈话的重要精神，即改革开放在90年代的新思路，就是要搞市场经济。文章强调计划和市场都是一种经济手段，而非区分两种社会制度的标志。当时批判资产阶级自由化的重点是批判两个化：一个是市场化，一个是私有化。我们这篇文章提倡市场经济，实际上是和批判市场化的文章完全对着干的。所以，反响很大，一些人有不同意见。但是，真正地引起对"皇甫平"公开批评，颇有些驳论意味的是第三篇文章，也就是3月22日发表的《扩大开放的意识要更强些》。这篇文章讲到了90年代要进一步扩大浦东的开发开放，应该引用一些类似"自由港"的特殊政策。比如，建立保税区、造就"社会主义香港"的尝试。对于这一类政策，我们要敢于冒险，做前人没有做过的事。如果我们仍然囿于"姓社还是姓资"的诘难，那我们就迈不开改革开放的步子，坐失良机。后来一些报刊把我们这一段话歪曲了，说我们主张对改革开放不要问"姓社姓资"。其实，我们提出的是对改革开放中采取的"自由港"这类政策，不要随意地进行"姓社姓资"的诘难，文章并不是说整个改革开放不要问"姓社姓资"。但对方自以为真理在握，把我们这段话无限上纲加以批判。

我们的第四篇文章，是4月12日发表的，标题为《改革开放需要大批德才兼备的干部》。那时上海

1991年3月22日发表于《解放日报》头版的"皇甫平"文章之三《扩大开放的意识要更强些》

扩大开放的意识要更强些

皇甫平

1991 年 4 月 12 日发表于《解放日报》头版的"皇甫平"文章之四《改革开放需要大批德才兼备的干部》

市委书记兼市长朱镕基同志在 1991 年 3 月的全国"两会"已经被选为国务院的副总理,上调中央工作了。我们就接过这个由头做文章,传达了江泽民同志在十三届七中全会讲话中讲到干部政策的一些精神。文章中引用了战国时期的思想家荀子的一段话。荀子在《大略》中说人才有四种,一是"口能言之,身能行之,国宝也",就是会讲话,又能够干事情,这样的人才是国宝。二是"口不能言,身能行之,国器也",即话不会讲,但是事情做得很好,这样的人才就像是一个器具。这好比茶杯是一个器具,它不会讲话,但它可以用来喝茶,很好用,这一类人才是国器。三是"口能言之,身不能行,国用也",所谓可用之才,他可以出点子、出主意,能够讲话,但是他不能够干实事,这种人也是国家的一种人才。只有第四种,"口言善,身行恶,国妖也",这一类人是国妖。所以治国者,应该"敬其宝,爱其器,任其用,除其妖"。荀子这段话是江泽民同志在一个报告里引用的,我们加以阐述,结合改革开放实践,强调改革开放需要大批勇于思索、勇于创新、勇于探索的闯将,要大胆地使用人民群众公认的、坚持改革开放路线的,而且做出政绩的干部。这一篇评论实际上是传达了邓小平同志关于干部的思想,也就是说改革开放需要大批德才兼备的人才,这样的干部政策应该成为一种共识。

从2月15日第一篇文章，到4月12日的第四篇，我们大致每隔20天新发一篇。短短的两个月内，接连发表的四篇署名"皇甫平"的文章，引起了社会各界的强烈反响。我们每一篇文章发表，几乎都有人打电话来询问"皇甫平"是谁，有什么背景。北京理论界、政界的许多人和一些读者对这几篇文章也非常关注，纷纷向《解放日报》驻北京办事处打听文章的背景。我在上海也接到很多外国驻中国媒体的问询。几乎是各大通讯社，包括美联社、法新社，特别当时的塔斯社（苏联还没有解体）、路透社，都提出要对我进行采访，想要和我聊聊"皇甫平"的文章。港台的诸多媒体也都报道了"皇甫平"的文章，猜测文章的背景。他们认为这些文章是有来头的，可能是邓小平的思想。海外的媒体可说是异常敏感，各种猜测不断。但是有些猜测比较离谱，比如说"皇甫平"文章反映了上海和北京领导的矛盾，这是乱猜，我们只能一笑了之。与质疑、批判、猜测同行的是国内许多读者表示赞成的呼声。他们认为文章"吹来了一股改革开放的春风"，"讲出了我们的心里话"。

遭 遇 围 攻

"皇甫平"文章发表后，得到许多读者的赞成和支持，同时引来了很多人的反对和攻击。最初提出反驳的是几个小刊物，如《当代思潮》、《真理的追求》、《高校理论战线》等。文章标题很醒目，如《改革开放可以不问姓"社"姓"资"吗?》、《重提"姓资"与"姓社"》、《问一问"姓资还是姓社"》等等，他们的观点和"皇甫平"文章针锋相对，批判调子很高，但基本上是过去大批判文章的翻版。令人奇怪的是，这些批判文章都没有点"皇甫平"的名，引用"皇甫平"文章的原话也没有注明出处。这实在是中国新闻史上的一件怪事。

那些批评我们的文章充满了火药味，无限上纲上线，指责我们"要把社会主义'改'成资本主义，还不许别人区分姓资姓社，我们能说改革过程中不存在阶级斗争吗?""不问姓社姓资，必然会把改革开放引向资本主义道路而断送社会主义事业。""所谓'改革不要问姓社姓资'，是精英们为了暗度陈仓而施放的烟雾弹。"如果单看那些批评文章，那么"皇甫平"文章真是罪莫大焉，又是"引向资本主义道路"、"断送社会主义事业"，又是"精英们施放的烟雾弹"。有的还说："主张改革开放不问姓社姓资的作者,你自己究竟是姓社还是姓资?"气势汹汹,几乎要把我们打成"走资派"。

其实,他们对"皇甫平"的文章也拿捏不定,就是确定也不确定。所谓确定,他们也知道"皇甫平"文章不可能是《解放日报》的意见,也绝不是《解放日报》几个作者的思想,肯定是有"来头"的。不确定的是他们不知如何看待这种"来头"。是否要针对这个"来头",他们把握不住。上海在全国地位不一样,他们不敢直接点上海的名,但是明眼人一看都知道他们批判的是上海"皇甫平"的文章。后来,他们又把矛头直接指向"经济实用主义"、"庸俗生产力论",这就不是批"皇甫平",而是把矛头直接指向邓小平的建设有中国特色社会主义理论。因为他们确定这些话肯定是来自邓小平同志。所以,他们当时批邓小平的理论,并不是不知道这些话是邓小平同志说的,而是以为邓小平同志退休了,现在到了主要是反对和平演变,而非讲改革开放的时候了。他们好像带有一种情绪,明知道"皇甫平"的文章不是一个报社的作者的观点,却和我们对着干。1991年本来想成为一个"改革年",结果成了改革的"交锋年"。这场交锋中,最先跳出来挑战的是《当代思潮》、《真理的追求》和《高校理论战线》几个小刊物,可后来,中央一些权威媒体也纷纷出来"表态",加入了围攻"皇甫平"的"大合唱"。

在1991年那一场思想交锋之中,中央主要媒体发表文章支持"皇甫平"的只有一家,就是新华社的《半月谈》。他们发表了一篇评论,是从农村的改革,家庭联产承包制的改革说起,谈到不要给这种改革随便扣上"姓社"或"姓资"的帽子。《半月谈》就是从这一点肯定了"皇甫平"的文章。有意思的是,北京的批判文章"很客气"没有点"皇甫平"的名,可是却以此点了他们的名。

面对来自四面八方的口诛笔伐、围攻鞭挞,"皇甫平"始终保持沉默,没有进行反击。

这么多批判压过来,我们的思想压力之大是肯定的,但是我们心里很踏实,因为"皇甫平"文章基本上是邓小平同志的思想。我在1991年4月份,大致是23日,向上海市委三位领导交了一份报告。报告详细阐述了动笔写"皇甫平"系列文章的缘由,文章发表以后在群众中的反应,包括北京理论界的反应,有正面、有负面,以及海外媒体、港台媒体种种报道,有的是在挑拨离间,有的是妄加猜测,等等。各种情况,我都向市委领导一一作了汇报。此外,我还解释了这四篇文章之所以不送审的原因,即根据规定,社论和重要的评论员文章才要送审,而"皇甫平"文章是署名的评论,而非《解放日报》评论员文章,因此无须事先送审。我还表示,我们的目的是要宣传邓小平同志的思想,为了不给市委添麻烦,我愿意承担一切后果。在市委领导的关心和保护下,我们坚持"不争论",保持沉默,不予理睬,不写文章反击。

我还给三位主要领导写了一封信。当时朱镕基同志已经调至北京,我的信给了吴邦国同志、黄菊同志和陈至立同志。对于这封信,他们都圈阅了,也没有批评我们文章有问题。同时,我还及时地把"皇甫平"文章的写作过程以及内容送给在"中办"工作的曾庆红同志,请他向江泽民总书记汇报。我也没有听到他们对"皇甫平"文章本身有什么意见。惟一的意见无非是有的领导提出以后这类文章要先送审。所以我当时心里还是较为笃定的,这几篇评论应该没有什么政治问题。那些批评我们的人,抓住"姓社姓资"的问题大做文章,实际上是改革开放以来"左"的思想的表现。所以,邓小平同志在后来南巡讲话中提到那些理论家、政治家,认为他们不是右而是"左"。他们认为引进外资就是引进资本主义,和平演变的主要危险来自经济领域,这些观点都属于"左"的观点。

这四篇文章发表后,不但"皇甫平"的背景让人纷纷猜疑,"皇甫平"这一名字也引起了不少人的好奇。

为什么我们要署名"皇甫平"呢?海外的媒体把"皇甫平"理解成"黄浦江评论"的谐音,黄浦江评论代表上海,故名"皇甫平"。他们能够这样理解也不错。但这个笔名其实还有更深层次的蕴意。我是浙江温州平阳人,说的是闽南话,"皇甫"中的"皇"在闽南话里和奉命的"奉"一个读音,所以这个"皇"字,就是奉命的意思。而"甫"并非读作"浦",理解为"黄浦江"似乎显得牵强了一些。我原来也并没有想到黄浦江。"甫"在闽南话里和辅佐的"辅"读音也相同。"皇甫"又是中国的一个复姓,这让人看来更为真实。"平"也并非是评论的"评",而是邓小平的"平"。当时我用这个署名,真正深层的意思是:奉人民之命,辅佐、宣传邓小平的改革开放新思想。这就是我们署名"皇甫平"的真实含义。

面对面的交锋

如果说多个媒体批判"皇甫平"文章，还只是不点名批评，还只是"隔空喊话"，那么周瑞金所面对的直接"打上门来"的质问和批判也可谓是接二连三。从其亲身经历的这些面对面的较量，我们可以窥得当年思想交锋的激烈。

我在北京理论界有一个朋友，他写了一篇文章，并通过《解放日报》的北京办事处转交给了我。他发话：只要《解放日报》登载他这篇文章，那就权当我们做了自我批评，北京也就不再发表批判"皇甫平"的文章了。文中有这么一段话："笔者完全不能理解，'不问姓社姓资'的口号，究竟符合党章的哪一条款呢？邓小平同志反复强调我们'干的社会主义，最终目的是实现共产主义'，这个共产党人的政治纲领，难道需要和可以改变吗？"我想，改革开放，是党的基本路线重要内容，本身就是党的纲领的一部分。我坚持改革开放，宣传改革开放，怎么会是违背党的纲领呢？我认为这一段话是文章的要害，他们否定"皇甫平"文章，是无限上纲。所以我向他提出只要这一段话删掉，就能见报。他当然不肯，后来这篇文章登到其他报刊上了。这还是属于"战场喊话"。

找上门来的也大有人在。当时北京某大报的一位社长来到上海，要找我谈话。我知道后，就向市委请示。市委领导马上和中央办公厅联系，了解到这位社长没有经过中央的批准，是自己来的。得知这是他私人的活动后，市委领导就让我随机应变地应付他。见面那天，那位社长摆出一付"官架子"，趾高气扬地来了。他责问我"皇甫平"的文章是谁授意写的，有什么背景。我说没有人授意，没有什么背景，是我自己决定发表的。我还告诉他，第三篇文章原来是本报一个理论作者写的，文章提到扩大开放的思想阻碍，我们是在他文稿的基础上重新改写的。听我这么一说，那位社长就提出让我即刻向中央写个报告，"澄清""皇甫平"文章撰写和发表的过程既没有什么背景，也没有什么来头，完全是我自己搞出来的。他说如此一来，他回北京可以做工作，以后不再批判我们了。我感到很可笑。堂堂大报的社长，难道不知道我们连续在头版显著位置发表四篇评论，会毫无根据吗？我能够随便按照个人的意见来写吗？那篇报告我没有写。

在这场从上到下的交锋中，还有个不得不提的插曲。1991年8月中旬，北京一大报发表评论员文章《筑起抵御和平演变的钢铁长城》。根据惯例，全国各大报基本上转载了这篇文章，惟独《解放日报》没有登。当时，上海市委有领导要求报社补登，周瑞金拒绝了。

大致是在8月中旬北京一大报刊登了一篇《筑起抵御和平演变的钢铁长城》本报评论员文章。我看了整篇文章之后，决定不登。我是有意不为的，因为这篇文章中提到的反和平演变与中央精神是不一致的。文章所说的反和平演变主要是意识形态领域，矛头指向知识分子，所以我决定不登。第二天市委召开中心组学习会议，一位领导同志提出《解放日报》应补登这篇评论，因为这篇评论员文章全国报纸都转载了，包括《文汇报》都登了。建议一提出就引起了大家的讨论。当时我发表看法说，我们现在不是不要反对和平演变，而是应该考虑如何反对。反对和平演变应主要在政治层面，在高级领导干部中，主要是在党内进行反和平演变教育。现在这篇文章提出要筑起思想钢铁长城，反对和平演变，这是针对意识形态领域的。我认为这不符合中央的精神。另外，筑起钢铁长城这个提法也不科学。如果市委认为需要《解放日报》发表一个反和平演变的文章，我们可以另外写。我还说，中央也没有规定此种评论员文章地方报纸一定要转载，何况《文汇报》已经转载了，也不能说我们上海的报纸都不登。经我这样一说，市委领导就统一思想不再要求我们补登，也无需再写了。

其实，那时该报批判"皇甫平"批得很凶，我们没有反击。而不转载他们的文章，则表明了我们的态度——对他们一味地强调反和平演变观点进行抵制。在市委中心组学习会上，也有一些老领导出来说话，比如有一位老领导说，反对和平演变是一个重大的政治问题，怎么能让报纸随便发表一篇评论员文章，来讲这么重大的问题呢？所以，1991年"交锋年"许多人都被卷进了这场思想交锋，包括一些老干部也都出来表态。

柳暗花明

在四篇"皇甫平"文章引发强烈争议后，周瑞金和他的同事们开始准备写第五篇文章。但就在此时，周瑞金的个人命运随着这场争论的走向，发生了一连串戏剧性的变化。

在看到四篇文章引起这么大的争议，社会观念非常混杂的情况下，我们三人开始酝酿写第五篇"皇甫平"文章。主要内容都构思好了，我们不作争论，而是正面阐述为什么改革开放是"姓社"不是"姓资"。我们想从社会主义制度建设的层面上来说明，今天的改革是体制改革，体制改革旨在完善体制，所以我们现在要借鉴资本主义好的一面，为社会主义所用，完善社会主义制度。因此，改革还是属于社会主义的，是有利于社会主义的。但当时上级催着我去香港《大公报》担任新职，所以只能将发表第五篇文章的事暂时搁下了。这篇文章在邓小平同志南巡讲话以后发表了。

不过，我最终还是没有去成香港。

1992 年春天，邓小平同志发表南巡讲话，围绕"皇甫平"文章的争论至此平息了。这一年评选 1991 年优秀新闻作品时，"皇甫平"这组系列评论文章获得了上海市好新闻一等奖和中国新闻优秀作品一等奖。这两个奖项都是高票通过的。一年的风波和风险因邓小平同志的南巡讲话，有了定论。1993 年 3 月，我被上调北京任人民日报社副总编辑。

"皇甫平"重出江湖

"皇甫平"的故事没有结束。2006 年 1 月，在那场思想大交锋过去 15 年之后，一篇署名"皇甫平"文章《改革不可动摇》又进入了人们视野，再次引起了关注。有人惊呼：皇甫平"重出江湖"。

17 年前用"皇甫平"作笔名写文章，是为了宣传邓小平同志关于改革开放的新思想。历史翻过了这一页，"皇甫平"的文章也过去了。但是，到了 2006 年，我们国家发生了改革开放以来的第三次大争论[4]。当时有一些人极力贬低

[4] 经济学家吴敬琏先生把 2004 年以来的争论称为中国改革的"第三次大争论"。此次大争论始于经济学者郎咸平对国企改革发出的四大质疑。之后的"郎顾之争"将争论推向高潮。有人更将其质疑扩大至整个改革开放。与 1979 年前后的第一次大争论和 1991 年前后的第二次大争论相比，第三次大争论的最大特征是众多普通民众借助网络的参与。

我们的市场化改革,说什么这几年改革搞错了,国有企业的改革造成了大量资产的流失,教育改革、医疗卫生改革、住房改革都失败了,贫富两极分化,贪污腐败现象蔓延,这都是市场化改革带来的后果。这种论调得到许多网民支持,影响很大,甚至连一些有影响的经济学家都被诬为"利益集团代言人"而不敢出来说话。在这个情况下,我出来应战了。

2006年1月,我写了一篇《改革不可动摇》的文章,最初是在东方网用我自己的名字发表。后来在《财经》杂志发表时,主编把我的署名改为"皇甫平",因为"皇甫平"的名气比较大。结果引起很大的反响。当然,这篇"皇甫平"文章不是我们当年三个人合作撰写的,是我一个人写的。

在篇首,我写道:"中国又走到了一个历史性拐点。在建设全面小康社会进程中,我们面临着国内矛盾凸显期与国外摩擦多发期的交织,社会上出现一股新的否定改革、反对改革的思潮。他们把改革过程中出现的一些新问题、新矛盾,上纲为崇奉西方新自由主义的恶果,加以批判和否定,似乎又面临一轮改革'姓社姓资'争论的轮回。我们应当从历史与现实、理论与实践的结合上来正确观察、分析当前的问题。"这时的新问题、新矛盾,包括三大差距,即地区差距、城乡差距和贫富差距在拉大,这是个社会问题;还有民生问题也突出了,比如住房贵、上学贵、看病贵、就业难等这些问题。还有一些问题如环境污染严重,官场腐败现象难以扼制。我认为,这些问题的存在并非说明市场化改革方向出了问题,相反,这说明改革并未彻底,改革过程中出现的问题只有靠深化改革才能解决。

我们的政治体制改革,特别是政府行政管理体制的改革没有跟上经济体制的改革,是滞后的。在社会主要矛盾的主要方面发生变化以后,政府的职能并没有紧跟着转变。我们整个社会的主要矛盾在改革初期是广大人民群众日益增长的物质文化需求同落后的社会生产之间的矛盾,这个主要矛盾要到21世纪的中叶,我们达到中等发达国家的水平以后,才会改变。而在这个过程中,主要矛盾的主要方面在改变。在20世纪八九十年代的改革中,这一主要矛盾的主要方面是解决私人品供应不足,也就是解决衣食住行等基本的温饱问题。衣食住行基本上属于私人品的范畴,相对而言,住是比较差的,行一般有一辆自行车、有公共汽车就解决问题了。这个主要矛盾的主要方面,应该说在八九十年代就解决了,达到了温饱的水平。而进入新世纪,达到了小康水平后,我认为这一主要矛盾的主要方面由私人品的供应转向了社会公共品的供应,社会行政部门应该保证社会公共品公平、有效的供应,包括上学、医疗,包括社会治安、司法公正、信息公开,还包括人民民主的权利,等等,这些都叫做社会公共品。另外,住和行,现今的要求也高了,住要求有既廉价,设施又较好的楼房;行要求有畅通的马路,要有轿车,要有停车场,等等。这都是社会公共品问题,是发展社会公共事业问题。我们却恰恰在转变过程中没有抓住这个主要矛盾的主要方面,把政府职能转变到公共服务性政府上来。我认为这不是市场化改革本身方向上的问题,而是我们政治体制改革没有跟上,所以,我提出对改革开放不能够动摇,重点应该改善我们的政府职能,要关心民生,关心社会事业的发展。我们的眼睛不能只盯着 GDP 的增长。现在,老百姓端起碗来吃肉,放下筷子骂娘。端起碗来吃肉说明个人温饱问题解决了,但是为什么还要放下筷子骂娘呢?骂的就是社会公共品提供不足、不公平。所以说进入新的世纪,我们的改革一定要深化,不能够动摇。我在文章最后提出"只有社会主义才能救中国,只有改革开放才能救社会主义"。

这篇"皇甫平"的文章当时引起很大的轰动。文章发表一个星期后,中央一位领导就到上海调查东方网发表这篇文章的背景。我专门写了一份材料,把我为什么要写《改革不可动摇》这篇文章的来龙去脉讲得清清楚楚。这位中央领导当场就肯定这篇文章是正确的。2006 年 3 月全国"两会"期间,胡锦涛总书记到上海代表处发表关于要毫不动摇地推进改革开放的讲话,第三次大争论遂告平息。

不是题外:三次"闯祸"

在新闻界,周瑞金并不仅仅因为"皇甫平"文章才被人们记住。他思想解放,敢为天下先,做了一系列新闻改革的尝试。尤其是 1986 年和 1988 年两次"闯祸"的风波更引起人们的注目。从这两场风波到"皇甫平"文章,周瑞金把这三件事,称为自己从事新闻工作几十年"闯"了三次"祸"。

第一次"闯祸"是"漫画风波",发生在 1986 年,那段时期新闻改革呼声较高。当时,《解放日报》的总编辑到外地开会。我作为副总编,主持编务。恰逢上海举行一个漫画展,美术部的负责人来同我商量说,他们打算出一期漫画专刊。我问他,这一届的上海漫画展览有什么特点?他说这次展览的亮点是出现了几幅领袖漫画,其中有

工作中的周瑞金

一幅画邓小平同志在打建设中国特色社会主义"桥牌",叫《中国牌》;还有一幅是画胡耀邦同志指挥大家唱现代化建设新歌,叫《唱新歌》。我说这个亮点好,要在漫画专刊反映出来。后来他按照我的意思,把这两幅漫画刊登了。这两幅漫画从漫画的技巧来看不怎么样,但是我认为很有创意,敢于用漫画的形式来表现领袖的风采,反映了改革年代的民主气氛,有利于推动政治生活民主化。在国外,通过漫画形式来刻画领袖是很正常的,但在我们国家好像要保持领袖的尊严,不能用漫画形式来表现。从这一角度来看,这不单纯是个漫画的问题。

《解放日报》漫画专刊刊登这两幅领袖漫画之后,在国内外引起了极大反响。海外报刊反应敏锐,转载并发表评论,说在中国党报刊登领袖漫画是中国新闻改革的成果,是政治改革的先导。法国电视二台还派记者两次专程来上海采访我,向我提出了一系列问题,关心地问我有没有遇到什么麻烦。电视采访在法国播放后影响也很大。国内两种不同意见也很激烈。有人说好,认为用漫画形式来表现领袖的风采,说明领袖和老百姓接近了,这是一种创新,是一个突破。但也有人批评,说这是丑化领袖。他们说"文化大革命"的时候有一个"百丑图",是丑化中央领导的,我们还记忆犹新。今天党报怎么能用漫画来画领袖呢?他们认为我们党报办报方向有问题,甚至还表示强烈抗议。

这两幅漫画在新闻界同行中也引起了震动,纷纷表示要转载我们这两幅漫画。不久,有些不同意见反映到中央,一直反映到党的总书记胡耀邦同志那里。胡耀邦同志就此写了一个批示,要求首都漫画界开一个会,研究一下应该如何对待领袖漫画。后来首都漫画界召开座谈会,许多漫画家在座谈会上,一方面肯定《解放日报》登这两幅漫画是具有创新精神的;另一方面又认为目前条件不成熟,因为在那一段时间,多家报纸发表了领袖漫画,如邓小平踢足球等,许多东西都画了,而且画技又不好,确实是有很多问题。他们没有批评《解放日报》发表领袖漫画,但同时又觉得目前全国暂时不要推广提倡领袖漫画,担心粗制滥造的作品出来有损领袖形象。后来胡耀邦同志还写了一大段批示,意思是说我们现在的漫画相当发达,画国家领导人,只是漫画中一个极小的部分。一个时期不发展,并不会阻碍漫画事业的继续升华。我们民族的心理承受能力总有个逐步转变的过程。因此,创作党和国家领导人的漫画,还是慎重对待为好。我们的漫画专刊惊动了中央,而最后的结果是中央没有批评《解放日报》,同时建议大家不要仿照《解放日报》去登领袖漫画。

第二次"闯祸",是 1988 年 11 月,我把老布什当选美国总统的新闻放在《解放日报》头版头条。对国际新闻的重视是《解放日报》的一个特色,国际新闻的评论又是《解放日报》的特长。我当时

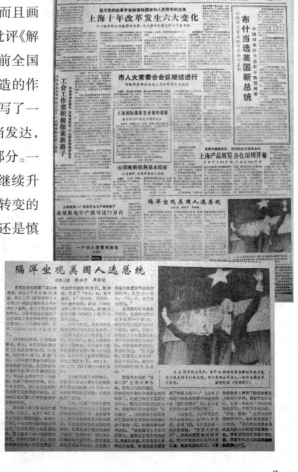

1988 年 11 月 10 日《解放日报》破天荒地将美国新总统当选新闻放在头版。

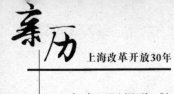

负责国际报道，《解放日报》已有几次将国际新闻作为头版头条，包括埃及总统萨达特被刺，我们也作了头条。而对于美国总统选举我们历来是不太突出的，最多的处理方式是在国际版划一个小边角刊登。但美国总统选举是影响整个国际政治、经济的大事情，我觉得报纸应该按照新闻规律来办，读者最关心、最重要的新闻就应该上头版头条。美国总统选举揭晓当然是重要新闻，应该放在头版头条。那年美国总统选举时，美国驻上海的领事馆组织了一批新闻记者到华亭宾馆通过卫星电视收看，我们也派记者去了。记者当场就写了一篇通讯《隔洋坐观美国人选总统》。那一天，老布什当选美国总统的新闻和照片，被放在了我们报纸的头版，记者采写的这篇通讯也一并刊登了出来。这一做法又引起了很大的反响。有人认为，《解放日报》是党委机关报，不应该这样突出美国总统，说这是政治倾向有问题。但多数人是赞成的。那一天很巧，市委组织部长赵启正和宣传部长陈至立到《解放日报》宣布任命我为报社党委书记、丁锡满为总编辑。当时我就拿了当天的报纸给他们看。我说你们看看有什么问题。他们都说"很好"，赞成我们这样做。我们几个就拿着这张报纸，还有报社的老领导一起照了相。后来赵启正同志很风趣地说，将来如果再抓"走资派"，这张照片就成"罪证"了。

一个刊登领袖漫画，一个美国总统选举揭晓上头版头条，这两件事是我们对新闻改革的突破。再一个就是"皇甫平"的系列文章了。我一生做了几十年新闻工作，就"闯"了这么三次"祸"。

周瑞金（左）与本次口述历史采访者施宣圆

【采访手记】

周瑞金是一个大忙人,约了几次,他都说有事,时间安排不过来。我与瑞金是校友,他比我年长,算是大师兄;说的同是闽南话,可算是半个老乡;又都是从事新闻工作,可算是同行。他在《解放日报》期间,思想解放,敢为天下先,政绩斐然,有口皆碑。尤其"皇甫平"文章一经问世,在上海乃至全国新闻界掀起了轩然大波。不过,他是幸运的,党和人民支持他,他不愧是改革开放的"带头羊"。这一回,我们终于"逮"住他,约定下午二时半采访他。他准时到达,说是上午在浦东有个会,他是从浦东赶来的。他一坐下来,喝一口茶,话匣子一打开,便滔滔不绝,连续讲了两个多小时。忧国忧民之情溢于言表。我知道,他从《人民日报》副总编退下来以后,回到上海,一直在为宣传邓小平的改革开放思想奔走呼号,每见改革开放中之"杂音",依旧心痒,不吐不快,拍案而起,奋起疾书。真是"皇甫平"宝刀不老,常有惊人之语!"革命尚未成功,同志仍须努力。"中国的改革开放任重而道远,但前途是光明的。周瑞金,这位改革开放的"带头羊","宁做痛苦的清醒者"!

(施宣圆)

采写助理:毕晓燕 皇甫秋实

上海纺织业的"凤凰涅槃"

口述：朱匡宇

采访：马长林

【口述者档案】朱匡宇

1948 年 8 月出生。

1968 年至 1985 年任上海第二纺织机械厂工人、技术员、厂长办公室副主任、经营计划科副科长、副厂长、厂长。

1985 年至 1995 年任上海纺织工业局党委书记助理、副书记、书记。

1995 年至 2004 年任上海纺织控股(集团)公司董事长、党委书记。

2004 年至 2007 年 8 月任上海市委宣传部副部长、市精神文明办公室主任。

2007 年至今任上海市第十三届人大常委、市人大财经委员会副主任。

【朱匡宇寄语】

　　上海纺织能从这场前所未有的大调整中"凤凰涅槃"，离不开一种精神力量，我概括为"六股气"。一是充满激情的锐气。一个人的激情，不是一种生理，而是一种心理，想要干大事，干成事，一定要把激情留住。二是不屈不挠的勇气。面对挫折不因困难而退却，不因痛苦而放弃。三是厚积薄发的底气。要学习，要用厚实的知识功底领人之思、聚人之智。四是破解难题的才气。要用智商和情商去破解难题，靠真才实学聚一方人心、兴一方事业、保一方平安、建一方文明。五是自强不息的志气。任你东西南北风，认准调整的一条路走下去。六是厚德载物的大气。要有全局视野，能笑对酸、甜、苦、辣、涩，对事业不停不息不怠、不愁不悔不变。

　　这"六股气"在不同的岗位上支撑着我，成为我的精神支柱。

【事件回放】 建国以来一直作为上海工业支柱产业的纺织业,有过令人炫目的辉煌。然而,在改革开放的大潮来临之际,这个上海工业的"老大哥"陷入了极大的困境,亏损企业增多,行业利润下滑。惟有进行彻底的改革和转型,才能重获生机。这是一场关系到上海产业结构调整能否顺利进行的前哨战,是一场前所未有的、涉及几十万纺织工人命运的攻坚战,是一场考验主政者勇气、智慧和魄力的战役。历史的重任落在了一批从普通工人走上领导岗位的干部身上。在纺织行业干了36年、以主要领导身份参与上海纺织业改革全过程的朱匡宇,对于这段可视为上海工业改革缩影的历史,有着独特的感受。

纺织结缘:我的机遇

从1968年进纺织机械厂当工人,到2004年从上海纺织控股(集团)公司党委书记、董事长岗位调任他职,朱匡宇最宝贵的36年岁月都是在上海纺织系统度过的。

我1967年高中毕业,1968年11月进了上海第二纺织机械厂(简称二纺机),一个县团级的大厂。一开始我是在一个准备车间当"打铁"工人;1974年读了二纺机的"七二一"大学,毕业后从工人岗位转到技术岗位,到原来所在车间当技术员。1979年调到厂长办公室当副主任,这时候我发现,原来学的纺织机械方面的专业技术已经不够用了,现在需要管理方面的知识。正好1980年时高考已经恢复,我又去考了上海财经大学的夜大学。而当年提出干部年轻化、知识化、专业化[1]的要求使得二纺机的"老三届"年轻

[1] 针对"文革"后干部队伍年龄老化,知识、专业结构不能适应现代化建设需要的情况,1980年12月25日,邓小平在中央工作会议上发表讲话指出:"要在坚持社会主义道路的前提下,使我们的干部队伍年轻化、知识化、专业化,并且要逐步制定完善的干部制度来加以保证。"此后,"革命化、年轻化、知识化、专业化"成为新时期党的干部政策的指导方针。一大批学历高、能力强的年轻人被提拔到各级领导岗位。

人里后来读过正规大学的几个人一下子就脱颖而出了。我从经营计划科副科长被提拔当了副厂长。这时候改革已经开始,二纺机又是一个举足轻重的单位,被列为"四配套"的改革试点企业,这就给我们这些年轻人一个很好的机会。我当副厂长没多久,我们的厂长和常务副厂长双双调到上级公司去了。这么一来,"蜀中无大将,廖化充先锋",我也就硬被推上了"代厂长"的岗位。

从我个人来讲,除了对机遇的认同,还有就是对知识的追求。优秀的人很多,为什么最后能抓住机会的很少?我们厂有的人读了"七二一"大学,就认为自己有学历了,够了。我读财经大学的时候,并没有想到会走到今后的岗位,只是觉得自己缺乏管理知识,需要重新学习,没想到有了机遇,还不到40岁就挑起了这个担子,管理2600人的大厂,直到后来的改革。

壮士断臂:"堵漏"和砸锭

36年的纺织生涯,朱匡宇经历了这个行业从辉煌的巅峰,到衰落,到新生的全过程。他主政上海纺织时期,正是这个上海曾经的工业支柱"凤凰涅槃"的时期。当时,他们提出一个响亮的口号:"第二次创业。"

我正式接任上海纺织工业局党委书记是在1992年,那时候无论从纺织行业的角度还是从全市宏观的角度来讲,都出现了一个很有意思的交汇。一方面,是我和姜光裕,两个比较年轻的同志从老同志手里接了班,因此就有了怎么传承的问题,这是从交班、交接棒的角度来讲。另一方面,80年代末到90年代初,整个上海的经济发生了重大转折[2],纺织行业开始从历史上的巅峰滑落。由于历史问题的累积,还有市场经济的冲击,一个最传统的劳动密

[2] 20世纪80年代末90年代初,上海制订了"优先发展第三产业、积极调整第二产业、稳定提高第一产业"的"三、二、一"产业发展方针,推动上海产业结构实现战略性调整。在产业布局上,结合旧区改造,将不符合中心城区发展需要、有污染的工业单位搬迁到郊区,为中心城区发展高层次服务业腾出空间。1994年上海率先进行现代企业制度试点,大规模推动优势企业实施扩张型重组。同时通过政策破产、依法破产、兼并等办法,使劣势企业退出市场。仅上海工业系统1992年以来退出市场的国有劣势企业达1058户,占全部国有工业企业的7%左右;1994年至1999年,上海工业系统分流安置下岗人员150万人次。

集型产业,已经无法承受市场经济的压力。最明显的表现就是,当时拥有55万在职职工的上海纺织业年税利从最高峰的43亿,滑落到了13亿。而且这55万在职职工还要养活28万退休工人,根本不堪重负。与此同时,1991年,只有2.4万人的上海汽车工业,税利一下子突破了14亿。一个雄踞了40年的第一大支柱产业——纺织业,被一个新兴产业——汽车工业所替代,这在上海真的是一件很了不起的大事情。

这个变化对我们纺织人而言,是一喜一忧。喜的是,确实感觉到新兴的汽车工业代替传统产业是一个历史进步,是上海现代化建设的一个重大突破。作为沿海一个先进的城市,如果还是用传统产业作为支柱产业,那证明中国工业没有希望。因此,这是值得欢欣鼓舞的。那个时候朱镕基同志任上海市市长,他在上汽的一次誓师大会上发言,恭喜汽车工业终于占领了上海第一大支柱产业的位置,甚至还说:"我就要气气上海纺织!"这非常明确地表达了市政府要进行全市产业结构调整和升级的决心。

忧的是被赶下第一大支柱产业地位的纺织向何处走的问题提出来了。我们当时提出了"第二次创业"的口号。这个口号有两层意思,首先,这是我们从老同志手里接班后的一个使命;另外一层意思,就是在上海整个产业格局发生变化后,纺织怎么再有作为? 宏观形势决定了上海纺织根本没有办法再维持那么庞大的一个组织机构,再也不能要死一起死,要活一起活。

上海第二织带厂,曾被誉为"线带行业的一棵摇钱树",1994年成为上海第一家破产的国企,标志着上海纺织业大压缩、大调整的开始。

当时我们上海纺织行业一共有四百六十多家国有企业,1992年时有170多家企业出现了大规模的亏损,占了整个行业三分之一。"第二次创业"的目标是什么?就是要凤凰涅槃,一定要有一个小巨人诞生。这个小巨人靠什么来支撑?还是效益。我们用了这样一个比喻来统一大家的思想:上海纺织就像一个储水桶,盈利企业如同储水桶的进水口,口径很细,管子很小。但是一百七十多户亏损企业就像储水桶的出水口,口径很粗,出水量很大。上面很细进来,下面很粗出去,这个储水桶永远都盛不满,到最后肯定会干涸。所以,当利润在宏观形势下不可能大量产生时,最明智的办法,就是把出水口堵住。因此,以调整为主旋律的"第二次创业"变成了我们当时的一个口号。

调整怎么调?就是先从堵漏开始,于是提出"一破一立"。先是破字当头,怎么破?

就是把那些难以维系的企业,通过关、停、并、转、迁、租、卖、破产这些手段予以解脱。确实,当时这些国有企业设备陈旧,冗员太多,基本上没有什么竞争力。当时"精干主体,压缩总量"是第二次创业的首要任务。不破掉,是立不起来的。

第一个关闭的企业是上海第二织带厂,这也是上海第一家破产的国企。这个厂曾经是行业的利税大户,共为国家创利税3000多万,但从20世纪80年代末起,急剧地走下坡路;到1993年,资不抵债,扭亏无望;当年9月,因为工资拖欠,发生了工人集体越级上访事件。市里经过慎重研究,决定把这个厂作为国企破产的试点。在这个过程中,原厂长辞职,我们任命了这个厂的上级公司——上海线带公司党委副书记、副经理李国珍兼任厂长,其任务就是以法人代表的身份,履行企业破产的使命。她听到这个任命的第一反应就是:"原来让我当'末代皇帝'啊!"我当时找她谈心说:"这是上海第一家国企破产试点,既无政策可依,也无先例,只有靠自己摸索经验。"市里也很重视,召集多个部门开了"关于上海第二织带厂实施破产试点"专题会议,研究破产的操作程序。破产的过程还是很稳妥、顺利的。1994年3月,厂方在报纸上登了破产公告,职工闻讯来到厂里,很多人哭了,但也接受了现实。有的职工说:"与其企业连年亏损,不死不活,不如现在停业破产,对企业、对个人都是一种解脱。"4月27日,长宁区法院下达了民事裁定书,这个厂就正式破产了。

上海是中国纺织业的摇篮。然而,在20世纪90年代那场全国纺织业大改革、大调整中,这个纺织业的摇篮却敲响了砸纺锭的第一锤。朱镕基说,这一锤砸得人心痛,但不能不砸,而且要坚决砸。

有人用"壮士断臂"来形容上海纺织业的大调整,很形象。这的确是一场悲壮的改革。上海纺织自1982年开始,已经陆续把那些落后的、效率低的旧设备作为调整的对象。因此原来的250万棉纺纱锭,到1998年已经不到100万锭了,而当时全国的总锭数为4000万锭。这时,中央已经明确把纺织行业作为国有企业解困的突破口,纺织部提出了全国淘汰1000万锭的目标。我们想,上海实际上已经起步,而且作为纺织业的摇篮来砸第一锤,对全国有示范意义。这第一锤不能落到其他地方去,因此我们直接找当时的纺织部长提出要求,第一锤由上海来砸。这样就有了1998年1月23日在上钢三厂举行的砸锭仪式。第二天《人民日报》在第二版做了一个大的标题《首批12万

纱锭真正被淘汰　上海敲响全国压锭第一锤》。当时完全就是砸锅卖铁、破釜沉舟的架势。

在全国砸锭之前，有一段时间我们还尝试过工业的梯度转移，即把纺织业从沿海城市转移到原料产地，到内地去。当时上海有一些工厂，搞不下去了，而内地还是以纺织业作为支柱产业，因此都纷纷要设备，把上海淘汰的纺锭等落后设备转移过去。这种行为实际上是复制落后。因此，砸锭还有另一个意义：对那些没有效益的锭子，不是转移的问题，而是要彻底抛弃，完全消灭。中央的这个决策是非常对的。上海带头搞了一个公开砸锭的仪式，就给了全行业一个明确的信号。

1998 年 1 月 23 日《人民日报》关于上海率先压锭的评论文章

有情操作：艰巨的再就业工程

1992 年，上海纺织业在职职工为 55 万，如今，这个数字为 2.5 万。52 万余纺织工人接受了分流安置的命运，为上海纺织业的"凤凰涅槃"做出了巨大的牺牲。而帮助他们找到新的"饭碗"，成为朱匡宇和他的同事们面临的最大挑战。1995 年，上海航空公司宣布面向下岗纺织女工招收"空嫂"，为这项艰巨的再就业工程注入了一股新的希望。

上海纺织业经过十几年的调整和改革，有四方面成果凸显了出来。一个是产业结构调整取得了重大突破，第二个是企业结构调整取得了重大突破，第三个是资本结构调整取得了重大突破，第四个就是劳动力结构调整取得了

1998 年 1 月 24 日《人民日报》关于《上海敲响全国压锭第一锤》的报道

1995年各报关于纺织女工变身"空嫂"的相关报道

重大突破。产业结构调整就是精干主体，使压缩总量的目标得以实现。企业结构调整，就是对那些难以维系的企业予以淘汰，同时培育一批能够搏击市场的优势企业。资本结构调整，就是通过对国有企业的改制和重组，利用上海纺织控股公司这个组织形态，充分发挥国有资产流动重组的优越性。而关于劳动力结构的调整，我们经历了很多艰辛，至今讲起来仍使人不能释怀。

记得在1995年，纺织业要裁员，当时提出要下岗38万人，与压锭目标相符合的话，大致上就是保留十几万工人。这时上海航空公司来跟我们商量，提出可不可以在纺织系统招人，最初提出招14个"空嫂"。当时纺织局领导班子对此意见分歧很大，有同志觉得这是多此一举，上航如果在《解放日报》上登个招聘广告，应聘的人肯定是趋之若鹜。再说只招14人能起什么作用？不过后来我们统一了思想，发现虽然只在下岗纺织女工中招收14名"空嫂"，但其潜在意义很大。"空嫂"是人人羡慕的工种，我们的纺织工人可以当"空嫂"，可以上天，那还有什么行业不能做呢？这样可以提升纺织工人的身价，鼓舞他们再次创业的信心，值得做。其次，上航本来用不着到纺织来招人，他们这样做，是对纺织调整的一种支持。如果在上航的带头下，各行各业都向纺织伸出援手，都来接纳我们的下岗工人，那么纺织调整何愁不成。思想统一后，我们的劳动人事部门积极配合，比如对报考、应聘的人，给公假，开绿灯。结果从招收、培训到"空嫂"上天经历了十个月。那十个月里媒体倾注了很大热情，义务做宣传。整个社会上上下下都给予了很大的关注。

当时纺织行业下岗工人太多，招 14 个人，却有几千人去竞争。我曾经参加过最早的一次上航现场招聘。一个大房间里，上航考官坐在前面，叫这些应试女工走过去，交一张申请表，实际上是观察这些女工的仪态。我们纺织工人真的很淳朴，不知道这是在考试，就随随便便、大大咧咧地走过去。我看到急坏了，赶紧提醒她们，这就是在考试啊。越往后面筛选越是残酷。后来电视台还进行了电视转播，有的女孩因为身上有一个小疤痕就被淘汰，哭得真是伤心。就这样，本来他们计划招 14 个人，筛到最后 18 个人的时候再也筛不下去了，就全部录用了。这18 个人也非常争气，到现在已经十多年了，她们个个都还在空乘岗位上，像吴尔愉[3]，被称为"微笑天使"，真的很优秀。

借了上航招"空嫂"这阵东风，那段时间，社会上各个行业一共招收了 5 万多名下岗纺织工人。那些参加"空嫂"考试被淘汰下来的全部被其他公司录用了。因为纺织系统再就业工程开始得早，上海正好处于一个蓬勃发展的阶段，就业岗位非常多。有了上航的带头示范效应，紧接着浦东成立巴士公司，也到纺织系统来招人，就有了"巴嫂"。寻呼台招人，又有了"呼嫂"。地铁招人，有了"地嫂"。当时超市开始在上海发展，因此"商嫂"也出来了。这显示了全社会对传统产业调整的支持。

到社区去当干部，也是当时下岗人员一个不错的出路。1996 年，上海市委市政府决定，在上海进行"两级政府、三级管理"[4]的改革。我感到这也是纺织工人的一大福音。原来社区居委会的干部多是退休人员担任。现在，居委会要承担起政府一个基层细胞的职能，对人员的素质就有要求，需要年轻化。我给当时的上海市委书记黄菊同志写过

吴尔愉

[3] 吴尔愉 1983 年进入上海纺织印染机械厂研究所做技术档案管理工作。1995 年，32 岁的吴尔愉通过上海航空公司面向纺织业的招考，成为一名"空嫂"。十余年里，她飞行了上万个小时，以"微笑服务"为旅客化解难题。2005 年，中国民航业首部以个人名字命名的空中服务操作手册《吴尔愉服务法》发布。她先后荣获全国五一劳动奖章获得者、全国劳动模范等荣誉。现为上海航空公司乘务长。

[4] 两级政府、三级管理：早在 20 世纪 80 年代中期，上海进行了"两级政府、两级管理"的体制改革探索，尝试打破"以条为主"的管理体制，加强区一级"块"的管理权。1996 年 3 月，上海进一步提出"两级政府、三级管理"政府体制改革新设想，把市、区两级政府相当一部分管理职能分离出来，向街道层面集聚，加强第三级（街道办事处）管理，形成城市管理新体制，在全国引起很大反响。

一封信。我说:"38 年前,也就是 1958 年的时候,是社区支持工业,一大批社区妇女进入工厂。38 年之后,我们工业要回馈社区。"这个提议黄菊同志非常重视,他认为由工业调整下来的这些素质很好的干部去担任社区干部,是一个很好的选择。机遇是给最有准备的人。为了争取有更多的纺织干部进入社区,我们把一些困难企业的干部,分社区分居住地列出一份份清单,送到各个区领导手里。先从卢湾区开始搞试点,然后向其他社区扩展。基层政府的权力扩大以后,社区工业、区属工业也发展了起来,这些进了社区的纺织干部自然想到了过去的小兄弟、小姐妹。于是,更多的下岗纺织人员得到了安置。

我现在无法统计社区到底招收了多少纺织工人,但可以肯定有相当的量。我后来当市文明办主任的时候,经常要下社区,那感觉真是温暖。不少社区干部以前都是从纺织行业调整过去的,看到我都很开心,说起自己以前是哪个厂哪个车间的,都很感谢当时能有这个机会。

当"空嫂"也好,到社区去也好,当年一个很大的社会效应就是,它改变了社会对"下岗"这个名词的认识,让人们看到"下岗"是改变人生轨迹的一次机遇,推动了社会就业观念的根本性转变。就像下岗工人自己说的:走出去,前面是一片天。到目前纺织行业只剩下 2.5 万人,实现了 52 万多人的安全转移,这真的是非常了不起的事情。因此我作为董事长,现在回过头去看自己所从事的工作,还是很欣慰的。吴邦国同志当年曾经讲过一句话:"纺织如果不调整,将会成为谁也背不动的大包袱。"我们55 万人,如果当时还是墨守成规,还是要死一起死,要活一起活,不率先去搞再就业工程的话,可能今天还会成为上海城市发展的一个很大制约和瓶颈。那时候我们提出"无情调整,有情操作",并把它作为纺织业再就业工程的指导思想。调整是无情的,这是规律使然,但是附属在不良资产上的人不是不良人,必须有情操作。这也是上海纺织再就业工程成为全国一面旗帜的重要原因。

吃饭的"饭"字,一个"食"一个"反"字组合在一起,就是说你把他的饭碗端掉的话,他就要造反。但是 50 多万上海纺织工人被端掉了饭碗,却没有引起任何大的波动。我一直深感,上海纺织业的调整是以一部分职工的牺牲和奉献换来的,在调整成功的今天,我们不能忘记这批工人,他们也是确保上海城市顺利转型的功臣和英雄。

当时上海市政府从宏观上提出了两个"一百万调整":一百万工人下岗,一百万居民动迁。由此涉及的这些普通民众，都是这个城市里最默默无闻的人，是最受苦难的人群，其实也是最需要我们关注的。我们的工人们，为什么在饭碗端掉之后，他们并不造反，不把矛盾上交给国家，而是自己默默去承受下岗带来的各种各样的困难？这一点启示非常感染人心。

我记得二纺机一位姓肖的工人，下岗后自己搞了一家木工厂，做包装箱的箱板。在一次再就业工作交流会上，他对其他下岗工人说，你们谁想要做这个事情，只要找到地方，我来做你们的供应商。钱我现在就赊给你们，让你们先起步。同时，他还拿出积蓄的 10 万块，叫我转交给其他的下岗工人。高头大马的一个人，钱交到我手里时，一抹泪就跑了。我们常常讲，上海纺织实现了多少万人的安全大转移，可是实际上哪有"安全"可言，都是我们工人把最不安全的那部分默默地吞下去了。那天，面对下岗再就业的纺织工人，我讲着讲着就忍不住哭了，最后什么也不讲，就是哭，下面也是哭声一片。那场景，终身难忘。之后，我听说小肖劳累过度得绝症过世了，更为之动容。

也不知哪次活动中，有人读了自己创作的诗，写出了纺织工人的牺牲，也写出了他们的志气，我印象很深刻。2004 年我离开上海纺织时，跟纺织集团的同志说，请他们帮我找到这首诗，后来几经周折真找到了。那是当年上海第二印染厂一位工会副主席写的一首诗，叫《纱锭的梦幻》，里面有几段很感人：

> 我是一枚下岗的纱锭，
> 结束了往日的高速旋转，
> 走出厂门的三分悲壮、七分失落，
> 换回了四分记忆、六分期盼。
>
> 但我们纺织女工深深懂得，
> 为了时代进步，
> 昨天的拥有是一种奉献，
> 今天的失却也是一种奉献。
>
> 不需要旋转的纱锭，

自有再发光再发热的田园。

我们可以在新的角落，

去寻觅新生活的甘甜。

下岗的兄弟姐妹们，

勇敢地走向太阳，

投入自己的热情，去拥抱明天。

在时代崭新的旋转中，

一起去追赶共和国绚丽的梦幻。

真是写得太好了!

纺织业大调整时期，我们经常讲一句话："以国际化大都市作为奋斗目标的上海，不能容纳一个落后的传统的劳动密集型产业。"就是这么一句话，把所有人全部的思想都凝聚到了一起。没有人抱怨，也不需要抱怨，因为我们这个城市的目标已经定位了。交给我们的任务就是承受这样的一种牺牲和奉献。

2004年，我提议乘我们这些知道纺织过去的人还在，建一个纺织博物馆，但来不及做就被调走了。我是想记录下上海纺织业从李鸿章时候的上海机器织布局起步，一直到这场大调整、大改革走过的路。纺织是上海最早的民族工业，也是上海的母亲工业，孕育了很多传统产业。我们要记录下上海纺织业有过的辉煌，也要记录下在新兴产业、传统产业迭代的历史进程中，纺织工人承受的牺牲。

浴火重生：资本重组

"凤凰浴火"是为了迎接新生。破茧成蝶后的上海纺织以脱胎换骨的姿态进入人们的视野。

上海纺织为改革付出了许多，实现了改革中的"破"。在这个改革转型过程中，我们为适应市场经济也做了许多新的尝试，实现了改革中的"立"。

上海纺织产品原来主要是内销，现在走向大宗出口。1992年，上海纺织品的出口额为8亿美金，现在已经达到23亿，占到整个产业的70%左右，已经成为一个出口型的产业。

我们当时提出了一个"三名战略"：名人、名厂、名牌。名人战略为上海纺织业在大调整中保持了一批精干主力。上海纺织业从 20 世纪 50 年代起就名人辈出，当时脍炙人口的有杨富珍、裔式娟、王宝妹等。在这次大调整大改革中，黄关从、苏寿南等企业家脱颖而出。"名人"战略就是把最好的资产交给最优秀的企业家去经营。

当时我们的理解是，即使一家企业不行了，并非所有的生产要素都是不良的，要想办法把好的资产"盘"到好的企业。这样，不好的企业关闭，好的企业做大做强。国有资产在这方面有优势。国有资产最好的一个特性就是流动性强。可以说，没有公有制的这个优越性，上海纺织行业的调整根本走不到今天这步。私有制在这个问题上绝对不及公有制，私人资本是张三的就是张三的，是李四的就是李四的，不能命令他们去做盘整。而我们的纺织企业"流"来"流"去都是国家的，可以在比较大的范围内进行盘整和优化配置。

为了适应这个资产盘整的过程，我们的管理体制也发生了变化。原来的上海纺织工业局，到 1995 年转制成了上海纺织控股(集团)公司，这样资产就大规模地流动起来了，向名厂名牌集聚。比如三枪，原来只不过是一个三枪针织厂，现在已经壮大成了三枪集团。只要发展需要，我们就会把其他的企业配置给他。

所以，在这一场破立并举、脱胎换骨的变革中，上海纺织主要的名牌，都很幸运地保留了下来，并有了发展。比如内衣品牌"三枪"、"菊花"，服饰品牌"海螺"，家纺品牌"民光"等。

在资本结构调整中，对纺织而言还有至关重要的一个举措，就是 1998 年在中央支持下实施了三个上市公司的重组。1998 年 5 月，国务院决定对已丧失向社会筹资能力的六家上市公司进行资产重组的改革试点，其中上海纺织控股(集团)公司有三家，即龙头股份、申达股份和三毛股份。我们抓住这次机遇，对龙头股份进行脱胎换骨的资产重组，把龙头股份原有资产、人员全部置换出来，建成上海第十七棉纺织总厂。三枪、海螺、民光、菊花四大品牌企业全部加盟龙头股份，形成投资多元化的新发展格局，树立起以大服装、大装饰为标志的都市纺织的"龙头"形象。我们对申达股份注入上海汽车地毯总厂、上棉七厂等优质资产，剥离出 1.7 亿元不良资产，形成以产业用纺织品为基础，以外贸为龙头的多元化、外向型、工贸结合的上市公司。我们对三毛股份进行资产重组，发展了纺织控股公司一批优秀企业。这些企业"借壳上市"，在资本市场一举筹资 10 多亿元，并依托可持续发展的运营载体，拓展了市场盈利空间。1998年,这三家股份公司在纺织控股公司的总资产占11%,净资产占18%,而销售收入却占了24%,利润占了94.93%。

这次重组实际上是我们真正把"名厂、名牌、名人"战略落到实处的一个大举措。

当时三家上市公司的重组改制,使得上海纺织的发展版块凸显出来,一个发展高地形成了。直至今日,龙头和申达两家上市公司仍然是上海纺织主要的一个推动力。

还有一项举措值得一提。1999年,中央为了帮助国有企业减负,给了我们一个"债转股"的政策。所谓"债转股",就是把企业欠银行的钱,从债务变成股份,让银行成立资产经营公司来参与企业管理。我们一算,当时上海纺织系统符合债转股条件的企业一共有112家,总共涉及欠银行的债务达29亿元。当时我们做了一个大胆并且也是非常忘我的决定,把这29亿元债务全部转到控股公司来,变成控股公司欠银行的债,即实施"一个头"债转股,由控股公司作为大股东,跟工行、农行和建行一起,联合成立了一个多元投资的债转股有限公司。这也是现在纺织集团公司的由来。做这个决策的时候,班子成员争论得非常厉害。有同志说,下面企业过不下去,至少我们控股公司还过得下去,我们不欠银行一分钱。你现在把企业欠的钱都背到我们身上,企业是减负了,我们怎么办?实际上这些同志不明白,搞活企业不就是我们的目标吗?我们的工人都在下面,集团机关里只有一百多号人。而且我们从上层开始转制,对下面推行现代企业制度是有好处的。这样,一夜之间,控股公司下属纺织企业所欠的29亿债务全部解除,这对于企业渡过难关起到了非常大的作用。

现在回过头来看,如果没有当时的两大政策支撑进行资本结构的改革,上海纺织也走不到今天。股份制已经成为公有制的主要形式,完全再搞国有独资公司,是走不下去的。

资本重组中还有一项重大命题,就是对改革成本的研究。经常有其他省市的同行来问,你们上海纺织调整为什么这么成功,有什么可以学习的经验?我说有些是你们学不来的。

在我们改革初期,国家拿不出很多钱来支持一个体量如此之大的传统行业的调整。所以,上海纺织走的是一条"土地换和平"的道路。

上海纺织长期以来是上海的第一大支柱产业。400多个纺织企业大多分布在中环线以内,所占土地面积有800多万平方米。所以说,虽然当时我们的企业很困难,是"叫花子",但我们手中有这么大一块国有资本,实际上我们是捧着一个金饭碗的"叫花子"。

15年走过来,800万平方米土地中我们大概置换了500万平方米。现在上海的一些标志性建筑,就是建在曾属上海纺织的土地上。东方明珠电视台三条腿中的一条,原来就是上海纺织在浦东的一个厂,整个厂搬掉之后,撑起了上海市的这座标志性建筑。

讲到底,上海纺织的调整成本是从全市其他国有企业的超额利润中流过来的。这是一个国有土地变现的过程。比如,一些纺织企业搞不下去了,需要卖地安置工人,清偿债务;而另一些行业的国有企业发展得好,需要买地置业发展自己,于是纺织的国有土地就流到了其他国有行业去了。其他行业的超额利润支付了我们的改革成本,支撑了我们的产业调整。在这个过程中,土地这一国有资产没有流失。可以说,那些向我们买土地、帮助我们置换土地的人,实际上都是帮助上海纺织调整的恩人。上海纺织的调整成本实际上是通过国有土地的置换,从全市其他国有企业的超额利润中得到补偿。这也是纺织调整能够成功的一个很重要的原因。

俯仰天地:但求无愧我心

从1992年到2004年,朱匡宇作为上海纺织系统的主要负责人,在这个行业最困难的时候,直接领导了这场涉及50多万产业工人、关系上百万上海人生计的改革攻坚战。曾经担当的艰辛和压力,如今归为一句平淡的话:"但求无愧我心。"

我这个人心态很乐观,很多困难好像都莫名其妙、糊里糊涂就过去了。一个人干工作累是累不死的,但是一种不理解、一种郁闷,往往给人很大的压力。

还是要说到下岗工人的再就业工程。从1992年开始,纺织工人的下岗再就业,一直是纺织系统自己掏钱、自己置换土地来支撑的。1996年以后,上海成立了再就业服务中心,国家决定拿出一些钱来配比,和企业一起来解决下岗工人分流问题。这样,纺织系统的分流人员也可以得到国家给的一份补贴。政策有时候真是双刃剑,你拿政策给的钱,有时你就要听一些郁闷的话。

那时候社会上有些议论说,抗战打了八年,上海纺织业的调整也搞了八年,怎么到现在还在调整。你这个改革到底有完没完?上海纺织已经调整掉这么多人,还准备怎么样?言下之意,让我少裁点,不能再用国家给的那份钱,把指标留给兄弟行业。这种议论的确让我郁闷了一段时间。不过,很快我就释怀了。在纺织业大调整中,我们已经养成了一种心态:十分耕耘,一分收获;十分耕耘,颗粒无收,你都要受得了。

把纺织工人作为一个参照物,我觉得很多困难并不算困难。这么大的一场调整,置换掉500多万平方米的土地,但是上海的纺织干部没有出过大案要案。为什么?因为参照物放在那里了,工人就拿这么一点收入,我们可以拿多少?其实,一直到国资委进行工资统一之前,我们完全可以按照董事会决定给自己加工资,但纺织行业干部的工资一直是整个上海最低的,看到纺织工人做了这么大的牺牲,这么多的人下了岗,我们怎么好意思拿高工资呢?

2004年5月,我离开上海纺织控股(集团)公司到市委宣传部任职时,有一个跟我搭档了19年的副书记临别写了一封信给我,其中几句话我至今还记得:"真不敢相信你要离开纺织了。没有一位领导像你这样在时间空间上,与上海纺织如此紧密地连接在一起。在上海纺织的职业生涯,你完完全全融入了上海纺织产业的生命之河。人有记忆,文有记载。"能得到这样的评价,我觉得自己多年的艰辛和担当是值得的。

我有一个忘年交,98岁的楚辞专家文怀沙老人,他送给我一幅字:"岂能尽如人意,但求无愧我心。"回首36年的纺织生涯,我觉得可以用这十二个字作总结。

【采访手记】

对朱匡宇的采访进行了整整一个上午。我们被他对上海纺织业大调整全面而精细的描述所吸引,被他对改革过程中做出巨大奉献的纺织工人的深厚情感所打动,更为他在这场艰难改革中磨砺修炼而成的精神和心态所折服。这次难得的采访,不仅向我们再现了上海纺织业大改革的复杂和艰巨,也使我们对曾经参与这场改革的一位领导干部的内心世界有了近距离的了解。在这一历史事件的背后,我们看到的是一颗灼热而充满深情的心。

(马长林)

采写助理:张韬岚 吴梦吟 汝乃尔

后　记

　　为了以口述历史的方式记录现当代中国的社会变迁、重要事件和各种人群的生活经历,复旦大学历史系联合学术、新闻、出版等界有志于口述史的一些人士发起成立了复旦大学口述历史研究中心。中心希望通过持之以恒的努力,开展成规模的口述历史项目,以图像和声音的形式保存现当代中国的历史记忆,同时探索历史学为社会和公众服务的新路子。

　　口述历史研究中心的筹建恰逢中国改革开放三十周年。于是,我们决定将改革开放三十年来的上海作为本中心开展口述历史的第一个项目,由中心学术委员会主席曹景行教授主持其事。

　　时任上海辞书出版社社长、总编的张晓敏先生全力支持这一设想,决定将该口述历史的成果以文字形式在该社出版。张晓敏调任他职后,上海辞书出版社的新任领导彭卫国社长、潘涛总编对这个项目继续给予了有力支持,保证了本书的顺利出版。

　　当然,最需要感谢的是10位口述者。在了解了本项目的宗旨和策划后,他们都在第一时间给予了热情回应。他们有的年事已高,有的工作繁忙,但都最大程度地为我们的采访提供了便利。本书出版过程中,他们又对书稿进行了精心审订,并在图片等相关资料收集方面尽己所能予以帮助。他们给予本项目的热情支持,以及对于自己文字的认真负责态度,我们铭感在心。

　　本项目正式启动之前,我们和上海辞书出版社组织了两次大型策划会,就项目宗旨、基本架构、口述者人选、工作步骤和进程,进行了充分的讨论,并形成共识。参与这两次策划会议、积极献计献策的有曹景行、张晓敏、施宣圆、赵兰英、王孝俭、沈飞德、马长林、俞嵘、金大陆、金光耀、陈雁、赵兰亮、金柯。

　　在项目进行过程中,宓正明、曹奕、徐本仁三位先生应邀加入了采访团队,大大充实了我们的力量。上海新闻界的资深记者周玉明、李安瑜女士,宝钢宣传部的杨小川先生等也在具体项目的联络、组织方面给予了重要帮助。

参加本口述历史项目的助理人员是复旦大学历史系的硕士研究生和本科生,他们对口述历史有着强烈的专业兴趣。项目启动后,曹景行教授为这些学生做了"我与口述历史"的专题讲座,既是一次岗前培训,也拓展了他们对口述历史的了解。房正参与了项目助理人员的管理工作。

为使口述历史资料以声、像形式保存下来,本中心与上海世平文化传播有限公司进行合用,整个项目均通过录像进行口述采访。

上海辞书出版社编辑金柯从最初的项目策划,直到书稿的最终付印,承担了大量的案头及组织工作。

总之,口述史的采访和出版,是一项"众缘成就"的事业。除了上述得到的诸位,还有许多人为这一项目付出了辛勤劳动。在此,我们谨以复旦大学口述历史研究中心的名义,向所有以各种形式参与或支持本项目的人士致以衷心的感谢,并希望对本中心以后的口述历史项目一如继往地给予支持。

复旦大学口述历史研究中心

2008 年 10 月

图书在版编目(CIP)数据

亲历:上海改革开放30年/曹景行主编;复旦大学口述历史研究中心编.—上海:上海辞书出版社,2008.10
ISBN 978-7-5326-2589-5

Ⅰ.亲... Ⅱ.①曹...②复... Ⅲ.改革开放—成就—上海市
Ⅳ.D619.51

中国版本图书馆 CIP 数据核字(2008)第 161217 号

责任编辑　金　柯
助理编辑　徐思思　邓　越
装帧设计　姜　明

亲历——上海改革开放 30 年

上海世纪出版股份有限公司
上海辞书出版社　出版、发行
(上海陕西北路 457 号　邮政编码　200040)
电话:021—62472088
www.ewen.cc　www.cishu.com.cn
上海书刊印刷有限公司印刷
开本 787×1092　1/18　印张 12　插页 2　字数 219 000
2008 年 10 月第 1 版　2008 年 10 月第 1 次印刷
ISBN 978—7—5326—2589—5/K·584
定价:30.00 元
如发生印刷、装订质量问题,读者可向工厂调换
联系电话:021—36162648